Patrick McGrath

GROTESKE

Roman

Aus dem Englischen
von Brigitte Walitzek

S. Fischer

Orsolyának
(Für Orsolya)

Die amerikanische Originalausgabe erschien 1989
unter dem Titel »The Grotesque«
im Verlag Poseidon Press, New York
© 1989 bei Patrick McGrath
© 1990 S. Fischer Verlag GmbH, Frankfurt am Main
Umschlaggestaltung: Buchholz/Hinsch/Walch unter
Verwendung einer Abb. von Max Ernst: ›Und die Schmetterlinge
beginnen zu singen, Tafel 120‹
© VG Bild – Kunst, Bonn, 1990
Satz: Fotosatz Otto Gutfreund, Darmstadt
Druck und Bindung:
Franz Spiegel Buch GmbH, Ulm
Printed in Germany 1990
ISBN 3-10-049203-X

Die Natur ist ein Tempel, wo aus lebenden Pfeilern
zuweilen wirre Worte dringen;
der Mensch geht dort durch Wälder von Symbolen,
die ihn betrachten mit vertrauten Blicken.

Baudelaire

Ich hatte in den letzten Monaten viel Muße, über meine erste Begegnung mit Fledge nachzudenken, und darüber, weshalb er eine so unverzügliche und heftige Abneigung gegen mich faßte. Meiner Meinung nach werden Butler geboren, nicht gemacht; die Eigenschaften eines guten Butlers – Ergebenheit, Kompetenz, eine Art würdevoller Unterwürfigkeit – sind Eigenschaften des Charakters, die sich in Kulturen entwickeln, in denen eine stabile gesellschaftliche Hierarchie, im wesentlichen ungestört, durch die Jahrhunderte hindurch existieren konnte. In Frankreich zum Beispiel trifft man nur selten auf einen guten Butler, und ein guter amerikanischer Butler ist ein Widerspruch in sich. Fledge ist kein geborener Butler; er ist weder von Natur aus ergeben, noch liegt das Dienen in seiner Natur. Es gibt in ihm, wie ich glaube, auf einer relativ tiefen Ebene, eine Art zorniger Empörung darüber, daß ausgerechnet er diese Arbeit verrichten muß. Nicht etwa, daß man es dem Verhalten des Mannes angemerkt hätte, aber es ist nichtsdestoweniger da. Ich bin mir inzwischen im klaren darüber, daß er sich durch seine Arbeit nicht nur gedemütigt fühlte, sondern mir gegenüber eine erbitterte Feindschaft hegte, weil ich das Instrument dafür war. Mein Verständnis hielt sich in Grenzen; wenn er als Butler in mein Haus kommt, dachte ich, dann wird er von mir auch als Butler behandelt. Wie hätte ich denn ahnen sollen, wie weit der Ehrgeiz ihn treiben würde?
Das alles habe ich mir rekonstruiert, seit ich an den Rollstuhl gefesselt bin. Zur fraglichen Zeit war ich mir nur einer

gewissen Ausstrahlung bewußt, die von dem Mann ausging, und ich weiß noch, daß ich dachte, er habe zwar etwas Grausames an sich, etwas *Bolschewistisches*, ich mich jedoch, wenn es Harriet glücklich machte, leicht mit einem Anflug unterdrückter Erbitterung würde abfinden können, selbstverständlich nur, solange sie unterdrückt blieb. Was hatte ich denn schon mit dem Mann zu tun, dachte ich? Den größten Teil meiner Zeit verbrachte ich bei meinen Knochen in der Scheune, und wenn ich mich im Haus aufhielt, benötigte ich ihn nur dazu, mir Teller mit Essen und Gläser mit Getränken vor die Nase zu stellen. Laß ihn bolschewistisch sein, dachte ich (keineswegs uneigennützig), solange er dafür sorgt, daß Harriet glücklich ist. Als Liebhaber von Ironien kann ich, heute, nicht umhin zu erkennen, wie gelungen diese hier ist.
Seit meiner Lähmung habe ich viel Gewicht verloren, und meine Kleider schlottern dieser Tage weit und faltig um meine klapperdürre Gestalt. Auch mein Gesicht hat sich verändert, wie ich anhand der flüchtigen Blicke in Erfahrung bringen konnte, die ich erhasche, wenn ich an einem Spiegel vorbeigeschoben werde. Ich bin bucklig und leichenblaß; meine Hände liegen wie Klauen auf den Armlehnen des Rollstuhls, und meine Augen blicken leer aus einem knochigen, eingefallenen Schädel, dessen Kinnlade nun ständig auf meinem Schlüsselbein ruht. Aber in den Tagen, von denen ich spreche, trug ich den Kopf hoch erhoben, und aus meinen stahlgrauen Augen blitzten Funken einer messerscharfen Intelligenz, nicht weniger scharf als die vor Widerhaken starrenden Sticheleien, die mir ständig über die eher schmalen, spöttischen Lippen kamen. Ich hatte (und habe) eine scharfgeschnittene Adlernase, eine *patrizische* Nase, wie ich immer fand, und über der klaren, hohen Stirn sträubte sich mein dichtes, schwarzes Haar mit öliger, welliger, nicht zu bändigender zottiger Energie nach allen Seiten.
So also sah ich aus, als ich an jenem schicksalhaften Vormit-

tag im letzten Herbst energiegeladen in den Salon marschierte, wo ich Sidney Giblet, ein Glas meines Sherrys in der Hand, an den Kaminsims gelehnt vorfand, während Harriet und Cleo es sich, ebenfalls Sherry trinkend, in Sesseln bequem gemacht hatten und irgendeine populäre Musik aus dem Grammophon tönte. »Da bist du ja, Liebling«, sagte Harriet. »Wie wäre es mit einem Sherry? Sidney erzählt uns gerade vom Tod von Rupert Brooke.«
Ich schnaubte innerlich. Vom Tod von Rupert Brooke – das war Sidney, wie er leibte und lebte. Auf der anderen Seite des Zimmers, drüben beim Getränkeschrank, entdeckte ich den neuen Butler. Ich weiß noch, daß ich, selbst da schon, einen Anflug von Unbehagen empfand. Wissen Sie, Dome war so alt und hilflos gewesen, daß meistens wir es waren, die *ihn* bedienen mußten. »Ach ja«, sagte ich trocken. »Wurde er nicht von einem Moskito attackiert und erlag anschließend seinen Verletzungen?«
»Oh, Daddy«, rief Cleo. »Sei nicht immer so schrecklich.«
»Es stimmt«, sagte Sidney, der unverkennbar in schmeichlerischer Stimmung und eifrig darauf bedacht war, jeden Konflikt zu vermeiden. »Er sah keine kriegerische Aktion und starb im Bett an einer Infektion.«
»An einer Infektion«, sagte Cleo betrübt. »Wo er doch so auf Sauberkeit bedacht war.«
Ich grinste wölfisch über diese gelungene Ironie, und Sidney sah mich unsicher an. Was mich an Sidney am meisten irritierte, von seinem schrillen Lachen und seiner vegetarischen Lebensweise einmal abgesehen, war, glaube ich, seine Pfeife. Er rauchte eine kleine Pfeife mit einem schlanken Rohr aus rötlichem Rosenholz und einem winzigen Kopf, der nicht mehr als ein oder zwei Prisen zart parfümierten Kräutertabaks faßte – nein, das ist keine Erfindung von mir, er rauchte tatsächlich Kräutertabak! Übrigens geht mir jetzt erst auf, daß es vielleicht gerade dieses Zarte, dieses Zerbrechliche an ihm war, von dem Cleo sich angezogen fühlte;

ist Ihnen je aufgefallen, wie oft gerade temperamentvolle Frauen sich zu Männern hingezogen fühlen, die kein Rückgrat haben? Es ist ein Phänomen, das man in der Natur, insbesondere bei den Insekten, häufig beobachten kann. Sidney flatterte nun schon seit Wochen wie ein seltener, exotischer Schmetterling durch die dunkelgetäfelten Räume von Crook, zog seine zartduftenden Rauchschwaden hinter sich her und erwies sich im großen und ganzen als das, was man als eine Landplage bezeichnet. Ich hätte ihn am liebsten vor die Tür gesetzt, konnte es jedoch nicht, da Cleo allem Anschein nach Gefühle für die Kreatur hegte. »Erzählen Sie uns doch mehr über Rupert Brookes Infektion«, sagte ich, als der neue Butler mit einem silbernen Tablett, auf dem ein mikroskopisch kleines Glas Sherry stand, an meiner Seite auftauchte. »Und Sie«, sagte ich, mich an den Butler wendend, »müssen Fledge sein.«

»*Entschuldige*, Liebling«, rief Harriet und sprang auf. »Wie dumm von mir! Natürlich ist das Fledge; Fledge, das ist Sir Hugo.«

Er verbeugte sich.

»Und nun, Fledge«, sagte ich, »werden Sie zuallererst etwas über Sherry lernen müssen. Man trinkt ihn *nicht* aus einem Fingerhut. Bringen Sie mir bitte ein *Glas* Sherry.«

Er vollführte eine neuerliche Verbeugung und ging zum Getränkeschrank zurück. Harriet, der es unverkennbar darauf ankam, die Einführung des Mannes in das Leben auf Crook zu einer glücklichen zu machen, gesellte sich dort zu ihm und flüsterte ihm etwas zu, zweifellos Instruktionen über die alkoholischen Idiosynkrasien des Herrn des Hauses.

»Oh, eigentlich weiß ich nur sehr wenig darüber«, sagte Sidney mit einem Seufzer. »Ich glaube, die Ärzte waren schuld – sie stellten eine falsche Diagnose oder etwas Ähnliches. Soviel ich weiß, muß es zum Ende zu sehr schmerzhaft gewesen sein.«

Ich bedachte Cleo, die hochdramatisch erschauderte – hatte

ihre mädchenhafte Phantasie sie doch bereits ans Sterbebett des Helden in der fernen, barbarischen Ägäis versetzt –, mit einem strahlenden Lächeln. Dann erschien Fledge mit einem anständigen Glas Sherry, und bevor ich kategorisch verlangte, daß das Grammophon ausgeschaltet wurde, erhob ich mein Glas und brachte einen Toast auf das Wohl aller Moskitos in aller Welt aus.

Beim Essen schien Sidney keine Lust zu haben, weiter über die Art von Rupert Brookes Infektion zu reden, wahrscheinlich aus Rücksicht auf Cleo. Ich selbst halte davon ganz und gar nichts; ich finde, daß es ein Fehler ist, auf die übertriebene Empfindsamkeit von Frauen Rücksicht zu nehmen. Krankheiten, Infektion, Verwesung, Schmutz, Exkremente, Maden – sie alle sind Teil des vielgemusterten Stoffs, aus dem das Leben gemacht ist, und jeder, der eine einigermaßen vernünftige, wissenschaftliche Einstellung vertritt, sollte alle derartigen Phänomene als Facetten der Natur willkommen heißen, die in jeder Hinsicht ebenso wundervoll sind wie Goldadler und Eichen und zerklüftete Felsentäler und dergleichen. Ich finde, gerade die Familie eines Wissenschaftlers sollte nicht das Recht haben, unter den vielfältigen Erscheinungen der Natur zu differenzieren, und um diesem Punkt Nachdruck zu verleihen, war es zu jener Zeit meine Gewohnheit, beim Kaffee nach Herbert zu schicken.

Herbert war eine Kröte, die ich in meinem Arbeitszimmer in einem Glasbehälter hielt. Da ich ihn gut fütterte und er nicht viel Bewegung bekam, war er ungewöhnlich groß. Ich fand ihn jedoch weder monströs, noch lag für mich etwas Abstoßendes im Anblick einer Kröte, die am Mittagstisch Maden frißt. Mein Gärtner, George Lecky, sammelte diese Maden (die aus den Eiern der Käsefliege, *Piophila casei,* schlüpfen) auf der Schweinefarm unten in Ceck's Bottom. Für gewöhnlich schüttete ich ein paar davon auf meinen Teller und beobachtete, wie Herbert sich darüber hermachte. Harriet und Cleo hatten schon vor langer Zeit gelernt, dieses Ritual

zu ignorieren, und Sidney, bei dem ich für gewöhnlich jede Gelegenheit nutzte, ihn über die reproduktiven und anderen Gewohnheiten der Spezies zu instruieren, wußte nie so recht, wo er hinsehen sollte oder wieviel Begeisterung er an den Tag legen mußte, um mich bei Laune zu halten. Ich gebe gerne zu, daß Harriets Widerwillen gegen die Kröte nicht gänzlich ohne Grund war. Ihr Vater, der Colonel, hieß nämlich Herbert, und ich hatte anläßlich einer früheren Gelegenheit nicht ohne eine gewisse Boshaftigkeit angedeutet, daß mein kleiner Liebling eine verblüffende Ähnlichkeit mit dem alten Herrn besitze, der einem im übrigen seiner Warzen wegen auffiel. Irgendwie, und zu Harriets Kummer, war der Name hängengeblieben.
So kam es also, daß ich Fledge, nachdem er den Kaffee eingeschenkt und serviert hatte, die Instruktion gab, Herbert an den Tisch zu bringen.
»Sir?« antwortete er. Es war unverkennbar, daß Harriet nichts von Herbert gesagt hatte, als sie den Mann in seine Pflichten einwies.
»Oh *nein*, Hugo, *bitte*«, sagte sie.
»Meine Liebe«, sagte ich, »hast du Fledge etwa nichts von Herbert gesagt? Kommen Sie, Fledge«, sagte ich, stand auf und betupfte mir die Lippen mit einer gestärkten, weißen Serviette, »und lassen Sie sich mit Herbert bekanntmachen.« Etwas später war Fledge über die korrekte Methode informiert, Herbert seinem Glasbehälter zu entnehmen und ins Eßzimmer zu bringen; und obwohl ich sah, daß der Mann keine natürliche Zuneigung zu Kröten besaß, ließ er sich bei der Ausführung der für ihn unangenehmen Aufgabe nicht den geringsten Widerwillen anmerken. Bald saß Herbert auf dem Tisch und hatte einen großen Teller voller wimmelnder weißer Maden vor sich. Ich informierte Sidney darüber, daß die Menschen früher geglaubt hatten, Kröten seien giftig, daß es sich bei dem fraglichen Sekret jedoch nur um eine Art Defensivschleim handele, der den Feinden der Kröte zuwider

sei. »Tatsächlich?« sagte Sidney und stellte seinen Kaffee ab, ohne ihn gekostet zu haben. An dieser Stelle bemerkte ich die Augen des Butlers, die mich, zum ersten Mal, unter gesenkten Lidern mit unverkennbarer Feindseligkeit anfunkelten; aber kaum daß ich diese Tatsache registriert hatte, wandte er den Blick auch schon wieder ab und konzentrierte sich auf seine Pflichten.

Nach dem Mittagessen ging ich in die Scheune und hatte, soweit ich mich erinnern kann, einen relativ guten Nachmittag mit dem Bein.

Das menschliche Gehirn wird von den Ärzten nur unzulänglich verstanden, obwohl natürlich keiner von ihnen gewillt ist einzugestehen, wie groß ihre Ignoranz in Wirklichkeit ist. Sie ziehen es vor, die Abgründe ihres Wissens mit Fachausdrükken zu überspielen – mit aufgeplusterten Phrasen, die niemals erklären, nur gelegentlich beschreiben und im großen und ganzen nur Verwirrung stiften. Nehmen Sie zum Beispiel die folgende Aussage: »Möglicherweise sind Schädigungen der hinteren Bereiche der unteren Frontalwindung der linken Hemisphäre des Patienten die Ursache für die Zerstörung seines Sprachvermögens.« Es ist *meine* geschädigte Windung, von der hier die Rede ist, aber hätte einer von ihnen mir erklären können (selbst wenn sie gedacht hätten, es sei der Mühe wert, was sie jedoch nicht taten), wieso gewisse geistige Fähigkeiten bewahrt blieben, während der Rest blockiert wurde? Wieso bin ich dazu in der Lage, zu sehen, zu wissen und die Welt zu beurteilen, nicht jedoch, einen Finger zu rühren oder auch nur auf Wunsch mit den Augen zu *blinzeln*? Die Ärzte wissen es nicht. Sie wissen nicht einmal, daß ich zu Wahrnehmungen fähig bin. Nur Cleo weiß das; und möglicherweise Fledge.

Bewußtsein im eigentlichen Sinne kann nur aus Verhalten gefolgert werden, und da ich nach meinem »zerebralen Unfall« (mehr darüber zu gegebener Zeit) keinerlei Verhalten an den Tag legte, blieb ich in jeder nur denkbaren Hinsicht ein dahinvegetierender Krüppel. Niemand hat mich je als solchen bezeichnet, jedenfalls nicht in meinem Beisein; aber es gibt schließlich auch andere Möglichkeiten, das auszudrücken. Ich erinnere mich, daß ich gegen Ende meines Krankenhausaufenthaltes vor eine Gruppe von Medizinstudenten gekarrt wurde, damit ihnen anhand meines Beispiels bestimmte, die Katalepsie betreffende Punkte verdeutlicht werden konnten. Anläßlich dieser Gelegenheit äußerte ein Neurologe namens Dendrite, der ein beiläufiges Interesse an mir entwickelt hatte, es mangele mir an »geistiger Präsenz«, ich sei »ontologisch tot«. Des weiteren beschrieb er, was er das »klinische Bild« nannte. Er verwies auf meine »maskenhafte Starre«, meine »kataleptische Fixierung der Haltung«, meine zwanghafte Grimasse, meine knirschenden Zähne, meine stertoröse Atmung, die, wie er sagte, von »gutturalen Phonotationen« begleitet wurde, die »dem Grunzen eines Schweins« nicht unähnlich waren. So sehr diese letzte Äußerung mich auch kränkte, traf sie mich dennoch nicht so tief wie der Hinweis auf mein ontologisches Totsein. Gab es eine Tortur, die sich mit dem Gefühl der Isolation, wie ich es empfand, vergleichen lassen konnte? Ich und ontologisch tot? Ich war, so glaube ich, die ontologisch *lebendigste* Person im ganzen Raum.

Das also ist das »Ich«, das zu Ihnen spricht: eingesponnen in einen Kokon aus Knochen, bin ich hinter einem leeren, eidechsenstarren Blick verpuppt, während mein Körper langsam, aber sicher von seinem eigenen Stoffwechsel aufgezehrt wird.»Er ist ein bedauernswerter, mißgestalteter, zur völligen Reglosigkeit verdammter Mann, unerfreulich anzusehen und dazu bestimmt, den Rest seiner Tage dahinzuvegetieren.« Mein Neurologe hat dies zwar niemals so gesagt, aber er hätte es ebensogut sagen können. Was jedoch die Bestimmung angeht, so bin ich zu der Überzeugung gelangt, daß es meine Bestimmung ist, eine Groteske zu sein. Denn ist das nicht eine Groteske – ein Mann, der sich in einen dahinvegetierenden Krüppel verwandelt hat?

Ich glaube mich zu erinnern, daß ich an dem Morgen, an dem die Fledges eintrafen, draußen in der Scheune war. In jenen Tagen war ich meiner Glieder noch mächtig, ich war ein aktiver Mann, der intellektuelle Schwerstarbeit leistete, nicht mehr so jung, daß ich meine Gesundheit und meine Vitalität als gegeben hingenommen hätte, aber auch nicht alt genug, um ausschließlich auf sie fixiert zu sein. Ich war mittelalt, ein mittelalter Wissenschaftler, ein Paläontologe, um genau zu sein, ein Experte auf dem Gebiet der großen Karnosaurier des späten Mesozoikums. Es war eine Zeit, in der ich sehr beschäftigt war, denn ich sollte vor der Royal Society für Paläontologie einen wichtigen Vortrag halten; dies erklärt zum Teil, wieso ich nichts mit der Einstellung der Fledges zu tun hatte. Es war Harriet, die sich darum gekümmert hatte.

Harriet ist meine Frau. Ich will gar nicht erst so tun, als wäre unsere Ehe eine glückliche gewesen, und nun, da ich gelähmt bin, betrübt mich der Gedanke an das, was wir versäumt haben. Die Schuld liegt zum größten Teil bei mir. Harriet glaubt den Ärzten, wenn sie ihr sagen, daß ich ein dahinvegetierender Krüppel bin, sie hat keinen Grund, etwas anderes zu denken. Es gibt kein starkes geistiges Band zwischen uns, nichts, was uns dazu befähigen könnte, meine Lähmung zu überwinden und in Kontakt zu bleiben. Mit Cleo ist dies möglich, nicht jedoch mit Harriet. Sie stellt sicher, daß ich von Mrs. Fledge ordnungsgemäß versorgt werde, aber bis auf einen wichtigen Punkt hat sich ihr Leben durch meinen Zustand nicht dramatisch verändert; dazu müssen Sie wissen, daß ich, von Harriets Standpunkt aus betrachtet, in gewisser Weise immer schon gelähmt war. Was sich geändert *hat*, ist die Tatsache, daß sie sich zum ersten Mal in unserer Ehe für einen anderen Mann interessiert. Der neue Mann in ihrem Leben ist Fledge.

Es war, wie ich bereits sagte, Harriet, die die beiden Fledges einstellte. Sie fuhr nach London, sprach mit ihnen, und kam sehr beeindruckt zurück. Sie engagierte sie auf der Stelle, worüber ich nicht sehr glücklich war, da es mit ihren Papieren Probleme zu geben schien. Die Fledges waren vorher bei einem Kaffeepflanzer in Kenia beschäftigt gewesen, einem Mann, der anscheinend von einem Ochsen niedergetrampelt wurde und das Zeitliche segnete, ohne ihnen vorher Referenzen zu schreiben. Aber Harriet war sicher, daß es keine Probleme geben würde. Sie hatte, was die Fledges anging, ein »Gefühl«, wie sie sagte. Und da die Gehälter der Dienstboten von ihrem Geld bezahlt werden, nicht von meinem, äußerte ich lediglich einen Einwand und ließ es damit gut sein.

Bei näherer Überlegung scheint mir dies ziemlich typisch für meinen Anteil an der Führung des Hauses – ich äußerte gelegentlich einen Einwand und ließ es damit gut sein. Wissen Sie, ich war seit so langer Zeit so ausschließlich mit meinen Knochen beschäftigt, daß ich die häuslichen Arrangements, die sozusagen die Grundlage meiner Existenz bildeten, völlig vernachlässigte. Ich aß, ich trank, und ich schlief im Haus, aber mein Herz, meine Passion – die lagen in der Scheune. In der Scheune lebte ich, im Haus existierte ich nur. Damit will ich nicht sagen, daß ich keine Verantwortung trage für das, was folgte. Im Gegenteil. Es war sträflicher Leichtsinn meinerseits, das sehe ich nun ein, Harriet bei der

personellen Ausstattung des Hauses so völlig freie Hand zu lassen, obwohl ich zu meiner Verteidigung sagen muß, daß ich nie einen Grund hatte, an ihrem Urteil zu zweifeln; mit dem Ehepaar Dome hatte es nie Probleme gegeben.
Ich war also in der Scheune, als die Fledges eintrafen, aber ich kann mir nur allzu gut vorstellen, was sich dabei abspielte: Harriet kam sicher an die Haustür, rief: »Mr. und Mrs. Fledge!« – und breitete in einer kurzen, zeremoniellen Geste des Willkommens die Arme aus. Sie hat eine ganz eigene Art, das zu tun, eine ganz eigene Art, Besucher zu begrüßen, die ihnen das Gefühl gibt, daß mit ihrer Ankunft, endlich, alles gut ist. Es ist ein liebenswerter Zug an ihr und nur eine der vielen Manifestationen ihrer »Wärme«. Harriet selbst, sollte ich Ihnen dazu vielleicht noch sagen, ist klein, mollig und fünfzig Jahre alt. Sie trägt vorzugsweise gepflegte, aber bequeme Kleider aus Tweed, und ihre krönende Zier ist ein herrlicher Wust kupfriger Locken, die sie am Hinterkopf zu einem Knoten schlingt und mit einer Art Stricknadel feststeckt. Ihr Teint ist rosig und makellos, und sie hat kleine Nagezähne, die an einen Hamster erinnern. Cleo sieht Harriet überhaupt nicht ähnlich; Cleo ist eine echte Coal, sie schlägt nach mir.
Bemerken Sie an dieser Stelle eine gewisse Bitterkeit? Merkt man mir den unterdrückten Groll an, der unablässig in diesem meinem sterbenden Herzen schwelt? Ich kann es nicht leugnen; wenn Harriet ihre fünf Sinne beisammen gehabt hätte, wenn ihre intuitiven Fähigkeiten nicht schon seit langem durch das zwanghafte Bedürfnis abgestumpft gewesen wären, das zu beachten, was sie »die Anstandspflichten« nennt, hätte sie diesen diabolischen Mann nie in mein Haus gebracht, und ich säße heute nicht in diesem Rollstuhl. Aber das ist Wunschdenken. Ich habe auch gar nicht die Absicht, Ihnen etwas vorzujammern; ich möchte nur beschreiben, was ich seitens eines verräterischen Domestiken und einer treulosen Ehefrau erlitten habe. Vielleicht werden Sie mir,

wenn Sie mich bis zu Ende angehört haben, Ihr Mitgefühl zuteil werden lassen, vielleicht auch nicht. Es spielt keine große Rolle; wenn meine Geschichte zu Ende ist, werde ich tot sein.

So. Ich habe Ihnen also erzählt, was Harriet an jenem Morgen im letzten Herbst auf der Türschwelle tat; aber was für ein Bild gaben die Fledges ab, als sie in ihren langen, dunklen Mänteln, inmitten ihrer schwarzen Koffer dort standen? Ich will es Ihnen sagen: Sie sahen aus wie zwei finstere, kahle, blätterlose Bäume.

Fledge selbst ist schwer zu beschreiben. Eine gewisse Undefinierbarkeit haftet dem Mann an wie Nebel. Er hat seine wahren Gefühle so lange verheimlicht, daß der wie auch immer geartete Kern eines wahren Selbst, der noch in ihm glühen mag, für das bloße Auge nicht mehr erkennbar ist. Er ist, das versteht sich von selbst, sauber und ordentlich, oder mehr noch, absolut untadelig, wie es sich für einen Butler gehört. Schlank, etwas über mittelgroß, mit rötlichbraunen Haaren, die von einem Wirbel genau über der Mitte der Stirn mit Pomade im schrägen Winkel glatt nach hinten gekämmt werden, könnte er alles mögliche sein; aber die Präsenz von Mrs. Fledge – Doris – an seiner Seite situiert und definiert den Mann. Denn Doris ist unverkennbar Dienerschaft. Ebenso groß wie ihr Mann (und damit einen deutlichen Kopf größer als ich), knochendürr, mit einem spitzen, verhärmten Gesicht und schwarzen Haaren, die straff aus der Stirn zurückgezurrt und von drahtigen, eisengrauen Fäden durchzogen sind, trägt ihr Wesen den unauslöschlichen Stempel dienerischer Mühsal. Sie hat eine lange, spitze Nase, und ihre Augen sind sehr dunkel, so dunkel, daß Iris und Pupille zu einem einzigen Rund verschmolzen scheinen, mit nur einem winzigen Lichtpunkt von der Größe einer Nadelspitze genau in der Mitte. Diese schwarzen Augen verleihen ihrem Gesicht ein undurchdringliches, vogelartiges Aussehen, und obwohl die Schlichtheit und die Einfachheit des Wesens der

Frau sehr schnell zutage treten, erweckt sie auf den ersten Blick den Eindruck einer großen Krähe, einer starräugigen Kreatur, der alle menschlichen Angelegenheiten fremd sind, eines Raben, der weibliche Gestalt angenommen hat. Nur die Spitze ihrer Nase, die von einem Gespinst winziger, geplatzter Blutgefäße gerötet ist, verleiht ihrem Gesicht Farbe und Menschlichkeit. Und so präsentierten sie sich, der Dämon und die Krähe, und dann waren sie über die Schwelle und unter meinem Dach.

Dabei fällt mir ein, daß Sie sich vielleicht fragen, wozu wir einen Butler brauchen, also sollte ich Ihnen vielleicht erklären, daß dies für Harriet ein unverzichtbarer Bestandteil der »Beachtung der Anstandspflichten« war. Sie ist in dem Glauben aufgewachsen, daß ein Haus ohne irgendeine Art von männlichem Bediensteten kein Haus ist. Nicht etwa, daß sie ein Snob wäre, aber sie hat die Ansichten ihres Vaters, des Colonels, so vollständig verinnerlicht, daß es ihr in mancher Hinsicht einfach unmöglich ist, sich den wandelnden gesellschaftlichen und wirtschaftlichen Verhältnissen anzupassen. Mangelnde Anpassungsfähigkeit, sage ich ihr immer wieder, führt unweigerlich zum Aussterben; aber das kümmert sie nicht. »Dann laß uns eben aussterben«, antwortet sie heiter. »Aber laß es uns wenigstens auf angenehme Weise tun.« Daher der Butler. Wir haben immer einen gehabt, aber der letzte, ein uraltes Fossil namens Dome, war im Sommer an Altersschwäche gestorben, und seine Frau folgte ihm keine vierzehn Tage später ins Grab.

Anschließend führte Harriet die Fledges bestimmt durch die Eingangshalle und weiter in den hinteren Teil des Hauses und in ihre Unterkunft, ein großes, niedriges Zimmer am Ende eines dunklen, mit Steinfliesen ausgelegten Flurs, das an ein uraltes Badezimmer mit fleckigen Messingarmaturen und einer hundert Jahre alten Toilette angrenzte. Nachdem sie sich in diesen obskuren Regionen installiert hatten, wurden die Fledges vermutlich durch das Haus geleitet und in ihre

Pflichten eingewiesen, und als der Gong zum Mittagessen schlug, hatten sie bereits Wurzeln gefaßt.
Was müssen Sie sonst noch wissen, bevor wir fortfahren? Das Haus trägt den Namen Crook. Es ist ein Herrenhaus aus dem sechzehnten Jahrhundert und hat einen im Prinzip E-förmigen Grundriß mit zwei gegiebelten Flügeln, die rechts und links vorspringen, und einer Veranda in der Mitte. Die Mauern, die ausschließlich aus Backsteinen und Holz bestehen, sind vollständig von Efeu überwachsen, und die Fenster lugen wie die Augen eines geduckten, zotteligen Tieres durch das Laub. Zwischen den Dachziegeln wächst Moos, und vor dem Haus windet sich die Auffahrt um einen kleinen Teich herum, der mit Schilf zugewachsen und von einer dicken Schicht aus grünem Schlick überzogen ist. Rechts des Hauses führt ein kopfsteingepflasterter Pfad auf den dahinterliegenden Hof, der auf zwei Seiten von leeren Ställen und Nebengebäuden umschlossen ist, und auf der dritten, genau gegenüber der Hintertür zur Küche, von einer Backsteinmauer, die auf den Gemüsegarten und den Obstgarten hinausgeht. Ein Stück links des Hauses steht die Scheune. Seltsamerweise zeigt die Fassade von Crook nach Süden, eine bemerkenswerte Entscheidung des Erbauers in Anbetracht der im sechzehnten Jahrhundert vorherrschenden Meinung, daß Südwinde Verderbnis und böse Dämpfe mit sich bringen. Das Haus ist hochgradig reparaturbedürftig, vor allem das Dach, das undicht ist, und die sanitären Einrichtungen, die nicht nur unzuverlässig, sondern auch laut sind. Die Toilettenspülung in Crook klingt wie Donnerhall.
Haus und Scheune stehen auf den wenigen Morgen Land, die von einem einst beträchtlichen Anwesen übriggeblieben sind; einzig die Schweinefarm unten in Ceck's Bottom wurde noch nicht verkauft, hauptsächlich deshalb, weil sie nichts wert ist. Hinter dem Haus, nach Norden zu, fällt das Gelände sanft zum Tal des Fling ab, einem schmalen, gewundenen Flüßchen, das sich auf seinem Weg zum Cecker Moor wenig

später den Blicken entzieht. Das Cecker Moor ist ein ausgedehnter, brachliegender Landstrich gleich hinter dem Dorf Ceck, dessen normannischer Kirchturm über die fernen Baumwipfel hinweg sichtbar ist. Ich werde in Kürze mehr über das Moor sagen. Auf der anderen Seite des Tals steigt das Land relativ steil an, und hier gehen offene Felder und Wiesen in einen dichten Wald über, der größtenteils aus Buchen und Eichen besteht. Das Dorf liegt im Osten, während die Bäume nach Westen zu allmählich dünner werden und in ein Labyrinth aus Niedriggehölzen und engen Tälern übergehen, in dem seit langer Zeit ein berühmtes Felsenmeer gelegen ist. Unsere Gegend ist schroff und uneben, voller Hügel und Wälder, und von daher voller Vögel. Zehn Meilen weiter westlich kommt man zu einem Marktstädtchen namens Pock-on-the-Fling; dies ist die nächste nennenswerte Ansiedlung. Crook selbst gehört zur Gemeinde Ceck, im Nordosten von Berkshire, und meine Geschichte beginnt im Herbst des Jahres 1949.

Kurz nach der Ankunft der Fledges ereignete sich ein relativ bizarrer Vorfall, dem ich damals eine nicht mehr als flüchtige Beachtung zuteil werden ließ, der mir heute jedoch mit einer unheimlichen, unheilvollen Bedeutung befrachtet scheint. Habe ich schon gesagt, daß ich vor der Royal Society für Paläontologie einen wichtigen Vortrag halten sollte, einen Vortrag über eine ganz besondere Spezies spätmesozoischer, räuberischer *Carnosauria*, die ich als junger Mann in Ostafrika entdeckt und deren Knochenstruktur ich meine ganze Laufbahn gewidmet hatte? Der *Phlegmosaurus carbonensis* (so genannt, weil die Knochen leicht verkohlt waren, als ich sie fand – griechisch *phlegein*, brennen) hat, wie ich immer noch glaube, geradezu revolutionäre Auswirkungen nicht nur auf die Paläontologie, sondern auf die Zoologie im allgemeinen – aber damit brauche ich Sie jetzt nicht zu langweilen. Der springende Punkt ist, daß ich, als ich meiner Glieder noch mächtig war, die Angewohnheit hatte, im Cekker Moor über meine Vorträge nachzudenken; die Stille und die Einsamkeit, die dort herrschten, waren, wie ich fand, hochgradig förderlich für geistige Strenge und Klarheit.

Und so machte ich mich eines Nachmittags mit einer Taschenflasche Whisky und einem kräftigen Spazierstock auf den Weg, und nachdem ich über einen morastigen Feldweg gestapft war, der sich durch ein Gestrüpp dichtwachsender Birken und Erlen wand, befand ich mich unter einem weiten, grauen Himmel, und vor mir lagen Meilen von flachem, sumpfigem Moorgebiet mit einem Teich in der Ferne. Die Luft hatte, wie ich mich erinnere, einen rauchigen, herbstlichen Beigeschmack, und während ich über die unebenen, nassen Höcker aus Torf und Moos stapfte, die mit Büscheln von Sumpfgras bewachsen waren, die sich im Wind sträubten und zwischen denen sich Pfützen abgestandenen, schwarzen Wassers angesammelt hatten, frohlockte mein Herz angesichts der Stille und der Einsamkeit, die all dem anhaftete. Wilde Vögel strichen aus ihren Nestern im Gras auf und flatterten mit lauten, heiseren Schreien auf das Wasser zu, und ich patschte in meinen Gummistiefeln durch die Landschaft, die dicke Tweedmütze zum Schutz vor dem beißenden Wind tief über die Ohren gezogen.

Ich hatte mich eben auf einem mit vertrocknetem Farn bewachsenen Bodenhügel dicht am Rand des Teichs niedergelassen und ließ die Augen müßig über das graue, windgefurchte Wasser wandern, als ich ein unförmiges, gehörntes Etwas entdeckte, das ganz in meiner Nähe halb versunken im

Schilf lag. Ich patschte durch das seichte Wasser, um nachzusehen, worum es sich handelte, und stellte zu meinem Erstaunen fest, daß es eine tote Kuh war. Ich piekste sie mit meinem Spazierstock an, hakte den Griff des Stocks dann um eines ihrer Hörner und fing an, sie näher ans Ufer zu ziehen. Dabei hob sich der Kopf der Kuh, und Wasser strömte aus den leeren Augenhöhlen wie aus einem Brunnen. Und dann fing der große Körper an, sich auf den Rücken zu drehen, und plötzlich wurde ein widerlicher, ekelerregender Gestank freigesetzt, und ein Hecht, ein großer Hecht, vier Fuß lang, schlüpfte aus dem Bauch der Kuh und sah mich, während seine Kiemen ganz geruhsam flappten, einen Augenblick lang an, bevor er in die Tiefen des Sees davonglitt.

Das ist doch nichts Besonderes, sagen Sie vielleicht; aber haben Sie schon einmal einen Hecht gesehen? Hechte haben schmale, spitze Schnauzen und einen vorspringenden Unterkiefer voller scharfer Zähne, und sie scheinen einen *anzugrinsen*; dieser hier war sehr groß, und sehr alt. Der Schnitt ihrer Köpfe ist nichts weiter als ein Beispiel für natürliche Funktionalität, aber er verleitet einen dazu, sie für bösartig zu halten; und als dieser hier mit derart unheimlicher Plötzlichkeit aus dem aufgedunsenen, stinkenden Kadaver der Kuh auftauchte, schien der Blick seiner kalten Killeraugen (und Hechte fressen alles, sogar ihre eigenen Artgenossen) so durchtrieben, so durch und durch *böse*, daß mir einen Augenblick lang im wahrsten Sinne des Wortes die Haare zu Berge standen. Ich nahm den Vorfall, wie ich bereits sagte, damals nicht besonders ernst, abgesehen davon natürlich, daß ich ihn beim Essen an jenem Abend in allen Einzelheiten schilderte; aber in letzter Zeit taucht das Bild jenes bösen, alten Hechts, der aus dem Bauch der Kuh schlüpft, immer wieder vor meinem inneren Auge auf, und zwar ohne jeden ersichtlichen Grund.

Nur um die Geschichte abzuschließen. Mir fiel ein, daß die

tote Kuh gutes Futter für Georges Schweine abgeben würde, und so stapfte ich in nordöstlicher Richtung durch das Moor nach Ceck's Bottom und erzählte ihm davon. Und soweit ich weiß, waren es Georges Schweine, die den Rest der Kuh bekamen, und nicht der alte Hecht.

Bald machte ich auch Bekanntschaft mit Doris Fledge, der Dame mit dem Krähengesicht und der roten Nasenspitze. In jenen Anfangstagen des Herbstes kochte sie uns solide, anspruchslose Mahlzeiten, die immer heiß auf den Tisch kamen, und ich war durchaus zufrieden. Vielleicht hatte Harriet mit den Fledges doch recht gehabt, dachte ich. Wie Darwin ist es mir gleichgültig, was ich esse, solange es jeden Tag das gleiche ist, und ich war daran gewöhnt, mich darauf verlassen zu können, daß die alte Mrs. Dome (wenn ihr Rheumatismus ihr nicht »zu schaffen machte«) mir einfache, englische Mahlzeiten bestehend aus Fleisch und Gemüse vorsetzte, die nicht durch Soßen, Gewürze und andere Extravaganzen ungenießbar gemacht worden waren. Mrs. Fledge gehörte offensichtlich derselben kulinarischen Tradition an, und dies erlaubte es mir, die Mahlzeiten dem Lesen der *Times* zu widmen oder dem Nachdenken über meinen Vortrag oder dem Schikanieren von Sidney Giblet, ohne mir Gedanken darüber machen zu müssen, was wohl auf meinem Teller auftauchen würde.

An einem Vormittag, an dem ich mich, bevor ich in meine Scheune ging, ganz besonders aufgekratzt fühlte, beschloß ich, einem plötzlichen Impuls folgend, die Küche aufzusuchen, mich bei Mrs. Fledge zu erkundigen, was es zum Mittagessen geben würde, und ihr das eine oder andere freundliche Wort zu sagen – ein freundliches Wort vom Herrn des Hauses kommt bei der Dienerschaft immer gut an. Ich war mit George, der ein Feuer aus altem Laub und anderen Gartenabfällen baute, draußen im Gemüsegarten gewesen, und soweit ich mich erinnere, war es ein schöner, klarer Tag, was der Grund dafür war, daß ich so aufgekratzt war. Als ich den Hof überquerte und auf die Hintertür zuging, sah ich Mrs. Fledge in der Küche; sie stand mit dem Rücken zum Fenster und hantierte in dem langen Eichenschrank herum, der eine ganze Wand des Raumes einnimmt. Selbst über den halben Hof hinweg lag etwas unverkennbar *Verstohlenes* in den Bewegungen der Frau, und mir fiel das unbestimmte Gefühl wieder ein, das ich schon gehabt hatte, als ich sie das erste Mal zu Gesicht bekam. Auf jeden Fall ging ich mit energischen Schritten über den Hof, und meine lederbesohlten Schuhe hallten laut und deutlich auf den trockenen Steinen, und sie mußte mich wohl gehört haben, denn sie huschte sofort vom Schrank zum Spülbecken, wo sie damit beschäftigt war, das Frühstücksgeschirr abzuwaschen, als ich durch die Hintertür hereinkam.

»Morgen, Mrs. Fledge«, sagte ich.

»Guten Morgen, Sir Hugo«, sagte sie, trocknete sich hastig die Hände an der Schürze, die sie fest um ihre schmale Taille gebunden hatte, und sah auf eine Art, die ich sehr genoß, verwirrt und verlegen aus. Eine von silbernen Fäden durchzogene Haarsträhne hatte sich aus ihrem Knoten gelöst, und sie strich sie mit einer schnellen, nervösen Bewegung nach hinten.

»Lassen Sie sich nicht stören, Mrs. Fledge«, sagte ich munter, während ich durch die Küche marschierte. »Ich wollte nur wissen, mit was für Schlemmereien und Leckereien Sie uns heute mittag in Versuchung führen wollen.«

Ich war dicht vor dem Eichenschrank stehengeblieben; die Verwirrung der Frau steigerte sich merklich. »Koteletts, Sir Hugo«, sagte sie.

»Wunderbar! Ich liebe Koteletts. Gegrillt?«

»Ja, Sir Hugo.«

In der Mitte der Küche, einem ziemlich niedrigen Raum mit schwarzen Balken, die quer über die Decke laufen, und

einem Boden aus Steinfliesen und einem riesigen Holzofen an der hinteren Wand, steht ein Tisch aus oft gescheuertem Eichenholz, und auf dem Tisch lag ein dicker Bund Mohrrüben, an denen noch die Erde klebte und deren blättriges Kraut sich grün über das helle Holz breitete, und daneben eine Schüssel mit großen Kartoffeln, eine Schüssel mit Zwiebeln und ein Kohlkopf. Alles mit liebender Hand im Garten von Crook gezogen, von George Lecky, diesem guten, braven Mann. »Und Mohrrüben, Mrs. Fledge?« sagte ich.
»Ja, Sir Hugo.« Sie stand mit dem Rücken zum Spülbecken, trocknete eine Teetasse ab und roch geradezu nach schlechtem Gewissen. Ich vergrub die Hände tief in den Taschen meiner Hose und ging auf die Frau zu. Wie ich vermutet hatte, war es nicht nur schlechtes Gewissen, wonach sie roch – sie war an meinem Sherry gewesen! Sie mußte eine Flasche im Schrank versteckt haben! Ich trat dicht an die Frau heran. Panik flackerte in ihren amselartigen Augen auf. Fast hätte sie die Teetasse fallenlassen. Aus einer Entfernung von vielleicht vierzig Zentimetern sah ich in ihr vom Entsetzen gezeichnetes Gesicht, betrachtete das zarte Netzwerk geborstener Kapillarien an der Spitze ihres Schnabels und lächelte. »Und Zwiebeln, Mrs. Fledge?« sagte ich.
»Ja, Sir Hugo.« Sie stand wie versteinert. Ich strich die Strähne silbernen Haars zurück, die sich erneut aus ihrem Knoten gelöst hatte, ließ meine Finger über ihre Wange gleiten und kniff sie sanft in das kleine Ohrläppchen. »Bravo«, sagte ich und schlenderte aus der Küche. Noch würde ich nichts sagen, beschloß ich. Ich würde den passenden Augenblick dafür sorgfältig wählen. Irgendwann würde sich, dessen war ich sicher, die perfekte Gelegenheit bieten, Harriet die Haushälterin, von der sie behauptet hatte, daß es mit ihr kein »Problem« geben würde, unter die Nase zu reiben. Deine Haushälterin, würde ich sagen, hat sehr wohl ein »Problem«, meine liebe Harriet. Sie »trinkt«.
An diesem Tag ließ ich den Koteletts meine ungeteilte Auf-

merksamkeit zukommen, denn ich war gespannt zu sehen, ob Mrs. Fledges kulinarische Leistungen durch ihre Liebe zur Flasche beeinträchtigt wurden. Die Koteletts waren vorzüglich. Sie waren perfekt. Auch die Mohrrüben waren genau richtig und das Kartoffelpüree über jede Beanstandung erhaben. Vielleicht, dachte ich, funktioniert sie genau wie Churchill am besten auf einem konstanten Pegel. Es war richtig gewesen, dachte ich, nichts zu sagen. Ich drehte mich zu Sidney um und fragte ihn, was er über den Lebenszyklus der Dasselfliege wisse. Der arme Trottel wurde über und über rot; er hatte nicht einmal gewußt, daß es so etwas wie Dasselfliegen gab, also erzählte ich ihm alles über sie. Sind Sie mit dem Lebenszyklus der Dasselfliege, *Gastrophilus equi*, vertraut? Sie legt ihre Eier auf den Vorderläufen von Pferden ab. Wenn die Larven schlüpfen, führt die resultierende Reizung dazu, daß das Pferd sich leckt und die Larven verschluckt. Sie setzen sich ein Jahr lang an den Innenwänden des Pferdemagens fest und ernähren sich dort, wandern dann in den Dung des Tieres und werden ausgeschieden. Anschließend vergraben sie sich in der Erde und verpuppen sich – und der Prozeß fängt wieder von vorne an. Elegant? Nein? Elegant, unabänderlich – und sinnlos.

Unter all den verschiedenen Perspektiven, die mir durch die zufällige Plazierung meines Rollstuhls geboten werden, gibt es zwei, die ich ganz besonders liebe. Die erste, eine große Freude an warmen Tagen, ist die vor der Verandatür am hinteren Ende des Salons. Von dort aus kann ich auf den

Blumengarten hinaussehen, mit seinen Terrassen und seinem Goldfischteich, seinen Hecken und seinen Rasenflächen, durchfädelt von schmalen, gewundenen Pfaden und umschlossen von einer halb zerfallenen Backsteinmauer. Es war mir immer eine große Freude, George bei der Arbeit zuzusehen, wenn er zwischen den Blumen auf der Erde kniete; George ist jetzt nicht mehr da; natürlich nicht, und der Garten verwildert ohne ihn. Den anderen ist das gleichgültig.

Mein zweiter Lieblingsplatz ist der vor dem Kamin. Wie ein kleiner Junge kann ich stundenlang ins Feuer starren und Kathedralen und Ungeheuer sehen, Basilisken, Drachen und Gorgonen; und wenn ich der Flammen müde werde, ist die kunstvolle Schnitzerei der Kamineinfassung, die ich Ihnen zu gegebener Zeit noch genauer beschreiben werde, für mich eine nie versagende Quelle der Freude und sogar eine moralische Stütze in diesen dunklen Zeiten.

Oft jedoch wird mein Rollstuhl abgestellt, ohne auch nur einen Gedanken an die Aussicht zu verwenden, die mir dadurch geboten wird. Ich werde vor Fenster gestellt, die auf leere Höfe hinausgehen, oder in dunkle Ecken gerollt, damit Böden eingewachst und Teppiche gefegt werden können. Manchmal lande ich sogar in der Nische unter der Treppe, und darin liegt eine tiefe Ironie, wie Sie noch sehen werden. Niemand außer Cleo kommt auf den Gedanken, daß mir das etwas ausmachen könnte; sie denken alle, daß ich ein dahinvegetierender Krüppel bin. Was also soll ich davon halten, daß Fledge meinen Rollstuhl mit voller Absicht zur Wand dreht? Soll ich daraus schließen, daß es ihn irritiert, die leeren Augen eines lebenden Toten auf sich zu fühlen, wenn er seiner Arbeit nachgeht? Oder ist es etwas anderes? Weiß er, daß ich denke und fühle, und tut er es folglich, um meine Qual zu vergrößern? Ist es eine Art Folter? Ich denke, ja.

Ich glaube nämlich, daß Fledge, schon bevor er die Schwelle

von Crook überschritt – schon bevor er *mich* kennenlernte –, den ehrgeizigen Plan ausgeheckt hatte, mich zu entthronen. Ich wage zu behaupten, daß es in seiner Natur immer schon ein Saatkorn der Unzufriedenheit, ein Saatkorn der Revolte gab, er sich jedoch erst jetzt, verhältnismäßig spät (denn Fledge ist kein junger Mann mehr), voll und ganz dazu entschließen konnte, dementsprechend zu handeln. »Besser in der Hölle herrschen«, mochte er sich wie Miltons Satan gesagt haben, »als im Himmel dienen.« Und es ist nicht schwer, ihn als einen Satan zu sehen, als eine Schlange, die mit nichts als bösen Absichten im Herzen in mein Haus gekrochen kam, obwohl es natürlich nur winzige Gesten und flüchtige Gesichtsausdrücke waren, anhand derer ich jetzt erkenne, wie sehr er mich, selbst in jenen Tagen, haßte. Er *mußte* mich hassen, verstehen Sie – sonst hätte er seinen Plan nicht durchführen können. Und das ist der Grund dafür, daß er meinen Rollstuhl heute zur Wand dreht: Mich zu hassen, ist eine Gewohnheit geworden.

Es ist schon seltsam, mit welch glatter Selbstgefälligkeit wir von der Überlegenheit des Säugetiers ausgehen. Ich habe vorhin, anläßlich von diesem oder jenem gesagt, der Lebenszyklus der Dasselfliege sei sinnlos. Das war natürlich nicht ernst gemeint. Es wäre absurd, behaupten zu wollen, daß irgendeine Spezies mehr »Sinn« hat als eine andere. Der Naturwissenschaftler kann jedoch nicht umhin, Präferenzen zu entwickeln, und meine liegen bei den großen, räuberischen, fleischfressenden Tieren – wie dem *Phlegmosaurus carbonensis*. Deshalb bringe ich das Säugetier zur Sprache, denn es wird oft vergessen, daß das Säugetier erst zu seinem Recht kam, als der Dinosaurier schon ausgestorben war. Als der Dinosaurier noch aktiv war, wagte das Säugetier sich nicht aus seinem Loch hervor. Es war ein scheues, haariges kleines Ding – ich drücke mich nun bewußt laienhaft aus –, das nie auch nur die geringste Herausforderung für die dinosaurische Oberherrschaft über die mesozoische Umwelt

darstellte. Der springende Punkt ist, daß wir, wenn wir uns Fledge genauer ansehen, eine identische Taktik beobachten können – in unserem speziellen Fall: kalkulierter Opportunismus seitens eines von Natur aus minderwertigen Wesens mit übersteigerten gesellschaftlichen Ambitionen.
Ich möchte die Analogie nicht weiter verfolgen; genüge es zu sagen, daß Fledges Spiel ein Geduldsspiel war und daß mir, wie ich bereits sagte, nur anhand der kleinen Zeichen, die er von sich gab, inzwischen ersichtlich ist, worauf er hinauswollte. An eines dieser Zeichen erinnere ich mich besonders deutlich, denn es erfolgte, merkwürdigerweise, in einem Augenblick, der für mich von einer bitteren beruflichen Enttäuschung geprägt war.

Der Schlag ereignete sich an einem jener wunderbar klaren, frischen Vormittage, wie wir sie im letzten Herbst hatten; und er ereignete sich, passenderweise, in der Scheune. Ich hatte wie gewöhnlich gut gefrühstückt, eine halbe Stunde mit der *Times* auf der Toilette verbracht und mich dann nach unten begeben; und dort, auf dem Tisch in der Halle, fand ich einen Brief der Royal Society. Ich drehte ihn ein paar Sekunden lang in den Händen hin und her und wurde von der heftigen Vorahnung ergriffen, daß die Neuigkeiten, die er enthielt, schlecht sein würden. Ich steckte den Brief in meine Tasche und überquerte die Auffahrt zur Scheune.
Die Scheune, sollte ich dazu vielleicht noch sagen, unterscheidet sich, was die Bauweise anbetrifft, in nichts von anderen Scheunen in unserem Teil Berkshires. Ein zentraler Bereich wird von vier hochkant stehenden Balkenpaaren eingefaßt, und in diesem zentralen Bereich führte ich meine Forschungsarbeiten durch. An der Nordseite (die Scheune steht rechtwinklig zum Haus, mit der Fassade nach Osten) führt eine schmale Holztreppe auf eine Galerie, die sich an der ganzen West- und Südseite entlangzieht und eine Art

Dachboden bildet, den ich zum Lagern meiner Knochen nutze. Kleine Fenster hoch oben in den Giebeln lassen ein paar wenige Strahlen Tageslicht in das Dunkel einfallen, und als ich die Scheune betrat und die Tür hinter mir schloß, bemerkte ich einen kleinen Vogel, einen Spatz, der zwischen den Dachbalken flatterte.

Ich blieb ein paar Augenblicke mit dem Rücken zur Tür stehen, ohne das Licht anzuschalten. Der Bauweise nach war die Scheune, wie ich bereits sagte, wie jede andere Scheune in Berkshire; der Funktion nach war sie es nicht. Diese Scheune war nämlich in ein Arbeits- und Forschungslaboratorium umgewandelt worden, und je mehr meine Augen sich an die Dunkelheit gewöhnten, desto deutlicher trat die knochige Kreatur hervor, an der ich ein Vierteljahrhundert lang gearbeitet hatte. Es war der *Phlegmosaurus* – meine Rekonstruktion des kompletten Skeletts.

Er war, für einen Dinosaurier, nicht sonderlich groß, nur knapp über zwei Meter hoch, mit einem langen Schwanz, der sich weit nach hinten erstreckte und von einer eisernen Strebe, die in einen Betonblock eingegossen war, gestützt wurde. *Vogelartig* ist vielleicht die beste Beschreibung für das Tier mit seinen großen Füßen, die aus zwei langen, mehrfach gegliederten Zehen und einem dritten, inneren Zeh bestanden, der einer überdimensionalen Kralle mit einer dünnen, gebogenen, sichelförmigen Klinge ähnelte. Die Hinterbeine waren lang, die Hüftknochen kräftig, und aus dem Beckengürtel wölbte sich das Schambein wie ein großer, flachköpfiger Hammer. Der Oberkörper mit den tonnenartig gewölbten Rippen war gedrungen, wie auch die langfingrigen Vordergliedmaßen, und auf dem Hals saß ein schmaler, spitzer Kopf voller bösartiger, fangartiger Reißzähne, die fest in ihren Gruben saßen. Ich hatte die Kiefer so fixiert, daß sie weit geöffnet waren und der *Phlegmosaurus* in seiner hoch aufgerichteten, aufgebäumten Haltung zu schnauben oder sogar zu brüllen schien, und als ich Victor Horn, meinen

Enkelsohn, zum ersten Mal mit in die Scheune nahm, um ihm den *Phlegmosaurus* zu zeigen, erschreckte das arme Kind sich halb zu Tode! Aber meine Augen wurden in dieser, der letzten Phase meiner Arbeit, am häufigsten von den Hinterbeinen angezogen, von den großen, krallenartigen Zehen, von den Knöcheln mit dem einen Gelenk, die mit einem scharfen Knochensporn versehen waren, der wie ein Ornament aus der Ferse herausragte; von den langen Unterschenkeln, die mit zarten, schlanken Wadenbeinen verstrebt waren, und von dem langen Schaft des Oberschenkelbeins, das sich so genau in die Hüftpfanne schmiegte. *Vogelartig*, habe ich vorhin gesagt; und ja, diese Beine sahen aus wie die Beine eines Fasans, eines riesigen Fasans, eines Monsters von einem Fasan, und es war diese verblüffende Ähnlichkeit, die mich ursprünglich darauf gebracht hatte, näher über die Verbindung zwischen Dinosauriern und Vögeln nachzudenken und über die Möglichkeit einer Verwandtschaft, die bedeutend enger war, als die orthodoxe Paläontologie damals zuzugeben bereit war. Entfernte Cousins, als solche wurden sie von der orthodoxen Paläontologie betrachtet. Nicht von mir. Für mich war der *Phlegmosaurus* der Patriarch, und die Abstammungslinie war eine direkte. Ja, der *Phlegmosaurus* war der Vater der Vögel – und dies war natürlich das Thema meines Vortrags.
Ich drückte auf den Schalter neben der Tür. Neonröhren, die von den Dachbalken hingen, erwachten zu grellem Leben, und mein gespenstisches Haus der Gebeine verwandelte sich in das Laboratorium eines praktisch arbeitenden Paläontologen. Ich setzte mich in den weißen Korbsessel, der vor dem Phlegmosaurus stand, und öffnete den Brief der Royal Society. Die Neuigkeit war in der Tat schlecht.

Beim Mittagessen war ich still und niedergeschlagen. »Sykes-Herring«, sagte ich, »hat mir geschrieben.« Wir waren nur zu zweit, da Cleo und Sidney mit den Fahrrädern losgefahren waren, um in der Nähe von Pock Reibabdrücke von alten Grabsteinen zu nehmen. Harriet war draußen im Garten gewesen, und das frische Herbstwetter hatte ihre Wangen gerötet. Ihr Haar war höher als sonst zusammengefaßt und festgesteckt; sie sah aus dem Fenster, wobei sie mir das Profil zuwandte; ihre Nase war eine Spur nach oben gebogen, während das kleine, knopfartige Kinn sich gemütlich in die warme Fleischschwellung kuschelte, die einmal ihr Hals gewesen war. Sie runzelte die Stirn, als sie sich zu mir umdrehte. »Sag mir doch bitte noch einmal, wer von ihnen Sykes-Herring ist, Lieber. Ich bringe sie immer durcheinander. Ist er der Flugechsen-Mann?«

»Nein, Harriet«, sagte ich und gab mir Mühe, den gereizten Tonfall aus meiner Stimme zu verbannen. »Er ist der Geschäftsführer der Royal Society.«

»Ach *ja*«, sagte sie. »Ein süßer kleiner Mann.«

»Süß oder nicht«, sagte ich trocken, »er will nicht, daß ich meinen Vortrag halte.«

Harriet war empört. »Nicht?« rief sie. »*Nie?*«

»So genau hat er das nicht gesagt. Anscheinend hat er Terminschwierigkeiten; ich soll mich bei nächstmöglicher Gelegenheit mit ihm in Verbindung setzen.«

»Also nein«, sagte Harriet verdrießlich. »Wie absolut abscheulich von ihm. Jetzt wirst du den ganzen Winter über einfach unmöglich sein.«

Ich runzelte die Stirn. Das war nicht das, was ich hatte hören wollen, ganz und gar nicht. Unmöglich, also wirklich! Harriet erkannte, glaube ich, daß sie ins Fettnäpfchen getreten war, und strich sich nervös über die Haare. Von Fledge war eine Art Hüsteln zu hören. Ein plötzlicher Windstoß ließ die Fensterscheiben klirren, dann folgte ein kurzer, heftiger Regenschauer. Harriet drehte sich wieder zum Fenster um und sagte zerstreut: »Ach du liebes bißchen, Cleo und Sidney werden ja ganz naß.« Ich warf Fledge einen Blick zu und sah es: Er hielt sich die Hand vor den Mund. Und zwar nicht, davon bin ich überzeugt, um ein Hüsteln zu unterdrücken, sondern um zu verbergen, daß er *über mich lachte*.

Ich habe lange über diese Geste nachgedacht, denn sie war der erste wirkliche Hinweis darauf, daß der Mann nicht das war, was er zu sein schien; und ja, er lachte über mich. Er hielt mich für absurd. Er fand es ganz offensichtlich lächerlich, daß ich mich um das Verständnis meiner Frau bemühte, nur um derart vor den Kopf gestoßen zu werden. Er hatte natürlich recht – aber wenn er glaubte, er könne mir ungestraft ins Gesicht lachen, hatte er sich geschnitten. Ich konnte ihn jedoch kaum damit konfrontieren; es war nur allzu leicht, sich sein kühles »Sir?« vorzustellen, sein kühles »Wie bitte, Sir Hugo?« Dadurch würde ich meine Absurdität, meine Demütigung, in seinen Augen nur steigern.
Ich ging in übler, schwarzer Laune in die Scheune zurück, einer Laune, die im Verlauf des Nachmittags immer übler und schwärzer wurde, genau wie übrigens auch das Wetter. Gegen drei Uhr beendete ich meine Arbeit an dem Bein und genehmigte mir einen großen Scotch. Ich war natürlich wütend auf die Royal Society im allgemeinen und Sykes-Herring im besonderen, weil sie mir Hemmnisse und Hindernisse in den Weg legten. Aber das war für mich nichts Neues; mein Verhältnis zum paläontologischen Establishment war nie besonders herzlich gewesen, denn ich war kein orthodoxer Paläontologe, ich war kein *Haus-Paläontologe* wie Sykes-Herring und seine Gesinnungsgenossen. Nein, das hier war ein altbekannter Konflikt. Was mich jedoch wirklich aufbrachte, war der Mangel an Sympathie, den ich in Crook fand. Harriet machte sich mehr Sorgen über meine angebliche »Unmöglichkeit« als über Sykes-Herrings Machenschaften, und mein eigener Butler lachte mir ins Gesicht! Um sechs ging ich ins Haus zurück und erfuhr, daß Sidney und

Cleo vor einer halben Stunde völlig durchnäßt und elend zurückgekommen und von Harriet sofort in die Badewanne gesteckt worden waren. Dies ist in Anbetracht des Zustands, in dem die sanitären Einrichtungen von Crook sich befinden, immer ein gefährliches Unterfangen, aber die wie auch immer gearteten Hausgötter, die für Wasserleitungen, Boiler und ähnliches zuständig sind, zeigten an diesem Tag ein lächelndes Gesicht.

Was man von mir nicht behaupten konnte. Ich saß in meinem Zimmer im Ostflügel in Socken und Unterwäsche auf der Bettkante und kochte innerlich vor Wut. Ich hatte mir einen großen Scotch mit nach oben genommen und rauchte eine Zigarre. Dann klopfte es leise an der Tür. »Herein!« bellte ich. Es war Mrs. Fledge, die mir ein frisches Oberhemd brachte. »Oh, entschuldigen Sie, Sir Hugo«, flüsterte sie und machte Anstalten, den Rückzug anzutreten.

»Kommen Sie rein, kommen Sie rein!« bellte ich sie an. »Noch nie einen Mann in Unterhosen gesehen, Mrs. Fledge? Hängen Sie das Hemd bitte über den Stuhl.«

Sie huschte mit gesenkten Augen durch das Zimmer. Was für eine ängstliche Kreatur sie war – hatte Fledge mit seiner eiskalten, sardonischen Art sie dazu gemacht? »Mrs. Fledge«, sagte ich. Sie hatte mein Hemd aufgehängt und war schon wieder halb an der Tür. Nun blieb sie wie angewurzelt stehen, den Blick von mir abgewandt, den Rücken leicht krumm, die Schultern zu ihrem flachen Busen vorgezogen, eine große, von der Arbeit gezeichnete Frau mit einem straffen Haarknoten am Hinterkopf und einer spitzen, rotgeäderten Nase. Ihre langen, weißen Hände hingen schlaff von den Handgelenken herab, vom vielen Waschen rot und rauh an den Knöcheln, wie mir auffiel. Sie sah mich nicht an. Ich klemmte mir die Zigarre zwischen die Zähne, stand auf und fing an, das saubere Hemd anzuziehen. »Mrs. Fledge, was halten Sie eigentlich von mir?«

»Oh, Sir Hugo«, murmelte sie mit einem schnellen, verstoh-

lenen Seitenblick. »Das zu beurteilen steht mir nicht zu.«
»Nein, kommen Sie, Mrs. Fledge«, sagte ich, während ich mir das Hemd zuknöpfte. »Finden Sie zum Beispiel, daß ich ein *unmöglicher* Mann bin?«
»Oh nein, keineswegs, Sir Hugo«, sagte sie mit offensichtlicher Aufrichtigkeit. Das war doch wenigstens etwas.
»Sie finden mich also nicht unmöglich?« sagte ich. »Sie finden mich – annehmbar?«
»Ja, Sir Hugo.«
»Halten Sie mich für absurd, Mrs. Fledge?«
»Nein, Sir Hugo.«
»Nicht absurd? Nicht unmöglich? Ein durchaus akzeptabler, annehmbarer, umgänglicher Mann?«
»Ja, Sir Hugo.«
»Würde es Ihnen etwas ausmachen, Mrs. Fledge, mir die Manschettenknöpfe zuzumachen?«
Ich setzte mich auf die Bettkante. Sie beugte sich über mich und knöpfte mir mit ihren langen, dünnen Wäscherinnenfingern die Manschettenknöpfe zu. Sie roch nach Karbolseife, aber nicht nach Sherry – vielleicht hatte sie sich selbst Abstinenz verordnet. »Mrs. Fledge«, sagte ich, während ich auf ihren gesenkten Kopf hinunterblickte und ihr silberdurchzogenes Haar betrachtete. »Mrs. Fledge, ich möchte Sie fragen, ob Ihr Mann Sinn für Humor hat.«
»Wie bitte, Sir Hugo?« flüsterte sie zaghaft. Ihre Fingerspitzen berührten flüchtig mein linkes Handgelenk.
»Ob Fledge Sinn für Humor hat. Findet er Gefallen an Witzen? Einem Scherz? Einem bißchen Spaß?«
»Nicht daß es einem auffallen würde, Sir Hugo.«
»Das Lachen fällt ihm also nicht leicht, Mrs. Fledge?«
In diesem Augenblick hob sie den Kopf, sah mich fest an, zog die Nase kraus und schnüffelte. Dann ließ sie den Kopf wieder sinken und machte sich an meinem rechten Manschettenknopf zu schaffen. »Wir hatten nicht viel zu lachen, Fledge und ich«, flüsterte sie.

»Tatsächlich?« sagte ich, zog an meiner Zigarre und dachte darüber nach. »Ein hartes Leben, was?«
»Hart genug, Sir Hugo.«
»Sie hatten es in Kenia nicht leicht?«
»In gewisser Weise, Sir Hugo. So!« Sie richtete sich auf. »Wäre das alles, Sir Hugo? Ich muß mich noch um die Kartoffeln kümmern.«
»Was meinen Sie?« fragte ich, ohne auf ihre unverkennbaren Fluchtbestrebungen Rücksicht zu nehmen. »Was würde Ihren Mann amüsieren, Mrs. Fledge?«
Sie hatte sich bis zur Tür zurückgezogen. »Das kann ich Ihnen wirklich nicht sagen, Sir Hugo. Entschuldigen Sie mich jetzt bitte.« Und schon war sie durch die Tür und hinterließ nur einen schwachen Hauch von Karbol. Ich mag den Geruch von Karbol; er erinnert mich an die Jahre, die ich in Afrika verbracht habe.

Meine kleine Unterhaltung mit Mrs. Fledge heiterte mich auf merkwürdige Weise auf, und als ich etwa fünfzehn Minuten später zum Abendessen umgekleidet die Treppe hinunterging, war ich bedeutend besserer Dinge als den ganzen Tag über. Nicht etwa, daß ich vorgehabt hätte, mir dies anmerken zu lassen; ich hatte mit Harriet, und mit Fledge, immer noch ein Hühnchen zu rupfen und nicht die geringste Absicht, dies zu einem glücklichen Abend auf Crook werden zu lassen. Ich erreichte den Salon, wo Harriet sich gerade bei Sidney danach erkundigte, ob sein Bad heiß genug gewesen sei. Sidney blühte jedesmal auf, wenn er sich mit Harriet unterhielt. »Oh ja, Lady Coal«, rief er – er saß auf der Kante der Couch, neben Cleo, und die beiden sahen aus wie eine moderne Version von Hänsel und Gretel –, »oh, es war so heiß, daß ich es kaum aushalten konnte! Ich habe so lange drin gesessen, daß ich hinterher so runzlig war wie eine Backpflaume und so rosa wie ein Hummer!«

Ich verkniff mir ein wütendes Schnauben darüber, daß ich mir in meinem eigenen Haus etwas derartig Geistloses anhören mußte. Harriet lächelte das junge Paar besorgt an. »Ich hoffe nur, daß ihr euch nicht erkältet habt«, sagte sie.
Cleo trank einen großen Gin. Sie trinkt relativ viel für ein Mädchen ihres Alters – mein Fehler, wie ich fürchte, sie schlägt nach mir. »Also, ich finde nicht, daß du wie ein Hummer aussiehst«, sagte sie zu Sidney.
Sidney drehte sich zu ihr um. Sie saßen sehr dicht nebeneinander auf der Couch – es war Cleos Nähe, die es ihm möglich machte, sich trotz meiner drohenden, furchteinflößenden Gegenwart so ungezwungen zu verhalten. Seine zarte Babyhaut legte sich vor lauter Albernheit in Falten. »Oh doch!« rief er mit einem schrillen Lachen.
»Nein«, verkündete Cleo. »Ich finde, du siehst mehr wie ein Frettchen aus.«
»Ein Frettchen!« schrie er, und die beiden krümmten sich vor Lachen.
Harriet lächelte wohlwollend. »Ein Frettchen?« sagte sie. »Oh nein, Liebling, Sidney sieht ganz und gar nicht wie ein Frettchen aus. Ich würde sagen, er sieht eher aus wie ein – ein Otter. Ja, ein Otter.«
Während diese faszinierende Unterhaltung ihren Verlauf nahm, erschien Fledge und verkündete, das Essen sei angerichtet.

Ich bin, wie Sie vielleicht schon gemerkt haben, kein Mann, der von großer Liebe zu seinen Mitmenschen erfüllt ist. Ich habe kein großes Verständnis für die Schwächen und Wunderlichkeiten anderer Leute; ich kann Dummköpfe nicht ausstehen; ich scheine bei Gesprächen nur fähig, zu sticheln oder gestichelt zu werden. Meine Beziehungen zu anderen Menschen sind infolgedessen eher rar, und bei den wenigen, die ich habe, handelt es sich um diffizile, stachelige Angelegenheiten, denen es völlig an der Spontaneität und Intimität mangelt, nach der der Mensch, wie ich mir habe sagen lassen, ein instinktives Bedürfnis empfindet. Ich selbst bin mir keiner derartigen instinktiven Bedürfnisse bewußt. Aber es gibt einen Typ von ernsthaftem, verschlossenem Individuum, in dessen Gesellschaft ich mich, wie ich festgestellt habe, wohlfühlen kann – Männer mit starken, unkomplizierten Charakteren und keinem Interesse an belanglosem Geschwätz. Schweigsame, grundsolide Männer. Mein Gärtner, George Lecky, war so ein Mann, und nachdem Sie sich Sidneys törichtes Geschwätz angehört haben und Zeuge des verstohlenen Spotts geworden sind, den Fledge an den Tag legte, ist es, denke ich, höchste Zeit, daß Sie seine Bekanntschaft machen.

An einem Morgen, nur kurze Zeit nach dem Brief von Sykes-Herring, an dem ich mich außerstande sah zu arbeiten, verließ ich die Scheune und machte mich zügigen Schritts auf den Weg nach Ceck. Dies war nichts, was mein Arzt mir in Anbetracht meiner sklerotischen Herzkranzgefäße empfohlen hätte, aber es war etwas, was ich nichtsdestoweniger zu tun pflegte, da es kaum etwas gab, was mir mehr Freude bereitete als ein zügiger Spaziergang durch die Umgebung von Crook. Leider hatte ich keinen Hund bei mir – mein alter Setter, Wallace, war im Sommer gestorben, und ich hatte noch nicht das Herz gehabt, ihn zu ersetzen. Nun ja, der Himmel war blau, ganze Geschwader großer, dicker, weißer Wolken zogen über ihn dahin, und die Luft war schwer vom guten, starken Geruch nach Mist und Herbstlaub, das eben zu vermodern begann. Die frisch umgebrochene Erde der Felder neben der Straße bereicherte den Tag um ihre eigenen, intensiven Gerüche, und mir fiel auf, daß es immer noch viele Vögel gab, größtenteils Rauch- und Mauerschwalben, und natürlich die Krähen, die das ganze Jahr über bei uns bleiben; eine Gruppe von ihnen hatte sich auf dem Dach des »Hodge and Purlet« versammelt, und als ich mich dem Lokal näherte, stimmten sie einen heiseren Chor aus spöttischem Gekrächz an.

Das »Hodge and Purlet« ist ein altes Etablissement, fast so alt wie Crook, und man sieht ihm das Alter an. Die Decken sind niedrig, die Böden uneben, und die Balken des Fachwerks, die sich so schwarz von den weißgetünchten Mauern abheben, sind von Klopfkäfern zerfressen. Aber während Crook auf einer kleinen Anhöhe erbaut wurde, steht das »Hodge and Purlet« in der Nähe des Moors, und die Feuchtigkeit kriecht seit Jahrhunderten durch die Ritzen zwischen den Bodenfliesen nach oben, so daß das Gebäude nun einen leicht grünlichen Schimmer an sich hat, der von Kolonien winziger Schimmelpilze hervorgerufen wird, die ungeachtet dessen, daß sie ständig abgeschrubbt werden, immer wieder zurückgekrochen kommen. Was nun den Namen angeht, so stammt *hodge* von einem altholländischen Wort für Hammeleintopf, und *purlet* bezieht sich auf eine Kette in sich gedrehter Schlaufen, wie man sie einst vielleicht auf den Saum eines Stücks Spitze aufstickte oder in den Rand einer Geige einlegte. Dementsprechend war auf dem verwitterten Schild, das über der Tür des Lokals hing, ein gemalter, dampfender Kochtopf inmitten eines verblaßten Kreises miteinander verbundener, ovaler Schlaufen zu sehen. Dieses wortlose Schild quietschte an seiner rostigen Kette leise vor sich hin, als ich unter ihm hindurchging und den Schankraum betrat, auf der Suche nach der tröstlichen Gegenwart von Männern mit starken, unkomplizierten Naturen. Kurz vor Mittag erschien George in Begleitung des alten John Crowthorne, der ihm bei den Schweinen hilft.

George war ein großer Mann, und er mußte den Kopf einziehen, um durch die Tür zu kommen. Dann richtete er sich wieder auf und ließ den Blick durch den Raum wandern. Als er sah, daß ich der einzige Gast war, machte er den Mund plötzlich weit auf und entblößte ein Gebiß aus großen, eckigen, vergilbten, pferdeähnlichen Zähnen. Nun war George, wie ich Ihnen vielleicht sagen sollte, ein Mann extrem weniger Worte. Aber er besaß eine tiefgründige, scharfe Intelligenz – oder vielmehr eine Art Weisheit, die Weisheit eines Menschen vom Lande –, und vor vielen Jahren, in Afrika, wo ich seine Bekanntschaft gemacht hatte, hatte ich gelernt, auf seine Gesten zu achten, wenn ich wissen wollte, was er meinte, auf die flüchtigen Ausdrücke, die über sein langknochiges, pferdeähnliches Gesicht huschten, statt auf seine Worte, die, wie ich bereits sagte, selten und schroff waren. Nur anhand dieses stummen Muskelvokabulars aus Gesten und Gesichtsausdrücken konnte man je in Erfahrung bringen, was George dachte. Was jedoch das Zurückziehen der Lippen von den Zähnen betraf, das ich eben beschrieben habe – ein höchst merkwürdiges und unansehnliches Öffnen des Mundes –, dessen Bedeutung und das Gefühl, das es ausdrücken sollte, das habe ich nie verstanden. Es war auf keinen Fall ein Lächeln; es war ganz einfach etwas, was George in Situationen *tat*, in denen es angebracht schien. Ich nahm es in diesem Zusammenhang als Begrüßung und winkte ihm fröhlich zu, während er seine Mütze abnahm, sich mit einer riesigen, dreckigen Pranke über den kurzgeschorenen, knotigen Schädel fuhr und dann anfing, die Taschen seiner alten, zerschlissenen Jacke mit dem Nadelstreifenmuster auf der Suche nach seiner Pfeife abzuklopfen.

Ein großer Mann, habe ich gesagt; und es war kein Gramm

Fett an ihm, er war heute noch genauso sehnig und kraftvoll wie vor über fünfundzwanzig Jahren, als ich ihn das erste Mal traf. Er hatte buschige schwarze Augenbrauen, die sich über der Nasenwurzel zu einer dichten Hecke verwuchsen, und er trug eine alte, braune Cordhose, die über klobigen, schmutzigen Stiefeln an den Knöcheln mit einem Stück Schnur zugebunden war; und als er seine Pfeife gefunden hatte, kam er tiefer in den Raum hinein, nach Schweinen und Erde riechend, in den Augen einen Ausdruck trockener, lakonischer Ironie, der typisch für ihn und eine getreuliche Widerspiegelung seiner Natur war. Der alte John Crowthorne, der in Ceck geboren und aufgewachsen ist, stand schon an der Theke und hatte mir schon einen guten Morgen gewünscht; auch er roch durchdringend nach Schweinen. Ich gab den beiden ein Bier aus, und allmählich kehrte meine gute Laune wieder. In der Gegenwart von Männern wie den beiden konnte ich Sykes-Herring und seine kleinlichen Machenschaften, den überkandidelten Sidney und den ränkeschmiedenden Fledge vergessen.

Wir standen also an der Theke, und das Licht jenes klaren Herbsttages fiel durch die kleinen Fenster und legte sich in unregelmäßigen Flecken und Pfützen auf die alten, abgetretenen grauen Steinfliesen, auf denen immer noch die Kratzer zu sehen waren, die daher rührten, daß sie in früheren Zeiten allnächtlich mit Kreidezeichen bemalt worden waren, um die Hexen fernzuhalten. Im Kamin brannte ein warmes Feuer, und unsere Unterhaltung drehte sich um die Schweine und das Wetter und das Land und dergleichen, und sie erfolgte in sporadischen Ausbrüchen und in jenem weichen, verschwommenen Berkshire-Dialekt, den ich als Junge aufgeschnappt hatte und in den ich bei derartigen Gelegenheiten immer noch zurückfallen konnte; und in den Pausen stopfte George seine große, schwarze Pfeife, und der alte John pfiff durch seinen zahnlosen Gaumen, während seine hellen, rastlosen alten Augen durch den Raum huschten, als suche er nach etwas Verlorenem. Harbottle, der Besitzer des Lokals, der eine weiße Schürze von den Ausmaßen eines Großsegels trug, lehnte an der Theke und erzählte uns mit gedämpfter Stimme den neuesten Cecker Tratsch.

Es tut mir weh, über ihn nachzudenken, den armen, alten George, denn er war kein schlechter Mann, und ich kann immer noch sehen, ganz deutlich, wie er an der Theke neben mir steht, in aller Ruhe seine Pfeife raucht, ein Glas Bier vor sich, und gelegentlich einen Fuß hebt, um mit einem seiner beschlagenen Stiefel laut klirrend auf den Steinboden zu stampfen. Das Sonnenlicht legte sich als breiter, gelber Streifen quer über seinen Körper, und durch diesen Balken aus Licht trieb leise summend eine träge Wespe, die letzte Überlebende des Sommers, vielleicht eben erst aus einem Korb runzliger Äpfel hervorgekrochen, der vergessen in der kleinen Fensternische auf der anderen Seite des Raums stand. Sie krabbelte über die Theke zu einer Lache aus verschüttetem Bier, und George, der gedankenverloren in irgendeine mittlere Entfernung seiner Erinnerung gestarrt hatte, nahm plötzlich Notiz von der kleinen Kreatur. Er legte einen seiner großen Daumen in die Bierlache, ließ das Insekt auf seinen rissigen, hornigen Nagel krabbeln und hob es dann ins Licht. Der gelbgestreifte, rundliche Unterleib der Wespe zuckte in einem schläfrigen Reflex, als sie über den Nagel zur Spitze von Georges Daumen kroch. Aus irgendeinem Grund beobachteten sowohl der alte John als auch ich das lautlose Drama mit gespannter Aufmerksamkeit. Dann bleckte George die Zähne, legte den Mittelfinger auf den Brustkorb des Insekts und zerquetschte es auf der Spitze seines Daumens sehr langsam zu Brei. Der alte John kicherte; ich selbst stieß ein Schnauben aus, steckte mir dann eine Zigarre an und bestellte noch eine Runde, während George sich die Hand am Hosenboden abwischte. Der Zwischenfall veranlaßte mich, wie ich mich erinnere, über die Insekten Afrikas zu sprechen; denn es lag größtenteils an der Fliegenplage,

die im Jahre 1926 in Tanganjika ausgebrochen war, daß George und ich uns kennenlernten.
Es ist, glaube ich, keine Übertreibung zu sagen, daß es mir, wäre George nicht gewesen, nie gelungen wäre, den *Phlegmosaurus* nach Crook zurückzubringen – und somit wäre mein Beitrag zur britischen Paläontologie nicht existent. Ich war natürlich der Knochen wegen in Afrika; und meine Expedition war beileibe nicht die erste, die den Dampfer von Daressalam hinunter nach Lindi genommen hatte, diesem apathischen, moskitogeplagten Höllenloch am Indischen Ozean, zehn Grad südlich des Äquators. Ich möchte Sie nicht mit meinen afrikanischen Geschichten langweilen; aber als ich erfuhr, daß der Insektenplage wegen für den Treck ins Landesinnere zu meinem geplanten Grabungsort weder Maultiere noch Esel eingesetzt werden konnten – und folglich, und dies war wichtiger, auch nicht, um die Knochen zurückzuschaffen, die ich dort auszugraben beabsichtigte –, war mein erster Gedanke, die Expedition ganz aufzugeben. Dann jedoch, einen oder zwei Tage später, als ich trübsinnig in einer dreckigen, kleinen, wellblechgedeckten Bar in der Nähe des Hafens saß und unter einem sich langsam drehenden Deckenventilator, der die dicke, tropfende Hitze des Nachmittags kaum aufzurühren vermochte, Gin mit Chinin trank, kam ein britischer Soldat zu mir, der eben erst frisch aus dem Dienst entlassen worden war, und verkündete, er würde die von mir benötigten einheimischen Träger anheuern und beaufsichtigen. Ich nahm ihn auf der Stelle; es war natürlich George.
Es war ein viertägiger Fußmarsch in glühender tropischer Hitze von Lindi ins Landesinnere zu der Hügelkette, in der ich meinen *Phlegmosaurus* fand. In diese Hügel mußten wir tiefe Löcher graben, um an die fossil-tragenden Schichten zu gelangen, denn die Knochen lagen nicht etwa frei, wie es an Klippen und Hängen der Fall ist, wo die Erosion dem Paläontologen bei seiner Plackerei hilft, indem sie die Knochen

kreuz und quer durch die Landschaft verstreut. Wieviele Male George den beschwerlichen Weg vom Grabungsort zur Küste und wieder zurück in Angriff nahm, weiß ich heute nicht mehr. Er war unglaublich zäh. Ich weiß jedoch noch, daß ich frühmorgens, wenn die Sonne noch erträglich war, oft auf der Kuppe eines steilen, grasbewachsenen Hügels mit der Arbeit innehielt und unter dem gewaltigen afrikanischen Himmel, umgeben von baumgetüpfelten Ebenen, die sich in allen Richtungen Meile um Meile erstreckten, beobachtete, wie George im Lager unter mir seine Träger organisierte. Die kleineren Knochen trugen sie in Kisten auf ihren Köpfen; die schwereren, die Oberschenkelbeine und die Rückenwirbel, wurden an Stangen gehängt, die von je zwei Männern auf den Schultern getragen wurden. Wenn sie soweit waren, hob George jedesmal den Kopf, legte zum Schutz gegen die Sonne eine Hand über die Augen, sah den Hügel hinauf und bleckte mir zum Gruß die Zähne. Ich nahm dann meinen Tropenhelm ab und winkte ihm von meiner grasigen Höhe damit zu; und dann zogen sie los, in einer langen, sich dahinschlängelnden Linie, quer durch die Ebene in Richtung Meer, und sie sangen dabei. Ich wußte, daß ich sie in einer Woche wiedersehen würde, mit Briefen von Zuhause, Zeitungen und frischem Nachschub an Schokolade, Chinin und Brandy.

Als alles erledigt und genügend Knochen nach England verschifft worden waren, um mich ein ganzes Leben lang bei Beschäftigung zu halten, fragte ich George, ob er nicht mit mir nach Ceck zurückkommen wolle, um die Schweinefarm zu leiten. Er hatte mir erzählt, daß er gerne Farmer werden würde; es tat mir nur leid, sagte ich zu ihm, daß ich ihm nichts Besseres bieten konnte.

John Crowthorne liebte es, wenn ich von jenen Zeiten erzählte. Obwohl er die afrikanischen Geschichten schon Hunderte von Malen gehört haben mußte, schienen die Romantik

und die Exotik nie für ihn zu verblassen; er war wie ein Kind, das seinem Lieblingsmärchen lauscht. George dagegen zog nur an seiner Pfeife und zeigte seinen üblichen, leicht amüsierten Ausdruck fatalistischer Resignation. Ein paar Stunden später traten wir in den Nachmittag hinaus. Das »Hodge and Purlet« liegt am Rand des Dorfplatzes von Ceck, auf dessen gegenüberliegender Seite ein paar Jungen einen Fußball durch die Gegend kickten. Der Tag war diesig, die Schatten waren lang geworden, und die Sonne versank wie ein geschmolzener Ball hinter einer Wand vergoldeter Wolken, die niedrig am rötlich verfärbten westlichen Himmel hing. Auf den Fenstern des »Hodge and Purlet« leuchteten ein paar verspätete Sonnenstrahlen auf wie Gold. Der alte John verabschiedete sich, um irgendwelchen privaten Angelegenheiten nachzugehen, und George und ich spazierten langsam um das Gebäude herum auf den Hof, wo er seinen Transporter geparkt hatte. Dieser Transporter war ein völlig verdrecktes, unglaublich klappriges Fahrzeug, dessen Ladefläche mit Eimern vollgestellt war, in denen er zweimal wöchentlich Futter für die Schweine sammelte, Abfälle und Reste aus den Küchen von Ceck, die er mit eingeweichter Kleie mischte und an die Schweine verfütterte. Wir blieben im weichen, diesigen Licht des späten Septembernachmittags stehen, vom Alkohol und den Erinnerungen in eine sanfte Stimmung versetzt, und als mir der gute, organische Gestank seiner Abfalleimer in die Nase stieg, sagte ich: »Es waren gute Zeiten, was, George?«
Er hatte am »Hodge and Purlet« vorbei auf die Jungen auf der anderen Seite des Platzes gestarrt, während er gleichzeitig an seiner Pfeife herumhantierte. Nun bedachte er mich mit einem seiner typischen, sardonischen Blicke. Ich sah den Humor in seinen Augen, und obwohl er kein Wort sagte, wußte ich, was er dachte: Die alten Zeiten sind *immer* die guten Zeiten – so funktioniert die Erinnerung nun einmal. Wie klug er war.

Ich ging zu Fuß nach Crook zurück, während das Licht immer dichter wurde; und was für eine glorreiche Abenddämmerung es war! Etwa eine Meile weit führte mein Weg genau nach Westen, und über die flache Weite der Felder hinweg beobachtete ich, wie die Farben des Himmels immer intensiver wurden, während die Sonne sich auf dem dunklen Keil des Horizonts niederließ und dann versank. Die Wolken hatten sich zu einer eigenartigen, pfeilförmigen Formation zusammengeballt, deren Spitze an der sinkenden Sonne befestigt schien, so daß sie dem Horizont als zwei große, konvergierende Flügel zustrebten, zusammengesetzt aus winzigen, dunstigen Sprenkeln, die ein vielschichtiges Spektrum durchliefen, angefangen bei den hellen, pastelligen Blaus und Graus der oberen Strati, über Violett und Purpur, bis hin zu tiefen, düsteren Rottönen, die fast unmerklich mit der Schwärze des Landes verschmolzen. Die Gerüche um mich herum waren noch genauso intensiv wie vorhin, aber dazu auch von Holzrauch gewürzt, und in der mittleren Ferne ragte eine alleinstehende, abgestorbene Ulme auf, deren fingrige, blätterlose Glieder gestochen scharf und tiefschwarz in das leuchtendbunte Tuch des Himmels eingeätzt schienen.

Dann bog meine Straße nach Süden ab und fing an, sanft anzusteigen, und ich wanderte nun auf einen verdunkelten Himmel zu, der vor Bäumen starrte, obwohl der Sonnenuntergang im Westen immer noch in voller Pracht seinem Ende entgegenleuchtete. Ich erinnere mich deswegen noch so deutlich an all diese Dinge, weil es in gewisser Weise die letzten *guten* Tage waren. Natürlich war ich mir dessen zum damaligen Zeitpunkt nicht bewußt; zum damaligen Zeitpunkt war ich, wie Sie wissen, mit meinen beruflichen und häuslichen Problemen beschäftigt. Erst jetzt, im nachhinein, erkenne ich die wahren Dimensionen jener Probleme; denn sie sollten bald ganz gravierend überschattet werden, und die Dunkelheit, die sich dann über mein Leben breitete, unterschied sich von dem, was ihr vorausgegangen war, so dramatisch wie die Nacht vom Tag.

Ich stapfte weiter durch die Dämmerung, und eigentlich hätte meine Stimmung sehr elegisch sein müssen; aber ich blieb, wie ich gestehen muß, von düsteren Gedanken an den Tod und die Toten gänzlich unberührt. Vielmehr dachte ich über die vogelähnlichen Charakteristika der Hüftknochen und der Hinterbeine meines Dinosauriers nach. Sogar voll von Brandy und afrikanischen Erinnerungen, sogar im Angesicht jenes spektakulären Sonnenuntergangs schlüpfte mein Geist zurück zu seiner einzigen, alles verzehrenden Leidenschaft – dem Tier, das meinen Namen trug, *P. carbonensis*.

Die Straße wand sich sanft ansteigend den Hügel hinauf Crook entgegen. Ich war nun rechts und links von Bäumen umgeben, und das Herabsinken der Dunkelheit war fast vollständig. Hin und wieder durchbrach der Ruf eines Vogels oder das plötzliche Rascheln einer verstohlenen Waldkreatur die Stille dieser zwielichternen Welt. Ein paar Minuten lang erlaubte ich mir den Luxus, mich einer liebgewonnenen Phantasie hinzugeben, in der sich die Zivilisation, die sich zunehmend schrill und laut selbst in diese stille, unberührte Gegend hineindrängt, ganz einfach in Luft auflöste, und ich bewegte mich über einen Planeten, der nichts von der Menschheit wußte. Wie schwer es ist, das eigene Ich hinter sich zu lassen! Fast unmöglich, den schnatternden kleinen Affen loszuwerden und auch nur für einen Augenblick mit der Natur zu verschmelzen, der doch auch wir als Teil angehören und der wir uns dennoch so erfolgreich entfremdet haben. Der Alkohol hilft dabei; der Alkohol steigert unsere Aufnahmebereitschaft, und während ich den Hügel hinaufstapfte, der nach Crook führte, gelang es mir, ein oder zwei Minuten lang einen urtümlichen, direkten, unvermittelten Kontakt mit der Erde herzustellen. Derartige Erlebnisse sind selten und flüchtig und mir jetzt, natürlich, völlig unmöglich. Meine nächste unvermittelte Begegnung mit der Erde wird zwei Meter unter ihrer Oberfläche stattfinden!

Schließlich erreichte ich das verrostete, schmiedeeiserne Tor, das so von Gras und Efeu überwachsen ist, daß es sich nie wieder schließen wird; und dann ging es weiter über die baumbestandene Auffahrt, während der Abendchor der Vögel in meinen Ohren lärmte. Als ich die Biegung der Auffahrt umrundete, ragte Crook hoch vor mir auf, vor dem Hintergrund eines Himmels, in dem das letzte, blasse Licht des Tages noch leise verharrte. Schwarz vor jenem düsteren Himmel, ohne auch nur eine einzige gerade Linie, wirkte das Haus wie ein großes, röcketragendes Wesen, das sich nur noch aus reiner Willenskraft aufbäumte, um seine wabernden Gipfel gen Himmel zu recken – ein dem Untergang geweihtes Mastodon, so schien es mir, ein sterbendes Mammut, das, schon in die Knie gebrochen, seine Hauer dennoch in einem letzten, vergeblichen Aufbäumen der Revolte gen Gottes Reich schüttelte. In den Fenstern im Erdgeschoß brannte Licht, leuchtete in die Nacht hinaus, und so glühte das Leben des Hauses immer noch, ganz gleich wie schwach, und erst in diesem Augenblick, als ich an der Biegung der Auffahrt stand und mich, vom Aufstieg keuchend, auf meinen Spazierstock stützte, erst in diesem Augenblick wurde mir meine eigene Sterblichkeit zum ersten Mal bewußt: Mein Haus würde untergehen, so wie ich untergehen würde; wir waren die letzten der Linie.

Ich hatte also doch meinen elegischen Augenblick. Plötzlich völlig ausgehungert, stürzte ich durch die Vordertür ins Haus und entdeckte, etwa auf halber Höhe der Eingangshalle, Sidney Giblet, der auf allen vieren auf dem Boden herumrutschte. Was hatte das denn schon wieder zu bedeuten? Er drehte sich halb zu mir um; er war gerade dabei, die Schnitzereien der Fußleisten zu studieren. »Sir Hugo«, rief er im Tone ästhetischer Inbrunst. »Was für eine *Kostbarkeit*!« Blöder Esel, dachte ich, und während ich sein kleines, hoch in die Luft gerecktes Hinterteil mit bösen Blicken bedachte, unterdrückte ich nur mit Mühe den schier unbändigen Drang, ihm einen gutgezielten Tritt zu versetzen.

Dies waren, wie ich bereits sagte, die letzten der guten Tage, und ich denke nun oft an sie; denn ich frage mich, ob damals nicht vielleicht doch etwas geschah, was mich vor dem, was kommen sollte, hätte warnen können. Ich hatte zum damaligen Zeitpunkt nicht die geringste Ahnung von Fledges Plänen; ich wußte nur, daß er mir bedeutend weniger des ehrerbietigen Respekts zollte, den ich von meinem Butler mit Fug und Recht verlangen konnte, aber von dem *Bösen* in ihm wußte ich noch nichts, und abgesehen davon, daß er und Doris nun auf Crook lebten, war in Ceck und Umgebung alles wie eh und je. Natürlich war da noch die Sache mit Sykes-Herring, aber das war schließlich nichts Neues; ich führte seit Jahren einen ständigen Kleinkrieg gegen die Royal Society. Einen oder zwei Tage später telefonierte ich mit Sykes-Herring und verabredete mich in zwei Wochen mit ihm. Er war mir gegenüber leutselig glatt, bedauerte, wie er behauptete, die »unumgängliche Verschiebung« meines Vortrags von ganzem Herzen und behandelte mich kurz gesagt mit der ganzen blasierten Herablassung, die der unabhängig arbeitende Privatmann im Bereich der Naturwissenschaften in diesen Zeiten von seinen »professionellen« Kollegen erwarten muß. Das Problem liegt darin, daß Männer wie Sykes-Herring, die mit Scheuklappen durchs Leben gehen, die viel breitere Sichtweise eines Naturwissenschaftlers, wie ich es bin, als hochgradig bedrohlich empfinden, denn als Konsequenz ihrer langen, formalen Ausbildung mangelt es ihnen am wesentlichsten aller wissenschaftlichen Attribute, der *Phantasie*. Sie schleppen zu viel kategorisches und theoretisches Gepäck mit sich herum, sie sehen nur, was sie zu sehen erwarten, und nichts anderes. Der naturwissenschaftlich arbeitende Privatmann hingegen vertritt allen natürlichen Phänomenen gegenüber eine offene und theoretisch eklektische Haltung und ist von daher viel besser gerüstet für inspirierte, phantasievolle Spekulationen. Bei ihm ist es bedeutend wahrscheinlicher, daß ihm der plötzliche, brillante, intuitive Sprung zur revolutionären Wahrheit gelingt. Das ist der Grund dafür, daß ich schon immer Probleme mit der Royal Society und mit Männern wie Sykes-Herring hatte; das ist der Grund dafür, daß sie mir den Vorwurf machen, meine Knochen zu verwechseln, das ist der Grund dafür, daß sie sich weigern, meine Arbeiten zu veröffentlichen, das ist der Grund dafür, daß sie meine Vorträge sabotieren. Sie praktizieren eine sichere Wissenschaft, und eine sichere Wissenschaft ist meiner Meinung nach überhaupt keine Wissenschaft.

All dies war mir natürlich seit langem bewußt. Trotzdem beeinträchtigten der Brief von Sykes-Herring und die in ihm verborgene Feindseligkeit meine Konzentration, und in den folgenden Tagen merkte ich, daß es mir unmöglich war, mehr als ein oder zwei Stunden hintereinander bei meinen Knochen zu verbringen. Die ganze Angelegenheit, mein Lebenswerk, der *Phlegmosaurus:* Ein Gefühl bitterer Vergeblichkeit durchdrang all meine Gedanken, und ich konnte einfach keine wie auch immer geartete Begeisterung für die Arbeit aufbringen.

Ich verbrachte während dieser Zeit viele Nachmittage im »Hodge and Purlet«, möchte aber auf keinen Fall den Eindruck erwecken, daß ich immer in der wehmütigen, elegischen Stimmung, die ich eben beschrieben habe, nach Crook zurückkehrte. Das kam, glaube ich, nur dieses eine Mal vor, was wahrscheinlich der Grund dafür ist, daß ich mich daran erinnere. Nein, nach mehreren Stunden im Schankraum des »Hodge and Purlet« kam ich eher in einer zänkischen, gereizten Verfassung nach Hause; tagsüber Alkohol zu trinken, macht mich aus irgendeinem Grund immer gereizt. Ich suchte dann geradezu Streit. Ich hackte auf den Leuten herum (meistens auf Sidney). Und im Licht dessen, was wenig später geschah, tut es mir fast leid, daß ich an dem bemerkenswerten Abend, an dem Sidney und Cleo ihre Verlobung bekanntgaben, nicht gerade gnädig reagierte. Dies bedaure ich nicht nur, weil ich es hasse, Cleo zu irgendeiner Zeit Schmerzen zu bereiten, sondern auch, weil es für Sidney einer der letzten glücklichen Augenblicke war, den er erleben sollte.

In Crook kleidet man sich zum Abendessen immer um, und ich habe bei Tisch lieber Kerzenschein als elektrisches Licht. Das Abendessen ist infolgedessen immer eine Angelegenheit von relativ düsterer Förmlichkeit (und dies entspricht, offen gestanden, voll und ganz meinem Geschmack). Fledge schlug den Gong, als ich mein Schlafzimmer im Ostflügel verließ, und als ich die Treppe hinunterstapfte, hörte ich Harriet, Sidney und Cleo unter viel Gekicher und aufgeregtem Geflüster aus dem Salon kommen und durch den Flur ins Eßzimmer gehen. Weswegen, fragte ich mich, sind die alle so glücklich? Wahrscheinlich diskutieren sie immer noch dar-

über, ob Sidney mehr wie ein Frettchen oder wie ein Hummer aussieht.
Mrs. Fledge hatte uns einen ihrer Shepherd's Pies gemacht. Sie macht wundervolle Shepherd's Pies. Das Fleisch blubbert leise in seinem eigenen Saft vor sich hin, und das Kartoffelpüree darüber ist geschlagen wie eine kabbelige See, deren Wellenkämme unter dem Grill sanft gebräunt wurden. Während der Suppe (es gab Heinz-Tomatensuppe aus der Dose) war mir an Sidney und Cleo eine unterdrückte Albernheit aufgefallen – häufige Blickwechsel über den Tisch hinweg, Gegrinse und Gekichere und so weiter –, und ich wußte, daß etwas in der Luft lag, obwohl ich nicht sonderlich interessiert war zu erfahren, was es war. Fledge legte den Shepherd's Pie auf der Anrichte vor und ging dann mit den grünen Bohnen um den Tisch herum; und kaum hatte ich den ersten Bissen mit einem Schluck Burgunder hinuntergespült, als Harriet auch schon sagte: »Hugo?«
Jetzt kommt es, dachte ich. »Ja?«
»Sidney hat dir etwas zu sagen, Liebling.«
Während ich einen kleinen Wall aus Fleisch, Kartoffeln und grünen Bohnen auf meiner Gabel aufhäufte, sah ich zu dem Jungen hinüber. Selbst im Halbdunkel konnte ich erkennen, daß er über und über rot wurde. Seine Finger – Sidney hatte ziemlich lange, schmale Finger – flatterten an seine Hornbrille und dann an seine Haare, die glatt aus der Stirn zurückgekämmt und so dick mit Pomade eingeschmiert waren, daß sie im flackernden Kerzenlicht glänzten (ich vermute, daß es diese Glätte war, die den ganzen Frettchen-und-Otter-Unsinn provoziert hatte). Er sah zu Cleo hinüber und kicherte. »Ich komme mir so albern vor«, sagte er. »Sag du es ihm, Liebling.«
Cleo hatte die Arme flach auf den Tisch gelegt und neigte sich dem Jungen entgegen. Sie grinste. Ihre Augen funkelten. Sie schüttelte leise den Kopf und sagte kein Wort. Sie genoß seine Verlegenheit.

»Nun kommen Sie schon, Sidney«, sagte ich, betupfte mir die Lippen mit der Serviette und trank einen weiteren Schluck Burgunder. »Spucken Sie es aus.«
»Ja, Sidney«, sagte Cleo, »spuck es aus.«
Er unterdrückte die Welle der Hysterie, die diese Bemerkung anscheinend auslöste. »Cleo und ich«, fing er an, drehte sich dann zu Harriet um und rief: »Ich kann nicht, Lady Coal. Ich kann einfach nicht!«
»Sidney versucht, dir zu sagen«, fing Harriet an, »daß –«
»Daß Cleo und ich heiraten wollen!«
Ich ließ eine kleine Stille eintreten. »Soso«, sagte ich schließlich. »Wollt ihr?«
»Ja, Sir Hugo«, sagte er, wobei er mich nun mit einem Ausdruck großer Ernsthaftigkeit anblickte und sich sehr bemühte, nicht zu Cleo hinüberzusehen. »Natürlich nicht sofort, sofort können wir uns nicht leisten, aber wir würden gerne, das heißt, natürlich nur mit Ihrem Einverständnis, unsere, äh, Verlobung bekanntgeben.« Dann endlich gab er seinen Augen die Erlaubnis, quer über den Tisch zu Cleo zurückzuhuschen. Die beiden grinsten sich im Kerzenlicht zu, und er streckte eine flatternde Hand aus und legte sie auf die ihre. Harriet sah mich mit gespannter Selbstgefälligkeit an, aber ich konzentrierte mich auf die Anhäufung säuberlicher Portionen von Fleisch, Kartoffeln und grünen Bohnen, die von je einem Schluck Burgunder gefolgt wurden. Alle warteten auf meine Reaktion. Fledge lungerte drüben an der Anrichte herum, schweigend und gleichgültig in den Schatten. Ich hob mein Glas. Die Kerzenflammen verfingen sich in den kristallenen Facetten und sprühten in dünnen, scharfen, glitzernden Lichtspeeren in alle Richtungen davon. Fledge schwebte mit der Karaffe herbei und füllte mein Glas nach. Ich dachte an den Abend, an dem ich um Harriet angehalten hatte. Ich hatte ihren Vater, den Colonel – Herbert –, nach dem Abendessen in seinem Arbeitszimmer aufsuchen müssen, und es war eine ziemliche Tortur gewesen. Der alte

Mann hatte mich barsch nach meinen Zukunftsaussichten ausgefragt, und hinterher hatten wir am Kamin Zigarren geraucht und über mündelsichere Wertpapiere gesprochen. Offensichtlich machte man das heute nicht mehr so; offensichtlich machte man es heute beim Abendessen, in Anwesenheit der Dienstboten, unter ständigem Gegrinse und Gekichere. Und diesem leichtfertigen Gehabe sollte ich meinen Segen geben? Harriet erwartete unübersehbar, daß ich das tat; ich hätte gedacht, sie würde mich besser kennen.
Meine Augen waren auf meinen Teller gerichtet; mein Besteck war im Einsatz. »Aussichten?« murmelte ich, ohne den Kopf zu heben.
»Wie bitte, Sir Hugo?« Sidneys Hand löste sich von Cleos und betupfte erst seine Brille, dann seine Haare.
Ich hob den Kopf, zog die Augenbrauen hoch und wiederholte, sehr sanft: »Aussichten? Was für Aussichten haben Sie, Sidney?«
»Aber Liebling! Ich denke doch nicht, daß wir uns ausgerechnet jetzt damit beschäftigen müssen«, sagte Harriet, die plötzlich Gefahr roch.
»Ganz im Gegenteil«, sagte ich. »Sidney hält den Eßtisch anscheinend für den geeigneten Ort, mich um die Hand meiner Tochter zu bitten; ich betrachte ihn als nicht weniger geeignet dafür, ihn zu fragen, wie er sie zu ernähren gedenkt.«
»Sei doch nicht so altmodisch, Daddy«, sagte Cleo. »Wir wollen feiern.«
Ich brauste auf. »Ich bin keineswegs altmodisch, wie du es auszudrücken beliebst. Ich stelle nur eine durchaus vernünftige Frage. Ich erkundige mich nur danach, wie Sidney dich zu ernähren gedenkt.«
»Wir werden uns schon irgendwie durchwursteln«, sagte Cleo unbekümmert. »So wie alle anderen auch.«
Vor meinem inneren Auge sah ich mich selbst, wie ich dem

Colonel vor all den vielen Jahren erzählte, Harriet und ich hätten vor, uns irgendwie »durchzuwursteln«. Ha!
»Ich habe meine Arbeit in der Buchhandlung«, sagte Sidney. »Und wenn ich alles über die Branche gelernt habe, würde ich gerne einen eigenen Buchladen eröffnen.«
»Womit?« fragte ich, während ich den Rest meines Shepherd's Pie verzehrte. Er war wirklich sehr gut.
»Wie bitte?«
»Womit?« schrie ich, während ich nach meinem Weinglas griff. »Woher wollen Sie das Geld nehmen? Es von Ihrem Angestelltengehalt zusammensparen?«
»Meine Mutter hat gesagt, daß sie mir vielleicht hilft«, sagte Sidney.
»Vielleicht!«
»Ach Daddy! Hör auf, so eklig zu sein. Du bist doch nur absichtlich schwierig. Ich werde auch arbeiten.«
»Als was, wenn ich fragen darf?«
»Ach, ich weiß nicht. Ich finde schon irgendwas.«
»Irgendwas«, sagte ich trocken. In diesem Augenblick bemerkte ich, daß Fledge sich vorgebeugt hatte und mit Harriet flüsterte. Was für eine neue Verschwörung war das denn nun schon wieder?
»Liebling«, sagte Harriet und sah mich quer über den Tisch hinweg an, während Fledge leise das Zimmer verließ. »Können wir vielleicht später weiterreden? Mrs. Fledge hat etwas Besonderes vorbereitet.«
»Aber selbstverständlich«, fauchte ich. »Vielleicht«, fügte ich mit einem Blick auf Cleo hinzu, »sind wir später ja nicht mehr ganz so vage.«
»Ach Daddy!«
»Laß mich mit deinem ›Ach Daddy‹ in Ruhe, junge Dame! Ich meine es völlig ernst; du wirst, was deine Zukunft angeht, bedeutend realistischer sein müssen, wenn du meine Zustimmung in dieser Sache haben willst. Du hast doch wohl immer noch die Absicht, im Oktober nach Oxford zu gehen, oder?«

Aber bevor wir uns der Oxford-Frage widmen konnten – Cleo sollte am St. Anne's College Philosophie studieren, und ich würde auf keinen Fall zulassen, daß sie *das* aufs Spiel setzte –, öffnete Fledge die Tür und trat zur Seite, um seiner Frau Platz zu machen. Sie trug eine große, weiße Torte, auf die oben mit irgendeiner entsetzlichen rosa Paste ein ziemlich krakeliges Herz gemalt war, und ein Pfeil, und dazwischen, ineinander verschlungen, die Namen der beiden Liebenden. Cleo stieß einen Freudenschrei aus und sprang auf. »Bravo, Mrs. Fledge!« brüllte sie und hob ihr Weinglas. »Was für eine Kreation!«
Mrs. Fledge stellte die Torte mit einem einfältigen Lächeln auf den Tisch, trat zurück und wischte sich verträumt die Hände an der Schürze ab. Sie wirkte leise angesäuselt, und ihre Haare waren, wie gewöhnlich, in ziemlicher Unordnung. Ich zündete mir eine Zigarre an und ließ sie nicht aus den Augen, während Sidney und Harriet sich in Anerkennung ihres abscheulichen Machwerks in Geräuschen des Staunens und der Bewunderung ergingen. Vermutlich war die Prozedur zu Ehren der sogenannten »Verlobung« gedacht. Fledge kam mit einem Messer an den Tisch, und während er Anstalten machte, die Torte anzuschneiden, schnüffelte Mrs. Fledge ein- oder zweimal auf, zog ein kleines Taschentuch aus ihrem Ärmel und schneuzte sich die Nase. Dann wischte sie sich eine Träne aus den Augen – damals wußte ich noch nicht, wie anfällig sie für tränenselige Gefühlsausbrüche war – und bemerkte erst dann, daß mein Blick auf sie gerichtet war. Die Zähne auf die Zigarre gebissen, das Kinn auf die verschränkten Finger gestützt, die Augen schmal, starrte ich sie über den von Kerzen beleuchteten Tisch an, und einen Augenblick lang erwiderte sie meinen Blick trotz ihrer feucht schimmernden Augen ausgesprochen kühn und freimütig. Was für ein komischer Vogel diese Frau doch ist, dachte ich, und dann bekam sie plötzlich doch Angst und wandte den Blick ab. Ich konnte meinen Gedanken nicht länger nachhän-

gen, da Harriet versuchte, mir ein Stück der Torte aufzudrängen; und ich mußte ziemlich energisch werden, um das zu verhindern.

Kurz nach dem Abendessen wurde es draußen sehr stürmisch, und ich weiß noch, daß ich mich in mein Arbeitszimmer zurückzog, um an meinem Vortrag zu arbeiten. Aber ich schien mich nicht konzentrieren zu können; der Wind heulte um das Haus herum und schleuderte dichte Regenschwaden gegen die Fenster. Es machte mich unruhig. Ich weiß noch, daß ich nach Fledge klingelte, weil ich aus irgendeinem Grund keinen Whisky finden konnte, aber der verdammte Mann kam nicht. Nach einer Weile stürmte ich durch den Flur in die Küche. Es brannte kein Licht; nur eine Kerze warf einen schwachen Schimmer auf eine relativ große Gestalt, die neben dem Herd in einem Sessel saß. »Fledge!« brüllte ich ziemlich aufgebracht. »Haben Sie mein Klingeln nicht gehört? Wieso kommen Sie nicht?«
Die Gestalt bewegte sich – es war nicht Fledge, wie ich bemerkte, sondern seine Frau. »Oh, Sir Hugo«, murmelte sie. »Entschuldigen Sie bitte. Ich bin anscheinend eingenickt.«
»Wo ist Ihr Mann, Mrs. Fledge?« wollte ich wissen.
»Ich glaube, er ist oben, Sir Hugo. Bei Mr. Sidney.«
»Oben bei Mr. Sidney? Was zum Teufel hat er oben bei Mr. Sidney zu suchen?« Aus irgendeinem Grund sorgte diese Information dafür, daß meine Gereiztheit sich zur ausgesprochenen Wut steigerte. Der Mann war schließlich *mein* Butler, verdammt noch mal!
»Das kann ich Ihnen nicht sagen, Sir Hugo«, flüsterte Mrs. Fledge, die nun kerzengrade in ihrem Sessel saß und mich mit entsetzten Augen anstarrte. »Kann ich vielleicht etwas für Sie tun?«
»Wie bitte?« funkelte ich sie böse an, während ich gleichzei-

tig versuchte, mich wieder unter Kontrolle zu bekommen. »Ist schon gut, Mrs. Fledge«, fügte ich nach ein oder zwei Sekunden hinzu. »Ich hole es mir selbst.« Und dann marschierte ich aus der Küche, aus irgendeinem unerfindlichen Grund immer noch außer mir vor Wut, und machte mich auf die Suche nach Whisky.

In dieser Nacht hatte ich einen sehr merkwürdigen Traum. Der größte Teil davon ist mir inzwischen verlorengegangen, aber das wenige, was davon noch übrig ist, ist so erschreckend bizarr, daß ich vermute, daß es sich dabei um den Kern des Traumes handelt, sein Fleisch sozusagen, falls man von einem Traum sagen kann, daß er Fleisch hat. Zunächst einmal waren da die Geräusche eines Sturms, und ich vermute, daß diese, von der Nacht selbst verursacht, mein schlafendes Hirn durchdrangen. Der Wind jammerte mit schauerlich klagenden Geräuschen, und die Zweige der Bäume schlugen gegen die Fensterscheiben, während irgendwo ganz in der Nähe die unverriegelte Tür eines Schuppens unablässig und unbarmherzig in ihren Angeln klapperte. Außerdem war da noch ein Heulen, das vom größten nur vorstellbaren Leid erfüllt schien, und all dieses Jammern und Heulen und Klappern war, sowohl was seine Lautstärke als auch was seine Intensität anging, zu einem solchen Grad gesteigert, daß ich mich in meinem Traum davon eingeengt und erdrückt fühlte, und richtiggehend bedroht. Ich befand mich in einem verdunkelten Zimmer; es besaß Ähnlichkeit mit dem Schankraum des »Hodge and Purlet« – am eindringlichsten durch ein vorhangloses Fenster, das vom Mondlicht erfüllt war – und mit dem Salon von Crook. Irgendwie wußte ich, daß ich im Dunkeln in einem der Ledersessel am Kamin saß, der im Traum ein schwarzes, leeres Loch war, ein Hohlraum, ein Nichts. Außer mir waren noch andere Menschen im Zimmer, und es waren Gesprächsfetzen zu hören, an die ich mich jedoch nicht erinnere. Das überwältigendste Gefühl, das ich dabei empfand, war ein Gefühl der Angst, aber auch ein Gefühl der Hilflosigkeit, dadurch hervorgerufen, denke ich, daß ich unfähig war, mich von der Quelle der Angst zu entfernen, die ich einfach als »draußen« identifizierte. Ich betrachtete den Mond, und irgend etwas huschte hastig und verstohlen am Fenster vorüber, ein nacktes, haariges, rötlich-braunes Wesen mit dem Kopf eines Fuchses und dem Körper eines Mannes. Und dann sah ich eine Gestalt, die vor mir auf dem Teppich kniete und in die Leere des Kamins starrte. Ich beugte mich vor und drehte das Gesicht zu mir herum: Es war Mrs. Fledge. Ich hob ihr Kinn mit den Fingerspitzen an, ich küßte sie auf den Mund; und dann, dann wurde ich von sexuellem Verlangen überwältigt.

Irgendwie schaffte ich es, aus dem Sessel hochzukommen und mich neben sie auf den Teppich zu legen. Ich weiß noch, daß sie immer noch nach Karbolseife roch. Ich schob meine Hand unter ihre Schürze und ließ sie über ihren bestrumpften Oberschenkel nach oben gleiten. Sie grinste mich auf eine unzüchtige, hungrige Art an, die der echten Mrs. Fledge völlig fremd gewesen wäre. Ich bekam ihren Schlüpfer zu fassen – der seltsamerweise eine Männerunterhose war, so wie meine eigene – und versuchte, ihn herunterzuziehen. Mrs. Fledge sagte etwas Unverständliches, mit einer seltsam tiefen Stimme, setzte sich dann auf und löste ihren Strumpfhalter. Dann legte sie sich wieder auf den Teppich, hob ihr Gesäß an und ließ mich ihren Schlüpfer abstreifen. Sie zog ihre Schürze hoch, und das Mondlicht glänzte auf der weißen Haut über dem oberen Rand ihrer Strümpfe, obwohl das Tal zwischen ihren Schenkeln in schwarzen Schatten lag.

Und nun kommt der seltsamste Teil des Traumes, obwohl er vielleicht für jene, die sich mit derartigen Dingen befassen, völlig gewöhnlich ist, völlig banal. Ich weiß noch, daß ich mich mühsam aufrichtete, und meinen Mantel auszog, und dann meine Jacke, und dann meine Weste, um an meine Hosenträger zu gelangen, und sie von meinen Schultern zu streifen, und meine Hose auszuziehen; und während ich mich mit diesen Tätigkeiten abmühte – sie schienen kein Ende zu nehmen –, empfand ich den wildesten Drang, mich dieser Frau zu bemächtigen, die sich mir so freizügig anbot. Ich knöpfte meine Hose auf – ich trug meinen Winteranzug, den aus dickem Tweed – und zog sie hinunter. Mein Penis – ich bin jetzt ganz offen zu Ihnen – war in diesem Traum sehr steif, und ich möchte behaupten, daß er auch in der Realität meines Schlafzimmers im Ostflügel von Crook steif war, und er schnellte durch die Knöpfe meiner Unterhose vor und richtete sich pulsierend in einem steilen Winkel auf. Doris war inzwischen aufgestanden und hatte sich an einen der geschnitzten Eichenpfeiler gelehnt, die den leeren Kamin flankieren, den Rücken durchgedrückt, so daß das Mondlicht auf dem glänzenden Material ihrer Schürze schimmerte. Ich schlurfte mit kleinen Schritten auf sie zu, denn die Hose, die mir um die Knöchel hing, behinderte meine Bewegungen. Doris' Hände hingen an ihrem Körper herab und erinnerten mich an zwei lange, helle, tote Fische.

Inzwischen war draußen vor dem Haus ein derartiges Jammern und Heulen zu hören, daß Tote davon aufgewacht wären, und die Tür des Schuppens hörte nicht auf, in ihren Angeln zu klappern, klappern, klappern. Mrs. Fledge drehte sich um, hob ihre Schürze erneut und reckte mir ihr Hinterteil entgegen; der Ausdruck, der auf ihrem Gesicht lag, als sie mich über die Schulter hinweg angrinste, war der einer unverfrorenen sexuellen Aufforderung. Aber die Hose, die um meine Knöchel hing, hinderte mich inzwischen vollständig an jeder Bewegung! Ich glaube mich zu erinnern, daß ich mit ausgestreckten Armen nach ihr griff, aber ich *konnte mich nicht bewegen*! Das Gefühl zwingender, auf grausame Weise blockierter Begierde, wurde schier unerträglich – zweifellos litt ich, physiologisch gesehen, in genau demselben Augen-

blick in meinem Bett. Und dann hörte ich, aus dem *Inneren* des Zimmers, ein Hüsteln, und ich drehte mich, die Arme noch immer vor mir ausgestreckt, zur Tür um. Und dort, zu meinem abgrundtiefen Entsetzen, stand Fledge.
Ich richtete mich mit einem lauten Schrei in meinem Bett auf. Der Sturm wütete immer noch; in meinem Kopf pochte es, und mein Mund war so ausgetrocknet, daß es schmerzte. Ich hatte keine Erektion mehr; aber auf dem Laken war ein kleiner Fleck ausgestoßenen Samens zu sehen. Ich schenkte mir aus dem Krug auf meinem Nachttisch ein Glas Wasser ein, während meine Gedanken sich im Nachspiel dieses furchtbaren Traumes, dieses Alptraumes, immer und immer wieder im Kreise drehten. Denn sehen Sie, das Merkwürdigste an der ganzen Sache war, daß ich schon seit – nun ja, seit einer ganzen Reihe von Jahren – kein sexuelles Verlangen mehr empfunden hatte.

Etwas später fing der Sturm an, sich zu legen, und als ich am nächsten Morgen wach wurde, war er nur noch ein Geist seiner selbst, eine steife Brise, wie ich von meinem Fenster aus sah, die mit den Zweigen, die der Sturm in der Nacht heruntergeschlagen hatte, spielte und raschelte. Der Himmel hatte ein blasses, verwaschenes Aussehen; ein paar hohe, weiße Wolken trieben über ihn dahin, flauschige, langgezogene Fetzen. Der Tag schien, jetzt schon, erschöpft und aller Kraft beraubt, als er auf die Beweise seiner nächtlichen Exzesse hinabsah; er spiegelte meine eigene Stimmung exakt wider. In der Scheune gibt es einen sehr bequemen weißen Korbsessel, und in diesem Sessel saß ich für gewöhnlich, wenn ich in aller Ruhe über etwas nachdenken wollte. In diesen Sessel – ich war erst gar nicht ins Eßzimmer gegangen – ließ ich mich nun fallen, und während mein Blick müde über die vertrauten Knochen wanderte (ich hatte das Licht nicht eingeschaltet) und schließlich auf dem gespornten, hell schimmernden Bein des *Phlegmosaurus* zur Ruhe kam, versuchte ich, die mir widerlichen Reste jenes gräßlichen Traumes abzuschütteln. Daß dieser Traum nichts weiter war als eine Folge von viel zu viel Whisky, einer gehörigen Portion Ärger und, aller Wahrscheinlichkeit nach, einer gestörten Verdauung, daran hatte ich nicht den geringsten Zweifel. Dennoch hatte ich keine geringe Mühe, meinen Seelenfrieden so weit wiederzufinden, daß ich mich an die Arbeit machen konnte; außerdem hatte ich einen ziemlichen Kater.

Aber ganz allmählich zogen die Knochen mich wieder in ihren Bann, ganz besonders der krallenartige Zeh am Fuß des *Phlegmosaurus*, und wieder einmal stellte sich mir die alte, vertraute Frage: Auf was ließ eine lange, dünne, scharf gekrümmte Kralle wie diese bei dem Wesen schließen, das sie besaß? Es gab nur eine mögliche Antwort: daß es sich, wenn es zum Angriff überging, auf ein Bein aufrichtete, um mit dem anderen zuzuschlagen. Oh ja, er war ein Reißer, mein *Phlegmosaurus*, er war ein großes, schnelles, wildes, dynamisches Tier, das über ein sensibles Gleichgewichtsempfinden und die Fähigkeit zu komplexen Manövern verfügte. Was meinen Sie – klingt das vielleicht nach einem Reptil?

Es gab eine eigenartige und nicht unbedingt relevante Fortsetzung meines Alptraums, die es, wie ich glaube, dennoch verdient, erwähnt zu werden, da sie einen gewissen Einfluß auf mein Verhältnis zu Fledge hat. Denn sehen Sie, als ich an jenem Tag zum Mittagessen ins Haus zurückging und ihm im Eßzimmer begegnete, wurde ich einen Augenblick lang von einem irrationalen Gefühl der Scham ergriffen – als wäre ich ihm tatsächlich auf die Weise zu nahe getreten, wie ich es geträumt hatte, und als müßte ich ihm entweder ganz aus dem Weg gehen oder mich überschwenglich bei ihm entschuldigen. Ich tat natürlich weder das eine noch das andere; sondern ließ ihm mein übliches, knappes Grunzen zukommen und nahm meinen Platz am Kopf des Tisches ein. Er selbst war so beherrscht und unergründlich wie immer und servierte mir, genau wie immer, die Suppe und schenkte mir, genau wie immer, meinen Wein ein. Aber während Harriet mit Sidney und Cleo über den Sturm plauderte, konnte ich nicht verhindern, daß ich dem Mann immer wieder verstohlene Blicke zuwarf, so als wolle ich mich vergewissern, daß ich die ganze Sache tatsächlich nur geträumt hatte.

Damals war ich kein Mensch, der groß an Omen und Vorbedeutungen und dergleichen glaubte (ich war immer noch Empiriker, was denn sonst), und deshalb brachte ich meinen Traum nicht mit einem Vorfall in Verbindung, der sich nur wenige Abende später in der Anrichte ereignete, einem Vorfall, der, wenn ich heute auf ihn zurückblicke, unverkennbar von essentieller Bedeutung für den furchtbaren Akt der Gewalt ist, der in gewisser Weise den eigentlichen Kern dieser Geschichte darstellt. Es sollte noch viele Monate dauern, bevor wir erfuhren, was *genau* in jener schrecklichen Nacht draußen auf dem Moor geschah, aber schon bevor es geschah, wußte ich, daß die Dinge eine böse Wendung nahmen, daß wir uns einem Zustand der Ordnungslosigkeit näherten. Zur damaligen Zeit jedoch brachte ich meinen Traum, wie bereits gesagt, nicht mit dem Vorfall in der Anrichte in Verbindung – es gab schließlich und endlich keinen Grund, warum ich das hätte tun sollen –, aber wenn ich die beiden Ereignisse heute miteinander verknüpfe, sie mir sozusagen als Tandem vor Augen halte, dann ist mir nur allzu klar, daß es in Crook bereits vor dem eigentlichen Gewaltakt etwas gab, was ich nur als »verderbte Energien« bezeichnen kann – und ich brauche wohl kaum zu sagen, wer die Quelle jener Energien war. Dabei kommt mir übrigens der Gedanke, daß Fledge möglicherweise schon von Anfang an eine Art moralischer Infektion bei all jenen auslöste, die mit ihm zu tun hatten – ohne daß wir es auch nur gemerkt hätten! So frage ich mich zum Beispiel, ob nicht vielleicht er für jenen abscheulichen Traum verantwortlich war. Und im nachhinein glaube ich es fast, obwohl ich mir dessen, wie bereits gesagt, zur damaligen Zeit nicht bewußt war; und was den Vorfall in der Anrichte anging, so gab ich Sidney ebensosehr die Schuld daran, wenn nicht gar mehr.

Ich will diesen Vorfall so beschreiben, wie er sich ereignete. Ich hatte ziemlich lange in der Scheune gearbeitet, und als ich ins Haus zurückging, lag es bis auf eine Lampe, die auf der Veranda brannte, völlig im Dunkeln. Ich ging durch die Vordertür hinein und schloß sie leise hinter mir. Aber bevor ich auch nur einen Schritt in die Halle gemacht hatte, hörte ich ein Geräusch: jemand kam die Treppe herunter.
Gleich neben der Vordertür von Crook steht ein kleiner Tisch, auf dem die Post deponiert wird, und darüber hängt, auf ein Brett aus heller Eiche montiert, der ausgestopfte, präparierte Kopf eines großen Hirschs mit Augen aus Glas und einem prachtvollen Geweih. Dem Hirsch genau gegenüber steht eine Großvateruhr, und in den Schatten eben dieser Uhr schlich ich mich nun auf Zehenspitzen und wartete, während die Schritte die letzten Stufen herunterkamen. Warum ich dies tat, darüber bin ich mir selbst nicht völlig im klaren, denn ich hatte keineswegs die Angewohnheit, mich in meinem eigenen Haus zu verstecken. Wer immer es war, der

die Treppe herunterkam, er trug eine Kerze, denn ihr schwaches Licht ging ihm voraus und warf einen leise flackernden Schein in die Dunkelheit der Halle. Ich spähte vorsichtig um die Uhr herum, als die Schritte die Halle erreichten und unvermittelt innehielten. Die Person, die am Fuß der Treppe stand und aufmerksam lauschte, war Sidney.

Er trug einen silbernen Morgenmantel aus irgendeinem seidigen Material, der fest mit einem Gürtel zugezogen war und auf dem das Kerzenlicht schimmerte und glänzte, als er sich hierhin und dorthin drehte, anscheinend um sich zu vergewissern, daß er allein hier unten war. Sein blasses, ovales Gesicht, das von der Kerzenflamme von unten angeleuchtet wurde, schien auf eine fast unheimliche Weise zu glühen, und die glatten Wangen waren voll und gelb wie zwei Monde. Als er sich vergewissert hatte, daß niemand in der Nähe war, schlug er auf seinen hellbraunen Pantoffeln aus sehr weichem Leder den Weg zur Küche ein.

Der vordere Teil des Hauses mit den Räumlichkeiten der Familie wird vom hinteren Teil, in dem die Küche, die Speisekammer und die Anrichte liegen, durch eine mit grünem Serge bespannte Tür abgetrennt. Ich schlich auf Zehenspitzen durch die Halle und öffnete diese Tür einen Spalt weit, in der Erwartung, den Jungen durch den dahinterliegenden Flur zur Küche gehen zu sehen. Der Flur war leer; die Tür zur Anrichte jedoch, die auf den Gang zum Ostflügel führte, schloß sich gerade; ich hörte den Riegel leise einschnappen. Dann war alles still.

Wie in vielen Landhäusern ist auch in Crook die Anrichte der Raum, in dem der Butler Arbeiten wie das Putzen des Silbers und das Sortieren der Post erledigt, in dem er aber vor allen Dingen die Ruhe und die Abgeschiedenheit genießen kann, die den ihm untergeordneten Personen in der häuslichen Hierarchie verwehrt bleibt. Nicht etwa, daß dies in unserem Fall, in dem das Hauspersonal ausschließlich aus Fledge und seiner Frau bestand, von Bedeutung gewesen wäre. Aber

Fledge benutzte diesen Raum nicht nur zum arbeiten, er *wohnte* anscheinend auch darin – dies hatte ich mit eigenen Augen feststellen können, als ich die Anrichte ein paar Tage zuvor betreten hatte. Man ging eine kurze steinerne Treppe hinunter – der Steinboden der Anrichte war nicht ebenerdig, sondern etwas versenkt – und stand dann in einem langen, schmalen Raum, dessen Längswände von Vorratsschränken eingenommen wurden, in denen die verschiedensten Dinge aufbewahrt wurden, die man im Haus braucht, wie Glühbirnen und Mausefallen und dergleichen. An der hinteren Wand befand sich ein schmales Eisenbett mit straff festgezogenen Decken, und daneben ein Waschständer mit Haarbürsten und Rasierzeug. Eingezwängt zwischen zwei hohen Schränken, und direkt unter einem winzigen Fenster, das auf den schmalen Weg hinausging, der um das Haus herumführte, stand eine Werkbank mit einem Brett darüber, an dem eine Reihe kleinerer Werkzeuge hingen. An dem Nachmittag, an dem ich das Zimmer betrat, um, wie ich mich zu erinnern scheine, nach Toilettenpapier zu suchen, hatte alles sehr sauber und aufgeräumt gewirkt. Was um alles in der Welt hatte Sidney mitten in der Nacht hier zu suchen?

Nachdem meine Neugier einmal geweckt war, ging ich den Weg zurück, den ich gekommen war, durch die Halle und zur Vordertür hinaus. Es gab in jener Nacht zwar ein paar vereinzelte Wolken, aber der Mond, der fast voll war, schien hell auf die schiefernen Dächer und die Schornsteine der steilen Giebel von Crook. Der dicke Efeumantel, der die Wände wie ein Pelz überzog, glänzte silbern auf, als sein tausendfaches Laubwerk sich sanft im Nachtwind regte. Ich ging leise um das Haus herum und über den Weg, der auf den Hof führte. Etwa auf halber Höhe ergoß sich am Fuß der Mauer ein klar umrissenes Lichtviereck aus einem kleinen Fenster auf das Kopfsteinpflaster. Dies war das Fenster über Fledges Werkbank. Während mein Herz gefährlich schnell klopfte, schlich ich darauf zu.

Kurz bevor ich das Fenster erreichte, ließ ich mich auf Hände und Knie nieder. Auf allen vieren vorwärtskriechend, spähte ich um den Fensterrahmen herum. Die Anrichte wurde nur von einer Lampe erhellt, die auf der Werkbank stand. In der Mitte des Zimmers standen sich Sidney und Fledge so gegenüber, daß ich beide im Profil sehen konnte. Bisher war mir noch nie aufgefallen, wie groß Sidney war; er war genauso groß wie Fledge, fast einen Meter achtzig, wenn nicht größer. Er sprach angeregt auf Fledge ein, lächelte häufig und gestikulierte mit der rechten Hand, in der er seine kleine Pfeife aus Rosenholz hielt. Sein Haar schimmerte im Lampenlicht, genau wie das seidige, silbrige Material seines Morgenmantels, das jedesmal, wenn er den Arm bewegte, streifig aufglänzte. Fledge war in Hemdsärmeln und hatte die Arme vor der Brust verschränkt. Sein Gesicht lag im Schatten, so daß es mir unmöglich war zu erkennen, was für ein Ausdruck darauf lag, während er Sidney zuhörte. Ich veränderte meine Stellung, ging in die Hocke, hielt mich am Rand des Fensterrahmens fest und versuchte, Fledges Gesicht besser sehen zu können. Plötzlich lächelte er – weder vorher noch nachher, wenn ich es recht bedenke, habe ich Fledge je lächeln sehen – und breitete die Arme aus. Die beiden Männer schienen sich einander zuzuneigen – und ausgerechnet in diesem entscheidenden Augenblick, während das Blut heiß durch meine Adern wallte, verlor ich das Gleichgewicht und kippte schwer nach hinten, wobei meine Füße laut über das Kopfsteinpflaster scharrten. Unmöglich, daß sie mich nicht gehört hatten. Im Bruchteil einer Sekunde hatte ich mich flach an die Wand gedrückt und klebte dort mit angehaltenem Atem, wie eine Eidechse. Es war ein Glück, daß das Fenster sich nicht öffnen ließ; allein aus diesem Grund wurde ich nicht entdeckt. Aber einen Augenblick später wurde der Vorhang zugezogen, und das kleine Viereck aus Licht erlosch. Ich schlich zur Vorderfront des Hauses zurück, betrat es jedoch nicht, sondern ging in die Scheune, wo ich nur im

Licht einiger verirrter Mondstrahlen, die durch die kleinen Fenster hoch oben in den Giebeln einfielen, mehrere große Gläser Scotch trank. Dort blieb ich in meinem Korbsessel sitzen, bis ich es für sicher hielt, mich in den Ostflügel zurückzuwagen. Ich erreichte mein Schlafzimmer ohne weitere Zwischenfälle, konnte jedoch, zutiefst beunruhigt über das, was ich gesehen hatte, erst einschlafen, als das erste Licht der Morgendämmerung sich bereits über das Moor breitete. Denn sehen Sie, in dem Augenblick, in dem ich vor dem Fenster umgekippt war, glaubte ich gesehen zu haben, wie Sidney Fledge in die Arme nahm, um ihn zu küssen – ja, mein Butler, verdammt noch mal, in den Armen jenes verweichlichten, rückgratlosen Jungen.

Ich brauche Ihnen wohl nicht zu sagen, was für eine Einstellung ich solchen Dingen gegenüber habe. Zu meiner Zeit waren Männer für weit weniger aus Oxford relegiert worden. Um ehrlich zu sein, ist es mir schon zuwider, den Vorfall überhaupt erwähnen zu müssen – ich mußte einige Drinks in der Scheune nehmen, sie beruhigten mich. Meine erste Reaktion bestand darin, daß ich zu entscheiden versuchte, wer die größere Verantwortung für den Vorfall trug. Fledge war natürlich der Ältere, aber Sidney stand gesellschaftlich gesehen über ihn, und nach dem flüchtigen Blick zu urteilen, den ich auf die beiden erhascht hatte, war es eher Sidney, der der sozusagen »aggressive« Teil zu sein schien. Mir wurde jedoch bald klar, daß es kaum eine Rolle spielte, wer die größere Schuld trug, denn unter normalen

Umständen hätte ich alle beide noch vor dem Frühstück auf die Straße gesetzt. Aber es gab eine Komplikation, und es war diese Komplikation, die mich bis zum Morgengrauen wachhielt.
Meine Tochter Cleo war ein temperamentvolles Mädchen von achtzehn Jahren, und die Beziehung zu Sidney war ihre erste wirkliche emotionale Bindung. Ich hatte schon immer eine Art Schwäche für Cleo, ungeachtet meiner Enttäuschung darüber, daß sie kein Junge war. Cleo ist eine waschechte Coal, wie ich vielleicht schon erwähnt habe; sie ist klein und drahtig, sie hat vorstehende Vorderzähne und vor nichts und niemandem Angst, nicht einmal vor mir. Ich weiß noch, daß es mir, als die Mädchen noch klein waren, manchmal gelang, den ganzen Haushalt in Angst und Schrecken zu versetzen. Dann lag jedesmal eine gräßliche, drückende Stille über dem ganzen Haus, eine »Atmosphäre«, wie Harriet es nannte. Cleo jedoch reizte mich dann mutwillig nur noch mehr, nicht im geringsten eingeschüchtert durch meine bissige, fauchende Übellaunigkeit. Denn sehen Sie, sie hielt ungebrochen an dem Glauben fest, daß unter meinem mürrischen, menschenfeindlichen Äußeren ein Herz aus Gold schlug, obwohl ich mir denken könnte, daß dies vielleicht etwas war, was sie einfach tun *mußte*, da der Gedanke, einen Vater zu haben, der durch und durch mürrisch und menschenfeindlich war, einfach zu schrecklich war, um ihn ertragen zu können. In Wahrheit ist mein Herz jedoch nicht nur nicht aus Gold gemacht, es besteht nicht einmal aus gesundem organischem Gewebe – meine Kranzgefäße sind sklerotisch und werden mich letzten Endes umbringen!
Wissen Sie, ich bewunderte das Mädchen ganz einfach. Obwohl ich es mir natürlich nie anmerken ließ, freute es mich, daß Cleo sich weigerte, sich von mir tyrannisieren zu lassen. Während Harriet und Hilary, meine älteste Tochter, ein molliges, verschüchtertes kleines Ding, genau wie die

Mutter, voller Angst und Schrecken im Haus herumschlichen, suchte Cleo Möglichkeiten, mich zu wahrhaft üblen Temperamentsausbrüchen zu provozieren. Strafen schreckten sie nicht – wie bereits gesagt, wußte sie nicht, was Angst bedeutete, und ich kann mich noch gut daran erinnern, wie sie während des Krieges einmal auf das Dach kletterte und auf der Spitze des allerhöchsten Giebels herumturnte, um den Spitfire-Piloten zuzuwinken. Harriet wäre vor Angst fast gestorben, und ich selbst war alles andere als ruhig, als ich vor dem Haus auf der Auffahrt stand und das verdammte Mädchen anbrüllte, auf der Stelle herunterzukommen, und dann zusehen mußte, wie sie über die alten, moosbewachsenen Dachschiefer rutschte und hüpfte und dann eine morsche Regenrinne hinunterkletterte, fest davon überzeugt, daß sie sich jeden Augenblick zu Tode stürzen würde.

In Anbetracht der Gefühle, die ich für das Mädchen hegte, war mir also nicht gerade leicht ums Herz bei dem Gedanken daran, ihre erste Liebesgeschichte brutal zu zerschlagen, Sidney auf eine Weise auf die Straße zu setzen, daß meine Verwünschungen ihm noch lange in den Ohren klingeln würden, und Cleo dann erklären zu müssen, aus welchem *Grund* ich das getan hatte. Es hätte sie für ihr ganzes Leben zeichnen, ihr ein für alle Mal die Männer verleiden können. Eine Heirat stand jetzt natürlich völlig außer Frage, aber ich überlegte, ob die Geschichte sich nicht vielleicht auf *sanftere* Art und Weise auseinanderbringen ließe – z. B. wenn Sidney zu seiner Mutter nach London zurückgefahren war, in ungefähr zehn Tagen. Auf diese Weise würde es keinen plötzlichen Schock geben, keine brutale Konfrontation des Mädchens mit Sidneys Neigungen; er würde Crook verlassen, und dann würde ich ihm sehr ruhig, aber sehr entschieden in einem Brief klarmachen, daß jeder weitere Kontakt mit der Familie unerwünscht sei. Cleo würde in Oxford neue Freundschaften schließen, und mit ein bißchen Glück würde Gras über die Sache wachsen. Was nun Fledge anging, so würde ich ihn behalten müssen, bis Cleo fort war, damit er keine Szene machen konnte; aber sobald das Mädchen wohlbehalten auf dem Weg nach Oxford war, würde er gehen müssen. Und zwar ohne Referenzen, wie ich hinzufügen könnte. Und dann drängte sich mir die Frage auf, was denn nun eigentlich genau in Kenia passiert war, daß die Fledges so ganz ohne Papiere nach England zurückgekommen waren. Ein flüchtiger Schauder des Unbehagens lief mir über den Rücken, als mir einfiel, was Harriet über den Pflanzer gesagt hatte, der von seinem eigenen Ochsen zu Tode getrampelt worden war. Ich hätte mehr auf dieses Beben des Unbehagens hören sollen; aber ich besaß in jenen Tagen nicht die Angewohnheit, derart flüchtigen und letztendlich unüberprüfbaren Phänomenen viel Beachtung zu schenken.

Das alles überlegte ich mir in den langen Stunden der Nacht, erst in der unbeleuchteten Scheune, dann in meinem Bett im Ostflügel des Hauses. Wie Sie sich vielleicht vorstellen können, war ich beim Frühstück am nächsten Morgen kein besonders glücklicher Mann. Ich konnte Sidney oder Fledge nicht in die Augen sehen und unterdrückte nur Cleo zuliebe den Widerwillen, den ich dabei empfand, mich im selben Zimmer wie die beiden aufhalten zu müssen. Was vielleicht am schlimmsten war, war die Geschichte mit der sogenannten »Verlobung« vom letzten oder vorletzten Abend. Wie recht ich gehabt hatte, kühl und skeptisch zu bleiben – was für eine schäbige Farce das Ganze gewesen war, was für ein Hohn, was für eine Beleidigung, nicht nur für Cleo, sondern auch für Harriet und mich. Allein der Gedanke daran ließ mein Blut kochen; ein Glück, daß ich meine Scheune hatte, in die ich mich flüchten konnte, denn wäre ich gezwungen gewesen, mit diesen beiden Abnormen länger unter einem Dach zu bleiben, wäre es mir wahrscheinlich nicht gelungen, meine Gefühle unter Kontrolle zu halten.

Ich verbrachte den größten Teil der nächsten beiden Tage in der Scheune, und ich fürchte, daß ich eine ganze Menge Whisky trank. Ich hatte Harriet nichts von dem Vorfall gesagt; das, so dachte ich, konnte warten, bis Sidney aus dem Haus und wieder in London war, denn ich war nicht davon überzeugt, daß es ihr gelingen würde, den Schein der Normalität zu wahren, wenn sie wußte, was ich wußte. Sie würde sich aufregen, sie würde Cleo aufregen, und es würde für keinen von uns mehr Ruhe geben; und trotz des Rückschlages, den ich vor kurzem hatte einstecken müssen, mußte ich weiter an meinem Vortrag arbeiten. Es war für alle Beteiligten besser, dachte ich, wenn ich die Sache für mich behielt. Die Mahlzeiten waren schwierig, und ich brauchte all meine Kräfte, um eine Art mürrischer Reserviertheit aufrechtzuerhalten. Aber mürrische Reserviertheit war bei mir nichts Ungewöhnliches, und Harriet und Cleo waren nicht sonderlich beunruhigt. Hugo hat wieder einmal eine seiner »Launen«, dachten sie. Hugo ist wieder einmal »unmöglich«. Ha! Mein Plan bestand also darin, in den letzten anderthalb Wochen von Sidneys Besuch so viel wie möglich außer Hauses zu sein. Aber drei Abende nach dem Vorfall in der Anrichte setzte eine plötzliche und dramatische Entwicklung ein. Und das war, denke ich, der Augenblick, von dem man sagen kann, daß mit ihm alles *begann*.

Ich war in meinem Arbeitszimmer – es war schon ziemlich spät – und schrieb, als es an meiner Tür klopfte. Es war Cleo. Sie kam herein und ließ sich neben dem Kamin in einen Sessel fallen. »Daddy«, sagte sie. »Sidney ist noch nicht zurück.«
Ich sah nicht von meiner Arbeit auf. Es interessierte mich nicht, wo Sidney sich herumtrieb, nicht im geringsten. »Es sind schon über drei Stunden«, sagte Cleo. »Er wollte nur ins Dorf fahren, um einen Brief einzuwerfen.«

Mir lag eine ziemlich böse Bemerkung auf der Zunge, aber ich hielt sie zurück. Statt dessen sagte ich: »Vielleicht unterhält er sich mit Vater Pin über Lyrik.« Vater Pin war der Gemeindepfarrer und ein Freund von Harriet.
»Es sieht ihm einfach nicht ähnlich«, sagte sie, den Blick in die Flammen gerichtet. »Er ist sonst immer so pünktlich.« Die Haare fielen ihr als kurzer, dichter, schwarzer Vorhang ins Gesicht, so daß ich, im Profil, nur die Spitze ihrer Nase und ihre etwas vorstehende Oberlippe sehen konnte.
»Ja«, sagte ich. »So sieht er auch aus.«
»Sei nicht so eklig, Daddy.«
»Eklig?«
»Ich weiß, daß du nicht viel von Sidney hältst«, sagte sie, »aber das liegt nur daran, daß du ihn nicht kennst. Er ist immer so schüchtern, wenn du dabei bist.«
Mein Füllfederhalter kritzelte über die Seite, häufte das vertraute Beweismaterial an, zog die kühnen Schlußfolgerungen. Ich lehne die offizielle Meinung ab, daß der Dinosaurier ein Reptil war, und halte dagegen, daß es eine neue Klasse gibt, die *Dinosauria*, getrennt und unterschieden von den *Reptilia*, und ich schließe die Vögel mit in diese Klasse ein. Ja, ich behaupte, daß die Vögel *lebende Dinosaurier* sind.
»Du schüchterst ihn ein«, sagte Cleo. »Er ist nicht so kämpferisch wie du. Er hat ein sanftes Wesen.«
Das ist natürlich der Grund dafür, daß Sykes-Herring versucht, mich mundtot zu machen.
»Du denkst, daß das nichts weiter als Schwäche ist, aber das ist es nicht. Ich mag Sanftheit, Daddy. Alle Frauen tun das.«
Der Gedanke stammt leider nicht von mir persönlich; viktorianische Paläontologen wie Owen und Huxley wußten alles über die Vogelartigkeit von Dinosauriern und umgekehrt, aber die Einsicht ist irgendwie verlorengegangen.
»Daddy, können wir nicht ins Dorf fahren und ihn suchen?«

Ich schraubte die Kappe auf meinen Füllfederhalter und schenkte ihr meine ungeteilte Aufmerksamkeit. »Meinetwegen«, sagte ich. »Geh und zieh deinen Mantel an.«
Wir fuhren langsam nach Ceck. Der Mond stand voll am Himmel, wurde jedoch immer wieder von Fetzen schwarzer Regenwolken verdunkelt. Ich parkte auf dem Hof hinter dem »Hodge and Purlet« und ging erst in den vornehmeren Teil des Lokals und dann in den gewöhnlichen Schankraum, während Cleo im Auto wartete. Aber niemand hatte Sidney gesehen. Also gingen wir die Gasse hinter dem Lokal entlang, zwischen hohen Backsteinmauern und breit ausladenden Ulmen hindurch, in denen ein ruheloser Wind leise flüsterte. Wir passierten ein Tor und folgten dem schmalen Pfad, der über den Friedhof zur Kirche führte, die sich deutlich vor dem Nachthimmel abzeichnete, überflutet vom Licht des Mondes, das die Mauern versilberte und den Glockenstuhl und die Spitzbogenfenster in schmale Blöcke der Dunkelheit tauchte. Hoch über dem kleinen Gebäude mit dem Turm, der noch aus normannischer Zeit stammte, flohen schwarze Regenwolken immer noch über das Gesicht des Mondes dahin. Wir gingen schweigend über den Friedhof, vorbei an vereinzelten, sich sanft neigenden Grabsteinen, deren Schatten vom zarten Geflecht des Laubs der Bäume, die am Zaun entlang wuchsen, in sich ständig verändernden Arabesken miteinander verbunden wurden, und bis auf das Spiel der Zweige und ihrer Schatten auf dem mondgebleichten Gras war alles totenstill.
Wir gingen hinten um die Kirche herum zum Pfarrhaus und klopften an die Tür. Patrick Pin hatte Sidney nicht gesehen. Im dunklen, niedrigen Eingang des Pfarrhauses stehend, gab der dicke Geistliche sich alle Mühe, uns zu sich hereinzulocken, aber ich weigerte mich. Wir gingen denselben Weg zum Auto zurück und fuhren weiter nach Ceck's Bottom, denn es wäre ja möglich gewesen, daß Sidney George besucht hatte. Zu unserer Linken, über dem Moor, hing der Mond riesig

und niedrig und gelb am Himmel. Und dann kam mir allmählich eine Idee, was mit Sidney passiert sein könnte, aber ich sagte nichts zu Cleo.

Ich parkte auf dem Hof, neben dem Transporter. Das Haus, in dem George wohnte, war ein einfaches, niedriges, allmählich vergilbendes Gebäude, und an diesem Abend schien es fast zu glühen, so als strahlte es einen geisterhaft lebendigen, bösen Glanz aus. Ich stieß die Hintertür auf und rief nach George. Keine Antwort. Wir gingen hinein, und der Wind, der in den letzten Minuten beträchtlich aufgefrischt war, schlug die Tür mit einem lauten Knall hinter uns zu. Die Küche war leer. In der Mitte des Raumes hing eine nackte Glühbirne an einem verdrehten Stück Kabel und warf ein trübes, hartes Licht auf die spärlichen Möbel, den steinernen Fußboden und den verrosteten Herd mit dem blechernen Ofenrohr, das schräg durch ein Loch in der Decke verschwand und dumpf klapperte, wenn ein Windstoß durch es hindurchfegte. Erste Regenschwaden prasselten gegen das vorhanglose Fenster, in dem eine Scheibe kaputt und mit einem Stück feuchter Pappe abgedichtet war. »George!« brüllte ich, aber wieder kam keine Antwort. Es war auf eine merkwürdige Weise beunruhigend, und einen Augenblick lang ließ ein vages Gefühl der Angst meine Kopfhaut kribbeln – der Transporter stand im Hof, das Licht brannte, aber wo war der Mann selbst? Ich sagte Cleo, sie solle in der Küche warten, während ich das Haus absuchte; aber alle Zimmer waren leer. »Er ist nicht da«, sagte ich, als ich in die Küche zurückkam. Der Regen peitschte nun zornig gegen die Fenster, und auf der anderen Seite des Hofes konnten wir die Schweine grunzen hören. Und dann ertönte über uns ein häßliches Geräusch, und Cleo fuhr zu mir herum, die Augen hell vor Schrecken. Es war ein rasselndes, schabendes, scharrendes Geräusch, und es schien schneller zu werden, und während es schneller wurde, wurde es laut wie Donner – es war ein Dachschiefer, ging mir schließlich auf, den der

Wind losgerissen hatte und der nun über das Dach hinunterrutschte. Eine Sekunde später schlug er genau vor der Küchentür auf dem Kopfsteinpflaster des Hofes auf und zerschellte. »Laß uns zurückfahren«, sagte Cleo erschaudernd. Es war in der Tat sehr unheimlich. Wir fuhren schweigend nach Crook zurück.
In jener Nacht wurde die Haustür nicht abgeschlossen, und wir ließen das Licht im Wohnzimmer brennen. Aber Sidney kam nicht zurück.

»Wahrscheinlich«, sagte Harriet beim Frühstück, »sollten wir seine Mutter anrufen. Vielleicht ist er nach Hause gefahren.«
»Aber wieso denn, Mummy?« sagte Cleo und sah von ihrem gekochten Ei auf, dessen Schale sie teilnahmslos mit dem Rücken ihres Löffels bearbeitete. »Wieso um alles in der Welt sollte er nach Hause fahren, ohne einem von uns etwas zu sagen?«
»Ich weiß es doch auch nicht, Schatz«, sagte Harriet. »Und bitte, spiel nicht mit deinem Ei herum.« Sie hob die Hände. »Ich verstehe den Jungen einfach nicht. Du vielleicht, Hugo?«
Ich steckte hinter meiner *Times*. Nun senkte ich sie kurz. »Offen gestanden, nein«, sagte ich. »Aber du hast recht, Harriet. Wir sollten Mrs. Giblet anrufen. Und ich finde, du solltest es tun.«
Harriet seufzte. »Ja, wahrscheinlich sollte ich das.«
»Tu es gleich, Mummy«, sagte Cleo. »Ich hasse diese ganze Ungewißheit.«

Arme Cleo. Ich hatte gesagt, ich wüßte nicht, wieso Sidney nicht nach Crook zurückgekommen war. Aber in Wahrheit hatte ich angefangen, mir eine ziemlich gute Hypothese zurechtzulegen. Daß das Ganze etwas mit seinem Umgang mit Fledge zu tun hatte, das war, denke ich, klar; und ich war der Meinung, daß Fledge versucht hatte, den Jungen zu erpressen. Es wäre beileibe nicht das erste Mal gewesen, daß ein Diener versucht hätte, in einer solchen Situation Geld aus einem »Gentleman« herauszuholen. Nein, meine Vermutung lautete, daß Sidney, der schließlich kein Geld besaß, womit er den Mann hätte bezahlen können, und der sich außerstande sah, seiner Mutter oder irgendwem sonst zu erklären, wozu er das Geld brauchte, zu dem Schluß gekommen war, daß die einzige Lösung darin bestand, für eine Weile von der Bildfläche zu verschwinden. Ich war ehrlich gesagt erleichtert; es ersparte mir die ziemlich unerfreuliche Aufgabe, die Beziehung zwischen ihm und Cleo abzubrechen, denn bis Sidney irgendwann wieder auf der Bildfläche auftauchte, hatte Cleo sicher längst jedes Interesse an ihm verloren – und ich rechnete damit, daß er erst nach einer sehr geraumen Zeit wieder auftauchen würde. Im nachhinein verdient diese Mutmaßung meinerseits ein lautes, ironisches Schnauben. Was nun Fledge anging, so würde ich warten, bis Cleo nach Oxford abgereist war, und ihn dann, wie geplant, vor die Tür setzen.

Blieb nur ein ziemlich unerfreulicher Punkt, und das war Sidneys Mutter. Seit Harriet mit ihr telefoniert hatte, rief die alte Frau uns dreimal täglich aus London an, um zu hören, ob es Neuigkeiten gab. Da ich gegen Ende der Woche sowieso in die Stadt mußte, um mich mit Sykes-Herring zu treffen, erklärte ich mich bereit, hinzugehen und sie zu besuchen. Keine Aufgabe, auf die ich mich freute – weshalb, können Sie sich wahrscheinlich denken. Denn wie sollte ich der Mutter des Jungen sagen, daß ich sicher war, daß es ihm gutging, ohne ihr zu sagen, *wieso* ich das glaubte.

Mrs. Giblet bewohnte ein Haus in Bloomsbury, in der Nähe des Britischen Museums. Nachdem ich meine Verabredung mit Sykes-Herring hinter mich gebracht und dann bei meiner ältesten Tochter Hilary zu Mittag gegessen hatte, nahm ich mir ein Taxi und fuhr zu ihr. Die Sonne hatte jeden Versuch aufgegeben, Licht in die verdreckte Metropole zu bringen, und sich hinter eine dicke Masse grauer Wolken zurückgezogen. Das Wetter trug beträchtlich dazu bei, die Aura verblaßter Vornehmheit zu unterstreichen, die Mrs. Giblets Straße anhaftete, was wiederum meine eigene schlechte Laune vergrößerte, denn ich hasse London. Der Klopfer war ein krächzender Greif aus fleckigem Messing; er rief im Inneren des Hauses das schrille Kläffen eines Hundes und eine Art gedämpftes Scharren hervor. Dann wurde die Tür einen Spalt weit geöffnet, und ein furchtsames Gesicht linste um die Ecke. »Guten Tag«, sagte ich. »Mrs. Giblet erwartet mich.«

Die Tür öffnete sich einen weiteren Spalt und gab den Blick frei auf ein mausgraues Wesen in einer Hausmädchenuniform aus den zwanziger Jahren, das einen Federwisch in der Hand hielt.

»Wer ist da, Mary?« rief eine rasselnde Stimme aus den oberen Regionen.

Die Maus linste mich entsetzt an. »Sir Hugo Coal«, sagte ich.

»Sir Hugo Coal«, rief sie, überraschend herzhaft.

»Wer?«

»Sir Hugo Coal!« brüllte ich. »Es geht um Sidney!«
»Führ ihn in den Salon«, kam die Stimme. »*Ich komme hinunter.*«
Ich wurde von Hut und Mantel befreit und durch einen engen Flur geführt, der mit dicken Teppichen ausgelegt war und an dessen Wänden Unmengen sepiagetönter Fotografien von jungen Männern in Uniform und verdrießlichen, in Gärten versammelten Familiengruppen hingen. Diverse riesige dunkle Möbelstücke stellten sich einem in den Weg, und es roch durchdringend nach gekochtem Fisch. Ich wurde in den Salon geführt, wo die Düsternis des wolkenverhangenen Tages durch Fenster mit Vorhängen aus schäbiger Spitze gefiltert wurde.
»Mrs. Giblet kommt sofort«, sagte die Maus überflüssigerweise und schnipste mit ihrem Federwisch über eine tote Uhr, die breit und behäbig auf dem Kaminsims hockte. Ich entfernte ein Büschel tierischer Haare von einem viel zu dick gepolsterten Sessel und setzte mich. Die Luft war muffig, und das wenige natürliche Licht, dem es gelang, in das Zimmer einzudringen, wurde prompt von der durch nichts aufgelockerten Trostlosigkeit der Wandbehänge und Möbel verschluckt.
Mehrere Minuten vergingen; es waren keine glücklichen Minuten. Ich sah auf meine Uhr. Nichts, sagte ich mir, würde mich daran hindern, den 3 Uhr 47 zu nehmen.
Endlich erschien Mrs. Giblet, auf einen Stock gestützt, ein seidenhaariges, stupsnasiges Schoßhündchen an ihren Busen drückend. Als ich mich höflich erhob, starrte die kleine Kreatur mich mit wachsamen, feindseligen Augen an. Ohne mir mehr als einen flüchtigen Blick zu gönnen, begab Mrs. Giblet sich zu einem Ohrensessel, ließ sich umständlich in seine Tiefen sinken, schnaufte mehrmals und musterte mich dann aus wäßrigen, porzellanblauen Augen, während ihre gekräuselten Lippen sich über einem, wie ich vermutete, frisch eingesetzten Gebiß hin und her bewegten. Als sie

endlich sprach, war ihre Stimme rasselnd und stählern und unüberhörbar daran gewöhnt zu kommandieren. »Sherry, Sir Hugo? Oder lieber etwas Stärkeres?«
»Sherry, wenn es Ihnen recht ist, Mrs. Giblet.«
Sie nickte der Maus zu, die sofort davonhuschte. Mrs. Giblet war, was man gemeinhin als Dragoner bezeichnet, ein Typ, den ich ganz entschieden unsympathisch finde (ich kannte mehrere von der Sorte in Berkshire). Selbst eingefleischte Tyrannen, sind sie notorisch schwer einzuschüchtern. Außerdem sind sie mit allen Wassern gewaschen. Mrs. Giblet stellte ihren Stock vor sich auf den Boden und faltete die Hände über dem Griff. Ihre Finger glitzerten vor Steinen, ihre Nägel waren rot lackiert. Zwischen den herabhängenden Lidern glitzerten die Augen gleichermaßen. Ihr Mund war mit Lippenstift angemalt, und ihr Hals baumelte schlaff und kreuz und quer von Falten durchzogen von einem runzligen kleinen Kinn herab, das von rougebemalten Wangen flankiert wurde, die ebenfalls schlaff von knotigen Wangenknochen hingen. Mächtige Stöße schaler Gerüche drangen aus den Klüften ihrer Person; der kleine Hund hatte sich in ihrem Schoß zusammengerollt wie ein haariger Tumor. Die Maus kam mit zwei Gläsern Sherry zurück und erhielt den Befehl, die Flasche zu bringen. Dann wühlte Mr. Giblet in den Tiefen ihrer Kleidung herum und brachte ein Päckchen Capstan ohne Filter zum Vorschein. »Zigarette, Sir Hugo?« schnaufte sie.
»Danke, gern«, sagte ich. Es folgte ein beträchtliches Hin und Her mit Streichhölzern und Aschenbecher. Als wir beide Feuer hatten und die Sherryflasche griffbereit auf einem kleinen runden Tisch mit drei Klauenfüßen stand, sagte ich: »Dann will ich einmal erzählen, was passiert ist.«
»Das wäre immerhin ein Anfang«, sagte sie.
Ich nippte an meinem Sherry. Er war miserabel. Ich runzelte die Stirn. »Es gibt nicht viel, was Sie nicht schon von meiner Frau gehört hätten«, fing ich an. »Sidney verließ unser Haus

am Montagabend gegen sieben Uhr, nachdem er meiner Tochter Cleo gesagt hatte, er wolle mit dem Fahrrad ins Dorf fahren, um einen Brief an Sie aufzugeben.«
An dieser Stelle hob Mrs. Giblet einen gekrümmten Finger. »Wir haben inzwischen Freitag, Sir Hugo, und ich habe keinen Brief von Sidney erhalten. Selbst in Anbetracht der Unberechenbarkeiten der Post hätte er inzwischen längst ankommen müssen.«
»Ich gebe Ihnen völlig recht, Mrs. Giblet. Sidney hat den Brief offenbar nicht abgeschickt, falls es tatsächlich einen Brief abzuschicken gab.«
»Sie glauben«, sagte sie, wobei ihre Stimme sich hob, »daß Sidney einen anderen Grund hatte, ins Dorf zu fahren?«
»Ich weiß es nicht, Mrs. Giblet. Aber ich halte es für möglich. Ich habe mich schon gefragt, ob er vielleicht einen Grund gehabt haben könnte, plötzlich von der Bildfläche zu verschwinden?« Ich dachte, dies würde bei ihr vielleicht etwas »auslösen«.
»Welchen zum Beispiel, Sir Hugo?« Ihr Ton war sehr von oben herab; anscheinend nicht.
»Meine liebe Mrs. Giblet, ich habe nicht die Absicht, Sidneys Charakter oder Motive anzuzweifeln. Es fällt mir jedoch schwer zu glauben, daß ihm etwas zugestoßen sein soll; wenn das der Fall wäre, hätten wir ihn längst finden müssen.«
»Sicher. Bitte, sprechen Sie weiter, Sir Hugo.«
Ich wurde ganz entschieden immer gereizter, blieb jedoch höflich. »Als er um zehn Uhr nicht zurück war, fuhren Cleo und ich ins Dorf, fanden jedoch keine Spur von ihm. Niemand hat ausgesagt, ihn an jenem Abend, oder später, gesehen zu haben. Wir haben die Polizei gleich am nächsten Morgen informiert. Seitdem wurde eine systematische Durchsuchung des Bezirks eingeleitet.«
»Würden Sie mir den Namen des Mannes nennen, der für die Suche nach meinem Sohn verantwortlich ist.«

»Limp«, sagte ich. »Inspektor Limp.«
Der Name weckte kein Vertrauen. »Aha«, sagte sie, und überlegte eine Weile. Sie hatte tiefe Tränensäcke unter den Augen, halbkreisförmige, bläuliche Hautlappen, in die die Jahre ein feines Muster aus Krähenfüßen eingeritzt hatten. »Was für einen Eindruck macht dieser – Limp – auf Sie, Sir Hugo?«
»Er ist nicht unbedingt«, sagte ich, meine Worte sorgfältig wählend, »ein sehr eindrucksvoller Charakter. Dennoch habe ich keinen Grund, an seiner Kompetenz zu zweifeln.« In Wahrheit war Limp etwa so stimulierend wie ein Eimer Wasser. Aber wie gesagt hatte ich keinen Grund, daran zu zweifeln, daß er befähigt war, eine Suche nach einer vermißten Person durchzuführen.
»Ich verstehe. Sidney ist also weiterhin irgendwo draußen in freier Natur verschwunden, und ein Mann namens Limp versucht, ihn zu finden. Mit Hunden, Sir Hugo?«
»Ich glaube, ja.«
»Und was glauben *Sie*, was ihm zugestoßen sein könnte, Sir Hugo?«
»Dieselbe Frage könnte ich Ihnen stellen, Mrs. Giblet. Ich habe ehrlich gesagt nicht die leiseste Ahnung. Zuerst dachte ich, er hätte sich vielleicht im Moor verirrt.«
»Im Moor?«
»Im Cecker Moor. Es gibt dort ein paar gefährliche Stellen – sumpfige Stellen.«
»Ich verstehe.«
»Aber dann hätten wir ihn natürlich längst gefunden.«
»Nicht, wenn er von einem Ihrer Sümpfe verschluckt wurde, vermute ich einmal.« Der Gedanke schien sie nicht über Gebühr zu beunruhigen.
»In diesem Fall hätten wir sein Fahrrad gefunden.«
»Vielleicht ist er mitsamt seinem Fahrrad untergegangen?« Die trüben, alten Augen glitzerten mich aus ihren Hautfalten heraus an. Die alte Fledermaus schien geradezu Spaß an der ganzen Sache zu finden.

»Das scheint mir unwahrscheinlich«, sagte ich.
»Und deshalb glauben Sie, Sir Hugo, daß Sidney sich aus freien Stücken an einen anderen Ort begeben hat?«
»Es wäre möglich, Mrs. Giblet. Mehr habe ich nicht gesagt.«
»Aber weshalb sollte er so etwas tun, Sir Hugo?«
»Ich dachte, das könnten Sie mir vielleicht sagen, Mrs. Giblet.«
»Ich habe keine Ahnung.«
»Ich auch nicht.«
»Ah.«
Während dieser ganzen Unterhaltung hatten wir uns unaufhörlich in die Augen gestarrt. Die alte Frau war absolut unempfindlich für meine Andeutungen. Ich hätte gerne offen mit ihr geredet, aber sie machte es mir nicht leicht. Nun senkte sie den Blick, ließ ihre Zigarette lose im Mundwinkel baumeln und krallte beide Hände um ihren Stock – in dessen Knauf, wie ich nun bemerkte, ein winziger, weißer, aus Elfenbein geschnitzter Totenkopf eingelassen war. Wieder vertiefte sie sich in ihre eigenen Gedanken. Ich sah auf meine Uhr. Wenn ich den 3 Uhr 47 noch erwischen wollte, mußte ich in spätestens fünf Minuten gehen. »Und sein Fahrrad?« fragte sie nach geraumer Zeit. »Sein Fahrrad wurde nicht gefunden?«
»Keine Spur von einem Fahrrad«, sagte ich.
»Das ist schlecht«, murmelte sie.
»Im Gegenteil, Mrs. Giblet«, antwortete ich. »Es ist gut. Sehen Sie, ich bin mir ganz sicher, daß Sidney wohlauf ist und daß er sich binnen kürzester Zeit melden und dieses unglückselige Rätsel aufklären wird.« Dies wenigstens war ehrlich. »Und bis dahin –« ich erhob mich – »hat Inspektor Limp uns versichert, daß Sidneys Beschreibung an alle Polizeistationen und Krankenhäuser der Umgebung weitergeleitet wurde.«
Es folgte ein weiteres, langes Schweigen seitens der alten Frau. Dann stieß sie einen tiefen Seufzer aus, ihr gewaltiger

Busen hob und senkte sich einmal, und die wäßrigen, blauen Augen huschten zu mir herüber. Ohne ein weiteres Wort ergriff sie eine kleine Glocke, die auf dem Tisch stand, und schüttelte sie energisch. Die Maus erschien und half ihr, sich aus dem Sessel zu erheben. »Sir Hugo«, sagte sie und hielt mir eine ihrer Klauen hin. »Haben Sie vielen Dank, daß Sie gekommen sind. Das war sehr liebenswürdig von Ihnen. Entschuldigen Sie, falls ich etwas barsch gewesen sein sollte – die Ängste einer Mutter, ich bin sicher, Sie verstehen.« Und ihr ganzes Gesicht, die ganze komplexe Struktur aus Hautlappen und schlaffem Fleisch, hob sich, wie ein Wrack, das aus tiefem Wasser geborgen wird, und verharrte, bebend, einen Augenblick lang, in einem Ausdruck echten Charmes, bevor es erneut in seine übliche, reizbare Schwermut zurückfiel. Sie war wirklich ein komischer alter Vogel! Allmählich fing ich an zu verstehen, wie Sidney zu seinen Neigungen gekommen war. »Gern geschehen, Mrs. Giblet. Und *Nil desperandum*, nicht wahr?«
»*Nil desperandum*, Sir Hugo«, sagte sie, nahm meine Hand in die ihre und tätschelte sie ein- oder zweimal. »Halten Sie mich auf dem laufenden.«
»Das werde ich.«
Ich erreichte den 3 Uhr 47 in letzter Minute.

Es gibt etwas, was ich seit meiner Lähmung gelernt habe, und zwar, daß die Phantasie beim Fehlen sensorischer Informationen *immer zum Grotesken tendiert*. Fledge weiß das ebenfalls – deshalb dreht er meinen Rollstuhl zur Wand. Er weiß genau, daß die Szene, die ich mir ausmale, wenn ich dort sitze und die Wandtäfelung aus alter Eiche anstarre, ihre Astknoten und Wirbel und Riefen, und hinter mir nur das Murmeln leiser, gedämpfter Stimmen höre und vielleicht das Rascheln von Seide, ein tiefes Einatmen oder sogar – von Harriet – ein unterdrücktes Lachen, daß diese Szene eine Szene der fleischlichen Verworfenheit ist, daß ich mir Liebe am Nachmittag vorstelle, in einem Sessel.

Das ist es, was ich meine, wenn ich vom Grotesken spreche – vom Phantastischen, vom Bizarren, vom absurd Widersinnigen. Denn als Cleo, wie es einmal geschah, während so einer Szene in den Salon kam und meinen Rollstuhl mit einem Aufschrei der Empörung umdrehte, ertappte ich die beiden, Harriet und Fledge – bei einem Schachspiel! Von daher muß es meine Aufgabe sein, diese Tendenz *mit in Betracht zu ziehen* und die begrenzten Indizien, die meine Sinne mir liefern, mit strikter Sorgfalt zu sichten, wenn ich wenigstens annähernd an die Wahrheit dessen, was in Crook vor sich geht, herankommen will. Das, so werden Sie sagen, dürfte einem Wissenschaftler, wie ich es bin, doch nicht allzu schwer fallen; aber selbst für einen Wissenschaftler ist Empirismus in seiner reinen Form extrem schwer zu verwirklichen, so schwer, daß man daran zu zweifeln beginnt, ob es tatsächlich möglich ist, eine Version der Realität zu konstruieren, die nicht von vorneherein durch die Projektionen, Negationen und Ausweichmanöver des Geistes verzerrt ist oder (entsetzlicher Gedanke) durch einen so simplen und banalen Faktor wie den Blickwinkel, der einem durch die zufällige Plazierung eines Rollstuhls gewährt wird. Aus solchen Zufällen wird »Wahrheit« geboren; ich fange allmählich an, sie für eine Schimäre zu halten.

Aber ich schweife ab. Manchmal fällt es mir schwer, die Ordnung der Dinge einzuhalten. Schuld daran ist die Tatsache, daß ich, während ich grübelnd in meiner Höhle unter der Treppe sitze, plötzlich ganz neue Bedeutungsmuster in den

Geschehnissen entdecke, die sich seit dem Herbst in Crook ereigneten, und wenn ich nicht aufpasse, bringen diese sich herausbildenden Muster meine Chronologie völlig durcheinander. Dies ist bis zu einem gewissen Grad unumgänglich, aber ich will nichtsdestoweniger versuchen, das Durcheinander in Grenzen zu halten; mir ist nun einmal daran gelegen, daß Sie sich ein eigenes, objektives und unparteiisches Urteil über das volle Ausmaß von Fledges Falschheit bilden. Denn ungefähr um diese Zeit herum – ich kann nicht mit Sicherheit sagen, wann genau, irgendwann im Oktober oder November – startete er die nächste Phase seines Plans, die die Verführung Harriets beinhaltete. Und im Bewußtsein dessen, was Sie über die wahre Natur von Fledges physischen Neigungen wissen, werden Sie an dieser Entwicklung erkennen, wie weit er zu gehen bereit war, um seine Ambitionen zu befriedigen; er war bereit, sich die Gelüste eines normalen Mannes zuzulegen. Fledges »Normalität« muß also als das gesehen werde, was sie ist: eine Art doppelte Pervertierung, eine Pervertierung der Perversion selbst.

Aber zur damaligen Zeit war ich mir dessen nicht bewußt. Zur damaligen Zeit besaß ich nur die Kenntnis dessen, was ich in jener Nacht im September in der Anrichte gesehen hatte, und meinen Verdacht in bezug auf Sidneys Verschwinden. Und was ich in der Anrichte gesehen hatte, war nicht nur unmoralisch, es war auch kriminell – es hat Zeiten gegeben, da wurden Männer wegen Unzucht *gehängt*, und das ist gar nicht einmal so lange her! Entdeckung bedeutete öffentliches Aufsehen, bedeutete Schimpf und Schande, bedeutete Gesichtsverlust und den totalen Ruin des guten Rufs, denn die Presse, insbesondere die Boulevardpresse, hat nun einmal die Neigung, in ihrer Verdammnis derartiger Vergehen sehr schrill und sehr unnachsichtig zu sein. Da ich mir dieser Faktoren bewußt war, wäre ich nicht im Traum auf den Gedanken gekommen, Fledge könnte Absichten auf Harriet haben. Erst indem ich Schritt für Schritt zurückgehe,

gelingt es mir, den wahrscheinlichen Verlauf der Affäre zu rekonstruieren.
Ich hatte ihn nämlich entgegen meiner ursprünglichen Absicht nicht auf die Straße gesetzt. Mein Gespräch mit Sykes-Herring war überraschend gut verlaufen, und wir hatten uns auf einen neuen Termin für meinen Vortrag geeinigt, auf den 7. Februar, und ihn mit Handschlag besiegelt. Genau das war der Grund, aus dem ich nach London gefahren war – ich wußte, daß sie mich nicht reden lassen wollten, ihr Mißtrauen meinen Ansichten gegenüber war viel zu groß, aber wenn es mir gelang, einen Termin und einen Handschlag zu bekommen, würde die Ehre unter Gentlemen mir garantieren, daß ich an diesem Tag tatsächlich mein Podium und mein Publikum bekam. Der springende Punkt ist, daß ich angesichts der Chance, wirklich konkrete Arbeit zu leisten, nicht willens war, mich mit der Verzweiflung auseinanderzusetzen, die die Entlassung der Fledges unweigerlich bei Harriet auslösen würde. Billiges Hauspersonal war, wie sie mich immer wieder erinnerte, so schwer zu finden, daß der Verlust dieser beiden »Perlen« sie wochenlang aus der Fassung bringen würde. Also beschloß ich zu warten, bis ich meinen Vortrag vor der Royal Society gehalten hatte; dann würden die beiden auf die Straße fliegen.
Harriet war übrigens, wie ich hinzufügen könnte, durchaus bereit, die Fledges, auch nachdem sie von Doris' »Geheimnis« erfahren hatte, zu behalten. »Hugo«, sagte sie eines Morgens mit leiser Stimme zu mir, »ich glaube, Mrs. Fledge trinkt.«
»Natürlich tut sie das, Harriet«, sagte ich. »Das sieht man ihr doch an der Nasenspitze an.« Harriet ist in vieler Hinsicht ein bißchen naiv.
»Meinst du, wir sollen sie entlassen?« fragte sie. »Großer Gott, das können wir nicht, Hugo! Es war so ein Glück, sie zu finden, und bei *den* Gehältern werden wir nie Ersatz für

sie bekommen. Ist dir eigentlich klar, was Connie Babblehump ihrem letzten Butler zahlen mußte? Und dabei hat er noch nicht einmal die Schuhe geputzt!«
Wir saßen beim Frühstück. »Halt den Mund, Harriet«, sagte ich hinter meiner *Times*. »Wirf die beiden raus, wenn du unbedingt willst, mir ist es egal.« (Ich wußte natürlich, daß sie es nicht tun würde.) »Du hast sie schließlich eingestellt. Aber hör um Himmels willen mit diesem Geschwätz auf.«
»Hugo«, sagte sie in dem gekränkten Tonfall, den ich so gut kannte und nur allzu gerne provozierte. »Du kannst wirklich gräßlich unhöflich sein, wenn du es darauf anlegst. Warum legst du es darauf an?«
Ich sagte nichts dazu; schließlich war ich der Mann, der so »unmöglich« war.

Es dauerte nicht lange, bis die Zeitungen von Sidneys Verschwinden erfuhren und offenbar zu dem Schluß kamen, daß es sich hier um eine Situation handelte, die es wert war, ausgeschlachtet zu werden. Das Aufsehen war uns höchst unwillkommen. Nach mehreren sehr unerfreulichen Belästigungen gab ich Fledge die Anweisung, jeden Reporter fortzuschicken, der an unsere Tür kam, und bat George, jeden zu verjagen, der sich unbefugt auf dem Gelände von Crook herumtrieb, notfalls mit der Schrotflinte. Die Presse, sollte ich dazu vielleicht noch sagen, hält nicht viel davon, die Privatsphäre anderer Leute zu respektieren. Trotz all meiner Maßnahmen drängten die Reporter sich immer noch vor den Toren von Crook, und als Harriet eines Morgens mit dem Fahrrad ins Dorf fahren wollte, wurde sie richtiggehend überfallen, und mußte absteigen, und kam völlig aufgelöst ins Haus zurück. Ich war sehr erleichtert, als die Reporter nach ein paar Tagen hitziger Erregung das Interesse an uns verloren. Anscheinend hatten sie irgendwelchen frischen Schmutz gefunden, mit dem sie ihre Leser kitzeln konnten. Und dann

muß ich mir sagen lassen, daß die Alphabetisierung der Massen ein Segen ist.
Die Tage vergingen. Die Schwalben flogen fort, die Bäume warfen ihre Blätter ab, und der Garten lieferte immer weniger Produkte. Es war feucht und neblig; es regnete oft. Cleo fuhr gegen Ende des Monats nach Oxford; sie war am St. Anne's College angenommen worden, wo sie Moralphilosophie hören sollte. Aber das arme Kind hielt nur ein Semester durch. Sidneys Verschwinden warf sie völlig aus der Bahn. Sie machte sich schreckliche Sorgen und war anscheinend unfähig, die Tatsache, daß er schlicht und einfach von der Bildfläche verschwunden war, zu einem akzeptablen Bild der Realität zu verarbeiten. Sie war fest davon überzeugt, daß ihm etwas Furchtbares zugestoßen war, und ließ sich durch nichts, was ich sagte, davon abbringen. Sie quälte sich mit dem Gedanken, daß irgend jemand, oder irgend etwas, ihren Sidney umgebracht hatte – ihren süßen, sanften, rückgratlosen Sidney. Ihr Frettchen. Wer konnte so etwas tun? Und aus welchem Grund? Es war keine glückliche Cleo, die uns in jenem Oktober verließ, um an der Universität ein neues Leben zu beginnen. Ich mache die Zeitungen dafür verantwortlich, ihr diese gräßlichen, finsteren Ideen in den Kopf gesetzt zu haben. Das Ironische an der ganzen Sache war jedoch, daß ich ihr nicht sagen konnte, daß ich wußte, daß Sidney gesund und munter und nur irgendwo untergetaucht war, um zu verhindern, daß er von Fledge erpreßt wurde. Denn dann hätte ich ihr die ganze Geschichte erzählen müssen, und genau davor wollte ich das Mädchen schließlich schützen.
Ich bin froh, sagen zu können, daß ich nach jenem ungewöhnlichen Neuausbruch der Libido, den Doris Fledge in der Nacht des Sturms in mir ausgelöst hatte, nicht noch einmal von ihr träumte. Ich stellte die Theorie auf, daß die Verbitterung, die ich über die Verschiebung meines Vortrags empfunden hatte, durch irgendeinen seltsamen psychischen Prozeß sozusagen in das Reich der körperlichen Begierde verlagert

oder abgeschoben worden war – eine Verwechslung von Logos und Eros. Jedenfalls war ich, während ich im Herbst und frühen Winter an meinem Vortrag arbeitete, geradezu dankbar für den Aufschub, hatte ich so doch die Möglichkeit, die ganze Sache zu verfeinern, zu polieren, ihr einen gewissen Schliff zu verleihen.

Am 15. Dezember fiel der erste Schnee des Jahres. Ich wachte an diesem Tag schon früh auf und sah durch die bleiverglasten, vom Frost marmorierten Fenster das blendende Weiß der Landschaft. Ich stieß die Fenster weit auf, rauchte noch im Morgenmantel eine Zigarre und beobachtete, wie die Sonne ihren niedrigen Bogen über den Himmel antrat und dem Schnee ein diamantenes Lichtgefunkel entlockte. Mein Schlafzimmer geht nach Norden hinaus, auf das Tal des Fling und die bewaldeten Hügel dahinter, und auf den Feldern und Wegen waren die Spuren von Vögeln und Füchsen als schwache, wandernde Linien erkennbar, fein wie Haare, der Natur von ihren eigenen Geschöpfen eingraviert. Dann dachte ich an die Kinder von Ceck. In ihren Augen leuchtete nun das primitive Staunen von Wilden, und sie drückten ihre Nasen so lange an den eiskalten Fensterscheiben platt, bis sie weiß waren, nur von dem einen Wunsch erfüllt, hinauszulaufen und durch diese weiße Materie zu stapfen, damit um sich zu werfen, Männer daraus zu bauen. Die Vorliebe, die wir dafür haben, Abbilder unserer selbst herzustellen – sie entspringt zweifellos einem uralten Instinkt, wie das spontane Verhalten von Kindern im Schnee zeigt.

Fledge erschien mit meinem Morgentee. »Endlich haben wir Schnee, Fledge«, sagte ich, immer noch über die Felder hinausblickend.

»So möchte es scheinen, Sir Hugo«, sagte er. »Haben Sie sonst noch einen Wunsch, Sir Hugo?«

»Nein, danke.« Er verließ das Zimmer. Erst dann drehte ich mich um und ging zu meinem Tee. So möchte es scheinen, Sir Hugo! Dieser Schnee »schien« nicht; er existierte! Er war real! Man konnte ihn sehen, berühren, schmecken, ihn wahrscheinlich riechen, wenn man eine gute Nase hatte (ich hatte keine). Ihn wahrscheinlich sogar *hören*, wenn man ein Eskimo war! Fledge war ein Mann, der nicht einmal den Beweisen seiner eigenen Sinne traute und seinen Zynismus unter der manierierten Redeweise verbarg, derer er sich bediente. Mein Gott, wie ich ihn haßte, ihn und seine phlegmatischen Ausflüchte, seine niederträchtige Schlauheit, seine geheimen Lüste!

An jenem Abend, dem Abend des ersten Schneefalls, saßen Harriet und ich wie üblich beim Essen. Unsere Unterhaltung war oberflächlich. Ein Dutzend Kerzen flackerten in einem silbernen Leuchter, während Fledge sich lautlos um den Tisch herum bewegte, hier einen Teller entfernte, dort ein Glas nachfüllte (für gewöhnlich meines) und seinen Pflichten ganz generell mit peinlicher Genauigkeit nachkam. Ein Feuer knisterte im Kamin, und einmal rutschte hoch über unseren Köpfen eine Lage Schnee das Dach herunter und schlug mit einem weichen Laut auf dem darunterliegenden Pfad auf. Ansonsten war Crook still und ruhig und duftete zart nach den Weihnachtsbaum in der Halle. Von außen, zum Beispiel für jemanden, der die Auffahrt heraufkam, mußte das Haus mit seinen verschneiten Giebeln, dem Stechginsterkranz, der über der Veranda angenagelt war, und dem Kaminfeuer, das durch die Sprossenfenster schimmerte, eine Atmosphäre der Beständigkeit und der Ruhe ausstrahlen, eine Aura von Wohlwollen, Wärme und Geborgenheit. Ha! Es gab eine Schlange in diesem Garten, einen Wurm in dieser Knospe. Wir wollten gerade vom Tisch aufstehen, als plötzlich Kinderstimmen zu uns drangen. »Hör doch, Hugo«, flüsterte Harriet, und wir blieben im Schein der Kerzen sitzen und lauschten. »Es sind die Weihnachtssänger.«
Wir gingen zur Haustür und öffneten sie, und vor uns stan-

den, flankiert von zwei Lehrerinnen, die Stablaternen in der Hand hielten, die Kinder der Cecker Grundschule, dicht zusammengedrängt, in Stiefeln und Mützen und warmen Mänteln. Ihre dünnen, kleinen Stimmchen erhoben sich über die Giebel von Crook, und Mrs. Fledge kam aus der Küche und durch die Halle, um ebenfalls zuzuhören. Und dann gesellte sich auch Fledge in eigener Person zu uns, und zu den Klängen von »Stille Nacht« standen wir gemeinsam in der Tür, schweigend, bis auf Doris, die ein Schluchzen nicht unterdrücken konnte (wahrscheinlich wieder betrunken).
Als sie fertig waren, kamen alle herein, und die Kinder polterten nach hinten in die Küche, wo Doris ihnen Kuchen und Limonade gab. Harriet und ich steuerten die Lehrerinnen in den Salon und traktierten sie am Kamin mit Whisky.

All dies, und wenn es in den Herzen der Rührseligen auch noch so sehr zarte Gefühle weckt, bedeutete für mich selbst nichts als Unterbrechung und Störung. Ich habe die Weihnachtszeit nämlich als das erkannt, was sie in Wahrheit ist – eine Zeit ermüdender gesellschaftlicher Verpflichtungen, häuslicher Hektik und endloser Gelegenheiten für alkoholische Exzesse. Für jemanden wie mich, der einen wichtigen Vortrag vorzubereiten hatte, war das alles – eine Katastrophe.

Harriet ist ziemlich sentimental und, wie ich bereits sagte, auch ein bißchen naiv. In vielerlei Hinsicht ist sie das Mädchen geblieben, das ich 1921 geheiratet habe, und Fledge hat wahrscheinlich insgeheim über die Leichtigkeit lächeln müssen, mit der es ihm gelang, ihre Verführung zu bewerkstelligen. Harriet hat kein glückliches Leben geführt, sie hat keine Erfüllung durch die mündige Liebe eines hingebungsvollen Ehemannes gefunden, denn ich war, wie Ihnen inzwischen sicherlich klargeworden ist, viel zu sehr mit meinen Knochen beschäftigt, um ihr die Zärtlichkeit und die Offenheit geben zu können, die jede Frau von einem Mann braucht.

Folglich gab es in ihr – und es ist eine Ironie, daß ich erst seit meiner Lähmung die Muße habe, diese Einsichten zu entwickeln – eine schmerzhafte Leere, eine Leere, die sie jahrelang versucht hatte, durch die Religion zu füllen. Aus diesem Grund war ihr Priester, Patrick Pin, so wichtig für sie – er war ein Surrogat für Jesus Christus, der wiederum ein Surrogat für mich war – den Ehemann, der sie so bitter enttäuscht hatte.

Nicht etwa, daß unsere Ehe von Anfang an leer gewesen wäre, weit gefehlt. In der ersten Zeit hatten wir ein gemeinsames Schlafzimmer im Westflügel, und wir waren glücklich. Die Afrika-Expedition befand sich noch im ersten Stadium der Planung, und ich schien in meinem Leben irgendwie für beides Platz zu haben, für die Paläontologie und für die Liebe. Harriet war ein süßes, lebhaftes Mädchen, eine englische Rose, wie sie ihres Teints wegen von den Leuten genannt wurde; und wenn sie sie in Begleitung des intelligenten, ehrgeizigen jungen Naturwissenschaftlers sahen, der ich damals war, hieß es immer, was für ein schönes Paar wir doch seien. Was ging schief? Ich hatte immer angenommen, daß unsere Ehe erst zu scheitern begann, nachdem ich mit George aus Afrika zurückgekommen war – daß der *Phlegmosaurus* mir soviel abverlangte, daß ich unsere Liebe sterben ließ. Aber in Wahrheit – und dies ist eine weitere jener Einsichten, die mir kommen, während ich in der Nische unter der Treppe vor mich hinmodere – hatten Harriet und ich schon vor meiner Reise nach Afrika aufgehört, miteinander zu schlafen.

Ein Vorfall kam mir ganz besonders deutlich ins Gedächtnis zurück. Ich erinnere mich noch gut an den Tag – es muß 1924 oder 1925 gewesen sein –, an dem Dome ein Bild in unserem Schlafzimmer aufhängte, die gerahmte Reproduktion eines Aquarells, das den Titel *Die Jungfrau der Lilien* trug. Über dem Bett hing bereits ein großes, hölzernes Kruzifix, und für mich war das Erlebnis, mich unmittelbar unter diesen blutenden Füßen schlafen zu legen, ganz entschieden makaber; aber wie schon gesagt, liebte ich Harriet damals und duldete das Kruzifix ihretwegen. Aber *Die Jungfrau der Lilien* war zuviel. Das Machwerk sonderte eine kränkliche Religiosität ab, die mir zutiefst zuwider war, und der Gedanke, meine Nächte von nun an nicht nur mit Jesus Christus, sondern auch mit seiner Mutter verbringen zu müssen, war einfach unerträglich. Ich raste die Treppe hinunter und focht die Sache an Ort und Stelle mit Harriet aus. Oh, es gab natürlich Tränen, aber ich blieb hart, eingebildeter junger Schnösel, der ich damals war. Dome nahm *Die Jungfrau der Lilien* noch am selben Nachmittag wieder ab, aber irgendwie war es von diesem Augenblick an zwischen uns nie mehr wie früher. Ehrlich gesagt glaube ich, daß sie Patrick Pin von der Geschichte erzählte (dieser verdammte Priester ist schon seit einer wahren Ewigkeit in Ceck) und daß er anfing, sie gegen mich aufzuhetzen. Im Winter des Jahres 1949 schlief ich jedenfalls schon seit fünfundzwanzig Jahren im Ostflügel, und die Liebe – die Liebe eines Mannes und einer Frau – war schon lange zwischen uns gestorben. Ich kann nicht sagen, daß sie mir fehlte. Wie gesagt hatte ich meine Knochen, und wenn ich, was *sehr* selten vorkam, einmal von »Bedürfnissen« gequält wurde, ging ich einfach ins »Hodge and Purlet«, wo ein paar Stunden in der Gesellschaft von Männern wie John Crowthorne und George Lecky dafür sorgten, daß sie mir wieder vergingen. (Das ist der Grund, weshalb der Traum von Doris Fledge so beunruhi-

gend bizarr war.) Aber in all den Jahren war ich nie auf den Gedanken gekommen, mich zu fragen, ob Harriet je in ähnlicher Weise gequält wurde, und falls ja, wie sie damit fertig wurde. Schließlich ist das nicht unbedingt ein Thema, über das man mit einer Frau sprechen kann.
Aber dadurch, daß ich Harriet all diese Jahre ignorierte, das erkannte ich jetzt, hatte ich Fledge richtiggehend in die Hände gespielt. Denn er erweckte sie, in romantischer Hinsicht, meine schlafende Schönheit, mein Dornröschen, und indem er die religiösen Gefühle, mit denen sie ihre Einsamkeit und ihre Enttäuschung so lange vor sich selbst verborgen hatte, einfach beiseite wischte, gewann er bald die Herrschaft über ihr Herz, als Mittel, die Herrschaft über mein Haus zu erlangen.

Einsamkeit ist etwas Schreckliches, denn sie ermöglicht es der Phantasie, sich in Einzelheiten auszumalen, was vielleicht niemals ausgesprochen werden sollte. Aus irgendeinem Grund stellte ich mir vor, daß es in der Vorratskammer seinen Anfang nahm. Dort sah ich Fledge den ersten Schritt tun, dort sah ich ihn sozusagen aus dem Dickicht der Dienstbeflissenheit hervorbrechen, um den Angriff gegen den Herrn des Hauses zu führen. Ich stelle mir vor, daß sie dabei waren, eine von Harriets »Inventuren« durchzuführen; sie tut dies mit schöner Regelmäßigkeit, um sich zu vergewissern, daß unsere Lebensmittelvorräte nicht zur Neige gehen und wir nicht verhungern müssen.
Die Vorratskammer von Crook ist ein schmaler, trübe beleuchteter Raum mit hoher Decke, und auf den marmorgekachelten Regalen drängeln sich Gläser mit Eingemachtem und Eingepökeltem, mit gedörrtem und eingewecktem Obst, und Bratenreste und Milchpuddings und Gelees. Harriet – vergessen Sie nicht, daß das alles reine Mutmaßungen sind, die in Anbetracht dessen, was wir bereits wissen,

jedoch durchaus glaubhaft sein dürften –, Harriet geht langsam an den Regalen entlang, ihr sorgenvoller Blick wandert hin und her, bis sie schließlich vor der Marmelade stehenbleibt. Sie fängt an, die Gläser zu zählen. Ihr Haar ist heute zu einem ganz besonders glänzenden, unbändigen Knoten geschlungen; sie dreht sich zu Fledge um und fragt ihn, ob er glaubt, daß wir im Dorf mehr Marmelade bestellen müssen?
Fledge glaubt nicht. Groß wie er ist, überprüft er die oberen Regalfächer und liest von den Etiketten ab: »Aprikosenmarmelade, Himbeermarmelade, Erdbeermarmelade, Stachelbeermarmelade. Mindestens ein halbes Dutzend Gläser von jeder Sorte, Madam.«
»*Wirklich*, Fledge?« sagt Harriet. »Ich hatte keine Ahnung, daß wir so wenig Marmelade gegessen haben.«
Fledge dreht sich in dem engen Raum zu ihr um. Er kann nicht umhin zu bemerken, wie intensiv Harriets Augen in diesem Halbdunkel glänzen und daß sich ein oder zwei Strähnen ihres herrlichen, kupferfarbenen Haares aus den Nadeln gelöst haben und sie auf sehr attraktive Weise zerzaust aussehen lassen. Und Harriet? Was sieht sie, was fühlt sie? Möglicherweise eine unbestimmte Zärtlichkeit für den Mann, so wie im übrigen für den größten Teil der Menschheit; sie hat ihre Gefühle nie bewußt hinterfragt, nicht wirklich; er ist Fledge, er ist der Butler. Aber nun sieht sie in sein Gesicht, und dort, zwischen den eingelegten Gurken und dem Rhabarberchutney, ereignet sich in ihrem Inneren etwas Warmes, Feuchtes.
Plötzlich ist es sehr still. Das Lächeln erstirbt auf Harriets Lippen, aber sie wendet den Blick nicht ab; sie hat den Ausdruck auf Fledges Gesicht erkannt. Die Stille pulsiert und pocht in der schlecht beleuchteten Vorratskammer, und dann legt er sanft eine Hand um ihre Taille, schlingt die andere um ihre Schultern, zieht sie an sich und küßt sie auf den Mund.

Harriet schließt die Augen. Sein Kuß ist fest, sanft, hungrig, süß und schrecklich, schrecklich erregend. Plötzlich – oh, wie sehr sie ihn will, seinen großen, hellen, schlanken Körper, seine ruhige, starke Männlichkeit – »Oh, Fledge«, haucht sie. Ihr Atem geht stoßweise, ihre Wangen haben Farbe bekommen. Sie weicht ein kleines Stück zurück, sieht ihn mit großem Ernst an, hebt dann die Arme, verschränkt die Finger in seinem Nacken und zieht sein Gesicht noch einmal zu sich herab. Als sie sich dieses Mal voneinander lösen, laufen Tränen über ihre Wangen, und in ihrem Kopf herrscht wilder Aufruhr. »Oh, Fledge«, flüstert sie, »halten Sie mich einen Augenblick. Ich glaube, ich werde ohnmächtig.«
Fledge hält sie, und schließlich gelingt es Harriet, ihre Atmung wieder zu normalisieren. Sie zieht ein kleines Taschentuch aus dem Ärmel ihrer Strickjacke und betupft sich die Augen, die nun noch glänzender sind. »Oh, Fledge«, sagt sie mit einem kleinen, glucksenden Lachen, schnüffelt dann ein oder zwei Mal und schneuzt sich die Nase. Dann stopft sie das Taschentuch in ihren Ärmel zurück und nimmt die Hand des Butlers fest in die ihre. »Sie sind ein lieber Mann«, sagt sie, »aber wir müssen jetzt weitermachen. Haben wir genug Marmelade, lieber Fledge?«
»Ja, Madam«, sagte Fledge. »Wir haben genug Marmelade.«

Treuloses Weib! Jezebel! Oh, wie ich in meiner Grotte wütete und tobte, während mein sabbernder Körper auf jene laute, schweinische Weise grunzte, die dafür sorgte, daß Doris durch den Flur gelaufen kam, um mir auf den Rücken zu klopfen, damit ich nicht an meinem eigenen Phlegma erstickte! Nach einer Weile beruhigte ich mich wieder, und als ich wieder denken konnte, wurde mir klar, daß ich, selbst wenn sich Harriet in der Vorratskammer ein paar kurzen Augenblicken der Leidenschaft hingegeben hatte, nicht davon auszugehen brauchte, daß ihr ganzes, vom katholischen Glauben geprägtes Leben daraufhin einfach zusammenbrechen würde, ungeachtet der Psychologie, die dahintersteckte; daß ein einziger Kuß keineswegs sofort zu einer Periode unkontrollierter Promiskuität führen würde. Nein, das würde schon ein bißchen länger dauern. Erst würde die Gewissenserforschung kommen müssen.

Ich sehe Harriet in ihrem Schlafzimmer im Westflügel. Sie hat sich zurückgezogen, um vor dem Mittagessen Briefe zu schreiben. Aber obwohl ihr Federhalter mit Tinte gefüllt ist und der kronengeschmückte Bogen weißen Büttenpapiers auf der ausziehbaren Platte ihres *écritoire* liegt, ist auf der jungfräulichen Seite noch kein einziger Strich zu sehen. Sie sieht aus dem Fenster, auf die Hügel im Norden von Crook, und beobachtet einen Vogel, der mit den Strömungen der klaren, kalten Luft steigt und fällt, so fern, daß er kaum mehr als ein kleiner Punkt zu sein scheint. Ihre lange schlummernde Sexualität ist geweckt worden – soll sie sie wieder zur Ruhe betten, sie schlafen legen und in Vergessenheit geraten lassen, so wie es das ganze letzte Vierteljahrhundert der Fall gewesen ist? Soll sie sie *sterben* lassen?

»Liebste Hilary«, schreibt sie. »Wir freuen uns schon so darauf, Euch Weihnachten zu sehen. Fledge und ich waren heute morgen in der Vorratskammer, um uns zu vergewissern, daß genügend Marmelade im Haus ist.« Harriet hält inne und sieht erneut aus dem Fenster. Nein, so geht es nicht, ganz und gar nicht. Sie knüllt das Blatt zusammen und wirft es in den Papierkorb. Dann nimmt sie ein neues und schreibt: »Lieber Fledge«, und sitzt erneut da, die Augen auf den fernen, kreisenden Vogel gerichtet, während ihr Füllfederhalter leicht geneigt reglos über dem Papier schwebt. Schließlich steht sie auf und läutet nach ihm.

»Fledge«, sagt sie und dreht sich zu ihm um, als er lautlos in der Tür ihres Schlafzimmers auftaucht. Er ist, ungeachtet dessen, was in der Vorratskammer geschehen ist, unergründlich wie immer. Sein Kragen ist blitzsauber, sein schwarzer Rock perfekt gebügelt, die Falte in der graugestreiften Hose scharf wie eine Messerklinge. Seine Halbschuhe haben, genau wie sein rotbraunes Haar, einen dumpfen Glanz. Sein Kinn ist tadellos rasiert. »Madam?«

»Fledge, was haben wir uns heute morgen bloß gedacht? Wir müssen verrückt gewesen sein! Wenn uns jemand gesehen hätte! Wir dürfen nie wieder davon sprechen, Fledge, und natürlich darf es nie wieder vorkommen.«

»Ja, Madam.«

»Das wäre alles.«

Fledge verbeugt sich und geht.

Wahrscheinlich ist ein weiterer Vorfall nötig, bevor wir Harriet zu ihrem Priester laufen lassen müssen. Ich stelle mir vor, daß dieser Vorfall sich einen oder zwei Tage später ereignet. Harriet ist wieder in ihrem Zimmer und hat eben nach ihrem Nachmittagstee geläutet. Sie sitzt auf einem Stuhl und betrachtet das Bild, das ich vorhin schon erwähnt habe, *Die Jungfrau der Lilien*. Fledge klopft, kommt mit dem Teetablett herein und stellt es ab. Dann läßt er sich neben ihrem Stuhl auf ein Knie nieder, nimmt Harriets Hand und preßt die Innenfläche an seine Lippen.

»Oh, Fledge«, flüstert sie, während ihre Augen sich mit Tränen füllen. Die Tränen kommen ihr dieser Tage aus irgendeinem Grund so leicht. Sie streckt die Arme nach ihm aus, breitet sie aus und zieht ihn an ihre Brust. Eine kleine Weile klammert sie sich an ihn, ganz keusch, weinend, dann merkt sie, daß seine Hand sich unter ihren Rock geschoben

hat und auf der Innenseite ihres Oberschenkels ruht. »Nein!« ruft sie und stößt ihn zurück. »Nein, Fledge, es ist falsch, falsch!« Sie springt auf und entfernt sich von ihm. Sie berührt nervös ihre Haare. Sie ist sehr aufgewühlt. »Fledge, das dürfen Sie nicht tun. Es ist einfach absurd von Ihnen, so etwas zu tun! Zu absurd, um es in Worte zu fassen!«
Fledge ist zur Tür gegangen; dann ist er fort, ohne ein weiteres Wort, und die Tür fällt mit einem leisen Klicken hinter ihm ins Schloß. Harriet läßt sich auf ihren Stuhl fallen und streicht gedankenverloren den Rock glatt, unter den die Hand des Mannes gekrochen war. Ohne etwas zu sehen, starrt sie auf die karge, winterliche Landschaft, dann kehren ihre tränenfeuchten Augen zu dem Bild zurück. Vom Vordergrund ausgehend, schwingt sich ein ganzes Feld zartlila getönter Lilien in einer anmutigen Linie nach hinten, zur Gestalt der heiligen Jungfrau Maria, die das kleine Jesuskind an ihren weißgewandeten Leib drückt. Sie steht auf einer Wolkenbank, während sich tief unter ihr ein Fluß durch eine grüne, hügelige Landschaft windet – eine Landschaft, die unserem Teil Berkshires seltsamerweise gar nicht so unähnlich ist. Harriet hat oft vor diesem Gemälde gesessen und über die uralte, metaphorische Verbindung zwischen Höhe und Gottheit nachgedacht, und über ihren toten Erlöser. Es ist jedoch nicht Jesus Christus, der ihre Gedanken in diesem Augenblick beschäftigt, sondern Fledge; und er ist sehr lebendig.

Vielleicht glauben Sie, daß ich mir das alles nur ausdenke, vielleicht glauben Sie, daß das alles nur die Ausgeburten einer kranken Phantasie sind. Dann erklären Sie mir doch bitte, wieso Harriet, wenn Fledge sie nicht verführt und dadurch seinem Willen unterworfen hat, nicht protestierte, als er meinen Rollstuhl zur Wand drehte?

Ich war am Weihnachtsmorgen in der Scheune, in der dank zweier großer Heizgebläse eine einigermaßen erträgliche Temperatur herrschte, als Fledge an die Tür klopfte: Inspektor Limp wartete im Salon auf mich. Crook ist an Weihnachten meistens ziemlich überfüllt, und den größten Teil des Problems stellen die Horns dar. Die Horns, das ist die Familie meiner ältesten Tochter Hilary, die ich vielleicht schon erwähnt habe. Sie ist Harriet nachgeschlagen und leidet von kleinauf unter einer heidnischen Angst vor mir. Jedes Jahr kommt sie über die Weihnachtstage nach Crook, gemeinsam mit ihrem Mann Henry, der Orthopäde ist und sich mit einem dichten, schwarzen Bart schmückt, der ihm eine verblüffende Ähnlichkeit mit einem Kapitän zur See verleiht – ich habe den Leuten oft erzählt, daß er seinen Lebensunterhalt damit verdient, Flaschenschiffe herzustellen –, und ihrem Sohn, meinem Enkel Victor, der inzwischen zehn Jahre alt ist. Harriet findet es natürlich wundervoll, sie im Haus zu haben, und steigert sich schon Tage vorher in helle Aufregung, indem sie ein fürchterliches Getue um das Essen, die Getränke, den Baum, den Schmuck, etc. etc. macht. Henry Horn ist eigentlich ein ganz akzeptabler Bursche; er interessiert sich immer lebhaft für meine Knochen, und ich mich für seine, aber um ehrlich zu sein, ist Victor das einzige Mitglied jener Familie, für das ich wirkliche Zuneigung empfinde.
Victor Horn ist ein echter Coal. Er ist ziemlich pummelig und hat dichte, braune Haare, die ihm ähnlich wie Cleo ständig in die Augen fallen. Außerdem hat er Cleos Zähne, Coal-Zähne,

und wenn er grinst, was er oft tut, werden seine Backen zu glänzenden, sommersprossigen Kugeln, und seine Schneidezähne ragen weit und etwas dümmlich über seine Unterlippe vor. Frühreif wie der Junge ist, hatte er sich einen Band Freud mitgebracht, *Totem und Tabu*, ein Buch, das ich selbst nie gelesen habe, und erzählte mir ganz ernsthaft, er sei fest entschlossen, Psychoanalytiker zu werden. Der springende Punkt jedoch ist, daß es, wenn all diese Leute im Haus sind, viel schwieriger für mich ist, für eine Atmosphäre finsterer Übellaunigkeit zu sorgen; es herrscht einfach viel zu viel Frohmut. Dabei war es dieses Jahr gar nicht einmal so schlimm, denn Cleos Depression warf einen Schleier der Schwermut über die Feierlichkeiten.

Die anderen waren zur Messe ins Dorf gegangen, als Limp mir seinen Besuch abstattete. Er war klein und kahl, trug einen langen, grauen Regenmantel, entschuldigte sich ausschweifend, weil er meine Weihnachtsruhe störte, und bat mich, ihn zur Wache zu begleiten. Ich willigte natürlich ein. Wir fuhren nach Ceck, und ich wurde durch die winzige Polizeiwache in ein Hinterzimmer geführt, das bis auf einen einfachen Holztisch, zwei Stühle mit gerader Lehne und einen weiteren Gegenstand, der an der Wand lehnte und mit einer dunkelgrünen Segeltuchplane zugedeckt war, leer war. Der Dorfpolizist von Ceck stand daneben. »In Ordnung, Cleggie«, sagte Limp, und der Polizist entfernte die Segeltuchhülle.

Es war ein Fahrrad, ein hohes, schwarzes Fahrrad. Eissplitter und Klumpen aus gefrorenem Matsch klebten daran, und jetzt schon bildeten sich schmutzige Pfützen auf dem Boden, als sie schmolzen und herabfielen. Mehrere Speichen des Hinterrads waren verbogen, und der Sattel war verdreht und zeigte nach hinten. Limp fragte mich, ob ich das Fahrrad schon einmal gesehen hätte. »Ja«, sagte ich. Ich kannte dieses Fahrrad. Ich war selbst schon damit gefahren. Man hatte es an diesem Morgen aus dem Moor geborgen, nach-

dem jemand gemeldet hatte, aus einem Riß in der gefrorenen Erde rage eine Lenkstange hervor. »Ist das«, fragte Limp, »das Fahrrad, das Sidney Giblet am Abend seines Verschwindens benutzt hat?«
»Ja«, sagte ich, »das ist das Fahrrad.«

Ich kehrte nach Crook zurück. Eine große Zahl von Katholiken wimmelte in meinem Salon herum, trank meinen Sherry und verzehrte Schinkensandwiches. »Da bist du ja, Liebling«, sagte Harriet und kam zu mir, um mir einen flüchtigen Kuß auf die Wange zu geben. »Fledge hat uns gesagt, daß Inspektor Limp dich abgeholt hat. Wir dachten schon, er hätte dich ins Kittchen gesteckt.«
»Nichts dergleichen«, antwortete ich auf der Suche nach einer glaubwürdigen Erklärung. »Nur irgend etwas Belangloses über Wilderer.«
»Wilderer!« rief Connie Babblehump. Ich stöhnte innerlich auf. »Sie sind der Fluch der ganzen Gegend«, verkündete sie.
»Fußangeln«, sagte Freddy Hough, ein Mitglied des Magistrats. »Das ist die einzige Lösung. Zwei große Eisenklammern mit einer Feder. Und wenn so ein Kerl drauftritt – schnapp!«
»Freddy, also wirklich«, sagte Harriet leise.
»Das Bein wäre auf der Stelle ab«, sagte Freddy, verschlang den Rest seines Sandwichs und spülte mit einem großen Schluck Amontillado nach. »Dieser Crowthorne«, sagte er. »Der ist der Schlimmste von der ganzen Bande.«
Ich war den ganzen Rest des Tages still und niedergeschlagen. Aber in der allgemeinen Aufregung des Geschenkeauspackens und der Vorbereitungen für das Abendessen nahm niemand Notiz davon. Patrick Pin wurde einer alten Tradition gemäß immer zum Weihnachtsessen nach Crook geladen, und als Harriets Gäste gegangen waren, ließ ich mich von ihm

am Kamin im Salon in ein leichtes, eschatologisches Geplauder verwickeln. Ich hege keine große Vorliebe für Patrick Pin; ich glaube, daß er versucht, die Leute gegen mich aufzuhetzen, weil ich mich weigere, an die heilige Wandlung zu glauben. Aber an diesem besonderen Nachmittag war ich im Geiste nur mit dem beschäftigt, was ich auf der Polizeiwache gesehen hatte, und blieb von daher höflich. Die Gerüche, die aus der Küche durch den Flur zu uns drangen, wurden immer verlockender, je länger der Nachmittag sich hinzog. Wir aßen um sechs; Victor war sehr lustig, denn man hatte ihm ein Glas Bier genehmigt.
Als alles vorüber und der Truthahn und der Schinken zum größten Teil vernichtet waren, machte sich eine allgemeine Schläfrigkeit breit, eine verdauungsbedingte Trägheit, und ich beschloß, nach Ceck's Bottom zu gehen und eine Weile in Ruhe über alles nachzudenken. Dies war übrigens etwas, was ich jedes Jahr tat, eine Facette meiner Rolle als Guts- und Landbesitzer.

George stand grinsend am Kopf des Tisches, schwang in der einen Hand ein langes, scharfes Tranchiermesser mit Horngriff, während er in der anderen eine Gabel hielt, und schnitt dicke Scheiben dampfenden Fleischs von einem riesigen Schweinebraten ab. Frank Bracknell war da und Bill Cudlip (Küster und Totengräber) und natürlich der alte John Crowthorne. Alle waren in Hosenträgern und Hemdsärmeln, denn der Herd war gut geschürt und brannte hellauf, und alle tranken Bier aus großen, schaumgekrönten Gläsern. Einer Tradition wahrscheinlich heidnischen Ursprungs folgend, hatte jemand Stechginster- und Mistelzweige an diverse Tür- und Fensterstürze genagelt, und mehrere Holzkästen mit dunklem Bier waren neben der Haustür aufgestapelt. Während es in der Küche immer dunstiger wurde, reichte George den Männern vollgehäufte Teller mit gebratenem Fleisch und

Kartoffeln. Sie saßen da wie feiernde Götter, wie Waldgottheiten, diese Cecker Satyre, und ihre Unterhaltung war brüsk und abgehackt und fröhlich. Die Kerzen flackerten, die Lampen glühten, und ich spürte, wie die Geister des tiefsten Winters draußen über die kalte, schneebedeckte, mondversilberte Landschaft huschten. Ich setzte mich auf einen Stuhl in einer Ecke, ließ mir ein Glas Bier geben und dachte darüber nach, was die Entdeckung dieses Vormittags bedeuten könnte. Ich konnte einfach keinen Sinn dahinter finden. Aus welchem Grund hatte der Junge sein Fahrrad vergraben? Ich versuchte, meinen Kopf leer zu machen, ließ meine Gedanken ziellos wandern, und ganz allmählich kristallisierte sich vor meinem inneren Auge ein Bild heraus.
Es war Nacht. Ich sah einen Mann auf einem Fahrrad. Er trug eine Last auf den Schultern. Er kam auf der Straße, die nach Ceck's Bottom führt, auf mich zugeradelt. Die Last auf seinen Schultern war unförmig, und sie steckte in einem alten Sack, und sie hüpfte und ruckte, als das Fahrrad durch die Schatten glitt, die die Äste und die letzten Blätter der Eichen warfen. Er saß sehr aufrecht im Sattel, dieser dunkle Fahrer, und als er näher kam, entdeckte ich etwas Vertrautes in der starren Haltung seiner Gestalt. Aber erst als er eine Pfütze aus fleckigem Mondlicht passierte, konnte ich seine Züge erkennen. Es war, natürlich, Fledge; und als er auf den Feldweg abbog, ging mir mit einem Schauder des Entsetzens auf, daß das, was er in dem Sack auf seiner Schulter transportierte, nur die Leiche von Sidney Giblet sein konnte: *er brachte sie ins Moor*.
Was hatte das zu bedeuten? Was wollte ich mir damit selbst sagen? Wieso karrte er Sidneys Leiche ins Moor? Und dann, ganz langsam, mit einem aufdämmernden Gefühl des Entsetzens, erkannte ich, daß ich bisher völlig verkehrt gedacht hatte, daß ich die ganze Sache völlig verdreht hatte. Es war *Fledge*, der von *Sidney* erpreßt wurde – so sah ich es jetzt –, nicht umgekehrt, und aus diesem Grund hatte er den Jungen

ermordet. Ich setzte mich kerzengerade auf meinem Stuhl auf; das Bierglas auf halbem Weg zu meinen Lippen. Aber wieso, fragte ich mich? Was stand auf dem Spiel? Was war so wichtig, daß er dafür einen Mord begehen würde? Was um alles in der Welt konnte schon einen Mord rechtfertigen? Und in diesem Augenblick erkannte ich, zum ersten Mal, die wahren Ausmaße des Plans, den der Unhold ausgeheckt hatte: Er hatte Sidney ermordet, um zu verhindern, daß der Junge sein Vorhaben, mich zu entthronen, vereitelte – der Bastard war hinter meinem Haus her!

Ich trank mein Glas auf einen Zug leer und ließ meine Gedanken ins Moor zurückkehren; und nun sah ich ihn am Rand der Grube stehen, die er ausgehoben hatte und an deren Grund sich ein schwärzlich schimmernder Wassertümpel angesammelt hatte. Ich sah ihn das Fahrrad über den Rand schieben, ich sah es kippen und fallen und spritzend aufschlagen, um dann halbversunken in dem schwarzen Wasser am Grund liegenzubleiben. Fledge stand am Rand der Grube, vom Mondlicht eingerahmt, und es war, als läge ich selbst unten am Grund und sähe zu ihm hinauf. Aber wieso warf er nicht auch den Sack hinein? Wieso war der Sack nicht zusammen mit dem Fahrrad gefunden worden? War das nicht seltsam? Ich runzelte die Stirn. Ich zündete mir eine Zigarre an. Ich lehnte mich zurück und ließ meine Gedanken noch einmal ziellos wandern. Und dann ging mir auf, daß jemand ihn bei der Arbeit gestört haben mußte, vielleicht hatte er gehört, daß jemand durch die Bäume kam, und war gezwungen gewesen, sich in die Dunkelheit zu schleichen – um später zurückzukommen, um die Grube aufzufüllen. Wenn er auf diese Weise überrascht worden war (ging meine Überlegung), war es unwahrscheinlich, daß er dazu imstande gewesen war, das Gewicht einer eingesackten Leiche mitzuschleppen; dazu war sie viel zu unhandlich; und wenn es so war, wenn er sich ohne die Leiche weggeschlichen hatte – und aus irgendeinem unerfindlichen Grund war ich mir ziemlich sicher, daß genau das passiert war –, dann wäre derjenige, der ihn gestört hatte, wer immer es auch gewesen war, auf das schauerliche Ding gestoßen und hätte es, so unwahrscheinlich dies auch klingen mochte, aus der Nähe der Grube, in der das Fahrrad lag, entfernt. Ich setzte mich erneut auf und paffte mehrmals an meiner Zigarre. War das überhaupt denkbar? Es würde zumindest erklären, wieso das Fahrrad aufgetaucht war, nicht jedoch der Sack. Aber wenn es auch eine Antwort auf diese Frage lieferte, so warf es dafür die noch verwirrendere Frage auf, *warum der andere Mann seinen Fund nicht gemeldet hatte.*

An diesem Punkt angelangt, wurde mir klar, daß mir nur vier Männer einfielen, von denen es denkbar war, daß sie sich um diese Nachtzeit draußen im Moor aufhielten; und alle vier saßen in eben diesem Augenblick mit mir in George Leckys Küche und lachten lauthals, während sie braunes Bier tranken.

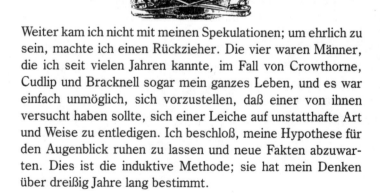

Weiter kam ich nicht mit meinen Spekulationen; um ehrlich zu sein, machte ich einen Rückzieher. Die vier waren Männer, die ich seit vielen Jahren kannte, im Fall von Crowthorne, Cudlip und Bracknell sogar mein ganzes Leben, und es war einfach unmöglich, sich vorzustellen, daß einer von ihnen versucht haben sollte, sich einer Leiche auf unstatthafte Art und Weise zu entledigen. Ich beschloß, meine Hypothese für den Augenblick ruhen zu lassen und neue Fakten abzuwarten. Dies ist die induktive Methode; sie hat mein Denken über dreißig Jahre lang bestimmt.

Nachdem ich das Fahrrad mit absoluter Sicherheit identifiziert hatte, graute mir nun davor, es Cleo beizubringen. Zuerst nahm sie die Neuigkeit wie eine echte Coal, steckte den Schlag ein, ohne mit der Wimper zu zucken. »Ich habe es gewußt«, flüsterte sie nur, die Fäuste geballt, und atmete ein paarmal tief durch. Es war der zweite Weihnachtstag, wir waren in meinem Arbeitszimmer, und Harriet, der ich es schon gesagt hatte, saß ängstlich besorgt auf der Armlehne eines Sessels, jederzeit bereit, die Tröstungen des mütterlichen Busens zu spenden. Aber der mütterliche Busen wurde, wie es schien, nicht gebraucht. Cleo preßte die Lippen zusammen, drehte sich mit düster gerunzelter Stirn zum Kamin um, vergrub die Hände tief in den Taschen ihres Rocks und starrte ein paar Minuten lang in die Flammen. Schließlich hob sie, tapfer und entschlossen, den Blick und sagte: »Es sieht also so aus, als wäre Sidney doch ein Unheil zugestoßen. Seht ihr, ich habe damit gerechnet; ich habe es *gewußt*.«

Harriet, die in Erwartung einer Flut von Tränen – und bereit, Cleo zu sagen, daß das Finden des Fahrrads nicht das geringste zu bedeuten hatte – schon halb aus ihrem Sessel aufgestanden war, sank wieder zurück, und ein fragender, besorgter Ausdruck breitete sich über ihr Gesicht. »Liebling«, sagte sie. »Was soll das heißen, du hast es *gewußt*?«

Dann geschah etwas ganz Merkwürdiges. Plötzlich flammte Energie in Cleos Augen auf, aber es war eine seltsame, wilde Energie. Sie *lachte*, ein freudloses, fast irres Lachen, und rief: »Genau das, was ich gesagt habe, Mummy! Ich habe es *gewußt*! Er hat es mir gesagt!«

»Liebling, bitte, setz dich hin. *Wer* hat es dir gesagt?«

»*Er* natürlich! Sidney!« Und dann brach sie in Tränen aus und warf sich in einen Sessel, wo sie das Gesicht in den Händen vergrub und von Schluchzern geschüttelt wurde. Harriet war sofort bei ihr. »Aber Liebling, Liebling –«

Mit einem furchtbaren Klagelaut stieß Cleo ihre Mutter beiseite und lief aus dem Zimmer. Harriet sah mich in fassungslosem Entsetzen an und wollte dem Mädchen folgen. »Nein, Harriet«, sagte ich scharf. »Laß sie.« Die Hand schon auf dem Türknauf, blieb Harriet stehen und drehte sich zu mir um. »Laß sie«, wiederholte ich leise, ging zu ihr und führte sie zu dem Sessel am Kamin zurück, wo sie wie gelähmt vor Schock und Sorge sitzen blieb, während ich ihr einen Drink machte.

Ich sitze hier in meiner Höhle, in meiner *Grotte*, und denke an Cleo – Cleo mit den Hasenzähnen und den lebhaften Augen, dem elfenhaften Äußeren und der schnellen, leichten Art... Habe ich schon erwähnt, daß das einzig Gute, das meine Zeit unter den ontologisch Toten mit sich brachte, Cleos Mitempfinden ist? Dieses Mitempfinden ist jedoch, leider Gottes, seltener und flüchtiger geworden; die Szene, die ich gerade beschrieben habe, in der sie uns sagte, sie wisse, was mit Sidney geschehen sei, weil er es ihr gesagt habe, war für Harriet und mich der erste Hinweis, daß mit unserer Tochter ernsthaft etwas nicht in Ordnung war; es war sozusagen die erste Manifestation einer psychischen Erkrankung, die ihren Geist in den letzten Monaten zunehmend verdunkelte. Natürlich hat sie Augenblicke der Klarheit – der geradezu erleuchteten Klarheit –, und in einem dieser Augenblicke sah sie, wofür alle anderen blind sind, daß nämlich ich, Hugo, im Gebäude meines reglosen, verkümmernden Körpers noch denke und fühle.

Nach meinem cerebralen Unfall trat in Crook eine Phase der Ruhe ein. Der Sturm meiner Persönlichkeit hatte aufgehört zu wüten, und eine ölige Stille legte sich über die Oberfläche des Lebens, eine meiner Meinung nach trügerische Stille, unter der sich das Wirken dunkler, ruheloser Kräfte verbarg – aber nichtsdestoweniger eine Stille. Ich war in jenen Anfangstagen nach dem Verlassen des Krankenhauses viel allein mit den Grotesken meiner Phantasie; und wenn ich mich unbeobachtet glaubte, erlaubte ich mir gelegentlich den Luxus zu weinen, während ich über meinen eigenen Untergang und den meines Hauses nachdachte. An dem Tag, an dem ich mit dem Gesicht zur Wand im Rollstuhl saß und mir, während ich den Geräuschen eines Schachspiels lauschte, eine Szene fleischlicher Ausschweifungen vorstellte – an dem Tag ließ ich meinen Tränen freien Lauf, und als Cleo ins Zimmer kam und meinen Rollstuhl mit einem Aufschrei der Empörung zum Licht drehte, sah sie die Tränen; plötzlich ganz still, kniete sie sich neben mich, brachte ihr Gesicht ganz nah an meines heran, sah mir in die Augen – und *sah mich.* »Daddy«, hauchte sie, nur wenige Zentimeter von mir entfernt, so daß ich in Augen blickte, die den gleichen Grauton haben wie meine, »Daddy«, flüsterte sie, »du bist da drin. Ich weiß, daß du da drin bist.« Von diesem Augenblick an war ich nicht mehr allein. Fledge wußte es natürlich auch, aber er nutzte sein Wissen, um mich zu quälen. Cleo dagegen liebte mich.

Aber wie gesagt, ist Cleo nur noch selten bei uns. Genau wie ich ist sie in einer Scheinwelt der Schatten und Phantome gefangen; die Grenzen zwischen dem Realen und dem Phantastischen sind für sie, genau wie für mich, dunkel, unzuverlässig, fließend geworden. In ihr, wie in mir, bröckelt die Ordnung. Aber ich sehe zumindest, daß sie bröckelt. Cleo ist nicht einmal dazu in der Lage, oder vielmehr, sie erkennt es immer seltener. Ihr Wissen um meine fühlende Existenz ist in den letzten Tagen so sporadisch geworden, daß sie mir keine wirkliche Stütze mehr ist. Ironischerweise ist es nun Fledge, der mich erhält – durch seinen Haß. Wenn er aufhören würde, mich zu hassen, wenn er mir dieses letzte, schwache Bindeglied nehmen würde, diesen letzten *Bezug* zur Welt, dann würde ich verschluckt werden, würde ich endgültig in der Dunkelheit versinken. Zweifellos würde es ein letztes Aufbäumen geben, ein letztes, solipsistisches Aufbegehren des Vorstellungsvermögens, aber dann würde ich verstummen, würde ich tatsächlich zu dem dahinvegetierenden Krüppel werden, für den die Welt mich hält. Das ist, wie bereits gesagt, die Ironie meiner Existenz, daß es mit mir so weit gekommen ist, daß ich den Haß eines schurkischen Dieners brauche, um zu *sein*. Ontologisch bin ich nicht tot, aber ich klammere mich nur noch mit den Fingernägeln an der Kante fest.

Zurück zu Cleo. Es war Cleo, von der ich sprechen wollte, nicht von mir, denn wie gesagt, begannen Harriet und ich erst durch die mysteriöse Aussage, Sidney hätte ihr mitgeteilt, was ihm zugestoßen sei, zu verstehen, wie tief der Verlust des Jungen sie getroffen hatte. »Laß sie, Harriet«, hatte ich an jenem Abend im Arbeitszimmer gesagt; denn ich wußte, daß Cleo es, genau wie ich, vorziehen würde, sich allein und unbehelligt von einem derartigen Ansturm der Gefühle zu erholen, daß sie zu uns kommen würde, wenn und falls sie darüber sprechen wollte, und keinen Augenblick früher. Die nächsten beiden Tage schwebte eine Wolke der Trauer über dem Haus, als das Wissen um Cleos Leid die ganze Atmosphäre durchdrang. Alle fühlten es, alle verstanden es. Cleo kam zwar zu den Mahlzeiten herunter, war jedoch still und teilnahmslos. Ihr Gesicht, das für gewöhnlich so lebendig, so beweglich war, wurde sehr schnell und sehr dramatisch zu einem Spiegelbild ihrer inneren Verfassung – dunkle Schatten tauchten unter ihren Augen auf, ihre Wangen schienen einzufallen, wurden hager und hohl vor Schmerz.

Wir alle fühlten mit ihr und warteten geduldig darauf, daß sie anfangen würde, mit ihren Gefühlen zu einer Art Einigung zu kommen. Dieser Prozeß wurde jedoch durch zwei Ereignisse gestört; das erste war, daß wir einen Wasserrohrbruch hatten.

Es war mein Großvater, ein weitsichtiger und tatkräftiger Viktorianer namens Sir Digby Coal, der Crook mit sanitären Einrichtungen ausstattete. Bis zum heutigen Tag nutzt der Haushalt die Toiletten, die er installieren ließ und die zu ihrer Zeit große Bewunderung erregten: Sitze und Deckel waren aus heller Eiche, die Messingarmaturen glänzten wie Gold, und die Schüsseln waren aus feinstem, weißem Porzellan. Der Wassertank befindet sich auf dem Dachboden, und Sir Digby ruhte und rastete nicht, bis die Spülung dem Leistungsmaßstab entsprach, den seine Generation allem zugrunde legte, was sie in Angriff nahm. Für Sir Digby Coal war selbst die bescheidene Toilette dazu angetan, dem Gedanken des Fortschritts Ausdruck zu verleihen.
Aber im letzten Winter erlebte Crook eine Kältewelle, die in den Tagen nach Weihnachten plötzlich und unerwartet von Tauwetter unterbrochen wurde, und Sir Digbys überalterte, widerspenstige Leitungen platzten prompt. Eine Krise folgte: Die Küche stand unter Wasser, und die Zentralheizung, senil und unzulänglich wie sie war, mußte abgestellt werden. Es gab kein fließendes Wasser mehr. In der düsteren Atmosphäre, die sich über uns alle gelegt hatte, hätte man fast meinen können, das Haus halte sein eigenes, tränenreiches Requiem für Sidney Giblet ab, offeriere eine Geste hydraulischer Kondolenz. Und so setzten wir uns am Silvestermorgen inmitten des Lärms und des Geschepperns, das der Klempner von Ceck und seine beiden Söhne veranstalteten, zu einem Frühstück aus scharf gebratenen Nierchen an den Tisch; und wo bislang das der Situation angemessene, gedämpfte Schweigen geherrscht hatte, war nun das nasse Klatschen von Scheuerlappen zu hören, das Klap-

pern von Schraubenschlüsseln und die fröhliche, pfeifende Geschäftigkeit von Männern, die ihrer Arbeit nachgingen. Und dann, noch während wir inmitten dieses Lärms saßen, erhob das Telefon seine schrille, mechanische Stimme. Ein paar Augenblicke später nahm Fledge an meiner Seite Gestalt an.
»Telefon, Sir Hugo.«
Alle am Tisch blickten mit leiser Neugier auf, mit Ausnahme von Victor, der in seinen Freud vertieft war.
»Wer ist es, Fledge?«
Hilary bestrich ein Stück Toast mit Orangenmarmelade. Harriet rührte ihren Tee um. Ich faltete die *Times* zusammen.
»Mrs. Giblet.«
»Oh *nein*!« Dies von Cleo, die aufsprang und das Zimmer verließ.

Fünf Minuten später war ich wieder zurück. Ein erwartungsvolles Schweigen begrüßte mich. »Nun?« fragte Harriet. Ich setzte mich. Ich ließ mir von Fledge Tee nachschenken. Dann berichtete ich, Mrs. Giblet sei von Inspektor Limp darüber informiert worden, daß Sidneys Fahrrad aus dem Moor ausgegraben worden war. Aber das, sagte ich, war nicht alles. In der festen Überzeugung, die notwendigen Qualifikationen zu besitzen, der Polizei (von deren Intelligenz sie offensichtlich keine allzu große Meinung hatte) mit Rat und Tat zur Seite zu stehen, war sie nach Ceck gekommen und hielt sich zur Stunde im »Hodge and Purlet« auf.
Harriet stöhnte auf. »Oh nein«, sagte sie und sah mich mit echter Verzweiflung an. »Müssen wir sie wirklich einladen, Hugo? Ja, wir müssen.«
»Ich habe Mrs. Giblet von unserem Wasserrohrbruch erzählt«, erwiderte ich. »Und ihr gesagt, daß sie da, wo sie ist, besser aufgehoben ist.«
»Was für eine Erleichterung«, murmelte Harriet.

»Ich habe mich jedoch verpflichtet gefühlt, sie heute abend zum Essen einzuladen.«

»Ja, natürlich«, sagte Harriet. »Die arme Frau. Wahrscheinlich ist sie genauso verzweifelt wie Cleo. Mehr noch!« Sie seufzte. Sie war bereits dabei, ihre ganze Sympathie als Frau und Mutter auf diese gräßliche alte Fuchtel zu richten, diesen fürchterlichen Drachen, der sich nun in unserer Mitte niedergelassen hatte und zweifellos Flammen und stinkenden Rauch über uns alle ausspucken würde. Ich begab mich schnurstracks in meine Scheune, wobei ich dachte, und zwar nicht zum ersten Mal, daß ich, wenn ich auch nur die leiseste Ahnung gehabt hätte, welchen Ärger Sidney Giblet uns machen würde, dafür gesorgt hätte, daß er erst gar nicht in die Nähe von Crook gelangt wäre.

Der letzte Abend des alten Jahres; und sieben von uns nahmen am Tisch Platz. Neben mir, zu meiner Linken, saß Mrs. Giblet. Sie war in einem riesigen, unförmigen Pelzmantel mit gepolsterten Schultern in Crook erschienen; dazu trug sie einen schwarzen Hut, dessen Krempe auf der einen Seite hochgesteckt und mit einer Garnitur von Blättern aus Spitze und knallroten Kirschen geschmückt war. Mit dem einen Arm umklammerte sie ihr Schoßhündchen; die andere Hand hielt ihren Spazierstock, der einen Fuß aus Gummi hatte und in dessen Knauf der kleine Totenkopf eingelassen war. Sie trug Handschuhe aus schwarzem Satin und eine große, weiße Perle in jedem ihrer tief herabhängenden, welken Ohrläppchen. Fledge versuchte, ihr den Mantel abzunehmen, aber sie bestand darauf, ihn für den Augenblick anzubehalten, bis sie sich etwas »akklimatisiert« habe. Schlau wie die alte Eule nun einmal war, hatte sie natürlich sofort erkannt, daß die Zentralheizung in einem Haus wie Crook selbst im besten Falle höchstens lauwarm sein konnte. Nun, wo auch noch die Rohre geplatzt waren, hatten wir nur die Kaminfeuer,

uns zu wärmen, und Crook ist nun einmal ein Haus der Zuglüfte.
Und so marschierte sie durch die Halle, inspizierende Blicke um sich werfend und mit königlicher Billigung nach links und rechts nickend. Ihr Eintritt in den Salon war majestätisch; Henry und Victor standen sofort auf, und Harriet eilte mit ausgebreiteten Armen auf sie zu. »Meine liebe Mrs. Giblet«, sagte sie herzlich. »Wie schön, daß Sie trotz der knappen Frist kommen konnten.«
Etwas Passenderes hätte sie nicht sagen können. »Aber das ist doch selbstverständlich, Lady Coal«, gurrte Mrs. Giblet. »Ach! Cleo!« Cleo ging zögernd auf die alte Frau zu und berührte ihre Wangen flüchtig mit den Lippen. Dann ließ Mrs. Giblet sich in dem Sessel am Kamin nieder, den Henry für sie freigemacht hatte, und fing an, nach ihren Zigaretten zu suchen. Harriet stellte sie den Horns vor, entschuldigte sich umständlich für die Kälte, und fragte sie, ob man ihr ein Glas Sherry anbieten dürfe. Mrs. Giblet meinte, ein Glas Sherry wäre nett. Und dann tat sie dem Zimmer im allgemeinen ohne Einleitung oder Umschweife kund: »Ich habe diesen Limp getroffen. Und ich bin« – sie drehte sich in ihrem Sessel um – »sehr überrascht, Sir Hugo, daß Sie ihm auch nur das geringste Vertrauen entgegenbringen; meiner Meinung nach ist der Mann völlig inkompetent.«
Ich runzelte die Stirn. »Er hatte bisher nicht viel, worauf er sich hätte stützen können, Mrs. Giblet«, sagte ich.
»Darüber ließe sich streiten, Sir Hugo. Aber bei den Fortschritten, die dieser Limp macht, können wir von Glück sagen, wenn wir Sidney je in einer Kiste zu sehen bekommen. Es tut mir leid, Liebes« – Cleo hatte einen kleinen Aufschrei nicht unterdrücken können –, »aber es hat keinen Sinn, sich falsche Hoffnungen zu machen.«
Sie zog kummervoll an ihrer Zigarette. Ein Schweigen senkte sich über uns. Das Licht in ihren Augen erstarb, ihr Gesicht schien langsam in sich zusammenzufallen, und in diesem

Zusammenfallen schien eine derart große Verzweiflung zu liegen, daß die ganze Atmosphäre sehr plötzlich sehr düster wurde. Harriet beeilte sich, die Lücke zu füllen.»Aber Mrs. Giblet«, rief sie.»Ich bitte Sie! Es gibt keinen Grund zur Verzweiflung. Nicht den geringsten. Wie ich auch Cleo immer wieder sage, hat die Tatsache, daß das Fahrrad gefunden wurde, nichts, aber auch gar nichts zu sagen!«
Mrs. Giblet hob den Kopf. Sie griff nach Harriets Hand und lächelte das überraschend charmante Lächeln, das ich schon in London gesehen hatte.»Natürlich hat es nichts zu sagen«, sagte sie.»Bitte verzeihen Sie, Lady Coal, daß ich Ihr Haus mit meinem Trübsinn infiziere. Könnte ich vielleicht noch einen Schluck von diesem Sherry haben? Er ist wirklich ausgezeichnet.« Und während Fledge mit dieser Aufgabe beschäftigt war, öffnete Mrs. Giblet, die sich offensichtlich etwas »akklimatisiert« hatte, ihren Mantel.»Vielen Dank«, sagte sie, an Fledge gewandt, der mit dem Sherry neben ihr erschien.»Was mich persönlich angeht«, fuhr sie fort,»so habe ich die Absicht, das Cecker Moor mal etwas genauer unter die Lupe zu nehmen. Vielleicht haben Sie recht, was diesen Limp angeht, Sir Hugo, vielleicht aber auch nicht. Auf jeden Fall möchte ich mich gerne selbst davon überzeugen, daß nichts übersehen wurde. Wäre vielleicht einer von Ihnen bereit, mir zu helfen?«
Die kurze Stille, die auf diese bizarre Einladung folgte, wurde von Victor unterbrochen.»Ja«, rief er voller Eifer.»Ich!« Es war eine Art komischer Antiklimax, obwohl der Junge es völlig ernst gemeint hatte. Ein amüsiertes Lachen lief durch den Salon, und dann verkündete Fledge, das Essen sei angerichtet.

Auf dem Weg ins Eßzimmer hängte Mrs. Giblet sich bei Harriet ein, die sie anscheinend sofort in ihr Herz geschlossen hatte, und rief überschwenglich:»Das viele *Holz*, Lady

Coal! Wie tröstlich es sein muß, in einem Haus zu leben, dessen Wände mit *Holz* getäfelt sind. Eiche, nicht wahr? Gute, englische Eiche; sie gibt einem *so* ein Gefühl der Weiterführung des Vergangenen, finde ich immer. Fühlen Sie sich der Tradition sehr verbunden, Lady Coal?«
»Ich denke schon, Mrs. Giblet«, murmelte Harriet.
»Auch ich halte sehr am Althergebrachten fest«, sagte Mrs. Giblet. »Seit jeher. Churchill zum Beispiel, das ist ein Mann nach meinem Herzen; wissen Sie, ich habe ihn früher einmal gekannt. Ein brillanter Mann, unglaublich belesen und so amüsant!« Die alte Dame lachte leise auf und tätschelte Harriets Arm, auf dem ihre knorrige alte Klaue ruhte. »Wissen Sie, einmal – aber nein, Sie wollen diese alten Geschichten sicher nicht hören. Hier oben, neben Sir Hugo? Sehr erfreut. Vielen Dank, Fledge.«
Wie bereits gesagt, nahmen an jenem Abend sieben von uns am Tisch Platz, und es war schon ein merkwürdiges Bild, das wir abgaben. Da die Zentralheizung nicht funktionierte, war es in Crook merklich kühl, und in Anbetracht dieser Tatsache hatte ich entschieden, daß zur festlichen Abendkleidung Pullover getragen werden durften. Von daher bot sich unseren Augen das Spektakel, Henry Horn in einem dicken, grauen Seemannspullover sehen zu können, der sich klobig unter seiner Smokingjacke bauschte und ihn, zusätzlich zu seinem Bart, mehr denn je wie einen Kapitän zur See aussehen ließ. Hilary, Harriet und Cleo machten mit ihren dicksten Strickjacken und den unter dem Kinn geknoteten Kopftüchern einen sehr unbeholfenen Eindruck. Victor dagegen war abgehärteter und trug nur seine Schuluniform; und Mrs. Giblet, die sich anscheinend vollends akklimatisiert hatte und es ungeachtet der äußeren Bedingungen offensichtlich für höchst unpassend hielt, in einem Herrenhaus im Mantel zu speisen, hatte ihren riesigen Pelz von ihren Schultern gleiten lassen und enthüllte sich uns in der vollen Pracht ihres Abendkleides.

Es handelte sich um ein Kleid aus schwarzem Satin, das, wie ich vermutete, sicher gut und gerne vierzig Jahre in irgendeinem Mahagonischrank in jenem schäbigen Haus in der Nähe des Britischen Museums residiert haben mußte. Es war ärmellos, glänzend, fiel in steifen Falten bis auf den Boden und raschelte, wie mir auffiel, sobald sie auch nur eine Bewegung andeutete. Als sie neben mir Platz nahm, bemerkte ich den unverkennbaren Geruch nach Mottenkugeln; und das war beileibe nicht der einzige Geruch, der dieser Frau anhaftete. Die Mottenkugeln dienten sozusagen nur als eine Art tiefer Baß für eine wahre Symphonie von Aromen, deren Melodie von einem durchdringenden kleinen Parfum getragen wurde, das sie, wie sie mir anvertraute (denn ich hatte mich danach erkundigt), im Jahre 1934 in Straßburg erstanden hatte. Seine leicht säuerlichen, stechenden Qualitäten wurden jedoch (meine eigene Nase, die beileibe nicht gut ist, stellte dies fest) durch die großzügige Anwendung eines billigen Eau de Cologne barbarisiert, und alles zusammen wurde düster untermalt von den weltlicheren Gerüchen von Zigarettenrauch und Sherry und den vollkommen natürlichen Ausdünstungen alternden Fleisches.

Ihre Schultern waren nackt, wie auch ihre Oberarme, von denen die Haut in vielen schlaffen Falten herabhing. Sie hatte ihren zu einem Abendessen auf dem Land passenden Schmuck angelegt, der aus einem Diadem bestand, das mit einem oder zwei Diamanten betupft war, und aus einer Kette von Perlen, die gefährlich auf den Abgrund zwischen ihren Brüsten zutrudelte. Die Satinhandschuhe reichten ihr bis an die Ellbogen; sie war, wie sie mir anvertraute, unschlüssig gewesen, ob sie außerhalb Londons nicht vielleicht eine Spur zu *angezogen* wirken würden. Ich versicherte ihr, daß man, ganz im Gegenteil, auf dem Land nie zu angezogen sein konnte, da allein die Temperaturen dies verhinderten. Sie nahm die kleine Wortspielerei mit Humor, aß mit gutem Appetit, wobei sie dem Hündchen auf ihrem Schoß gelegent-

lich einen Brocken zukommen ließ, und war voller Anerkennung für meinen Claret, den sie hörbar im Mund rollte und mit sichtlichem Genuß durch ihre Kehle rinnen ließ. Zu meiner Überraschung merkte ich, daß ich anfing, mich richtiggehend für die alte Eule, die alte Truthenne, zu erwärmen, und als sie anläßlich einer Bemerkung meinerseits über einen fossilisierten Knochen, der mich zur Zeit sehr beschäftigte, auf ihre Arthritis zu sprechen kam, verriet ich ihr mit gedämpfter Stimme, daß der Mann am anderen Ende des Tisches, ja, genau der, den sie für einen Kapitän zur See gehalten hatte, in Wahrheit einer der besten Orthopäden des Landes war und sie sich nach dem Essen mit *ihm* über ihre Arthritis unterhalten solle. Sie sagte, das würde sie tun. Henry, dachte ich, wird begeistert sein.
Die Suppe kam und ging, und dann das Hauptgericht – Doris hatte sich selbst mit einem Rinderbraten übertroffen, und einen Schinken gab es auch –, und wir waren fast beim Stilton angelangt, als Cleo sich nicht länger beherrschen konnte. Sie war den ganzen Abend über sehr still gewesen. Jetzt aber, als Mrs. Giblet sich mit höflicher Zurückhaltung noch etwas Portwein nachschenken ließ und Henry, den sie unverkennbar zu ihrem Heiler auserkoren hatte, damit zuprostete, sprang Cleo, unübersehbar vor Empörung bebend, plötzlich auf und richtete einen anklagenden Finger auf die alte Frau. »Wie *können* Sie nur?« rief sie, und ein eigenartiges, unnatürlich leidenschaftliches Feuer brannte in ihren Augen. »Wie können Sie nur hier sitzen und sich vollstopfen, während Sidney immer noch irgendwo *da draußen* ist, in der Kälte, leidend? Oh, Sie widern mich an – nein, Mummy, versuch nicht, mir den Mund zu verbieten, denn es ist wahr – Ihr sitzt hier, als wäre nichts geschehen, während die ganze Zeit über die entsetzlichsten Dinge passieren!« Ihr Finger fuhr herum und richtete sich auf das Fenster. »Da draußen! Da draußen! Ihr habt keine *Vorstellung* von dem Bösen, das da draußen existiert! Ihr denkt, das Schlimmste, was passieren kann, ist

ein geplatztes Wasserrohr oder ein schlecht gewordener Schinken, und dabei kriecht die ganze Zeit über, *vor euren Augen,* das widerlichste und abscheulichste Ding, das verkörperte *Böse,* auf dieser Erde herum, und ihr seht es nicht, ihr schließt die Augen davor, weil es euch zu mühselig ist! Oh, wenn es an eurer Bequemlichkeit rütteln würde, das wäre etwas anderes, aber einfach nur die Tatsache, daß ein gräßliches, stinkendes, *böses* Ding draußen vor diesem Haus herumkriecht – das bringt euch nicht aus der Ruhe. Aber es ist da! Es ist da! Und Sie werden es finden, Mrs. Giblet, Sie werden es schon finden, draußen im Moor, aber gehen Sie lieber erst hin, wenn es dunkel ist! Oh! Oh!« Und sie brach in Tränen aus und lief weinend aus dem Zimmer.

Ein kurzes, bestürztes Schweigen folgte auf diesen Ausbruch. Dann stand Harriet auf und folgte Cleo, und dann auch Hilary. Ich versuchte nicht, die beiden zurückzuhalten. Und dann ergriff Mrs. Giblet das Wort. »Das arme Kind«, sagte sie mit einem Seufzer. »Ich werde ihr sagen, daß wir alle fühlen wie sie. Diese jungen Leute. Immer wollen sie Gefühle zur Schau gestellt sehen; sie können nicht verstehen, daß man mit den Jahren lernt, sparsamer mit den Kräften umzugehen, die man hat. Man muß. Habe ich nicht recht, Sir Hugo?«
Ich hatte mir Cleos Ausbruch mit auf den Tisch gestützten Ellbogen angehört, so daß meine Unterarme einen spitzen Bogen bildeten, den Mund und das Kinn auf die nach oben ragenden Knöchel meiner ineinander verschränkten Finger gepreßt. Nun sah ich die alte Frau von der Seite her an, hob jedoch, im Bewußtsein dessen, was ich wußte, nicht den Kopf von den Händen, um ihr zu antworten. Und dann sagte Victor: »Daddy, ich glaube, daß dies ein Fall von Hysterie ist, aber ich weiß nicht genau, welche Art von Hysterie.«
»Victor«, sagte sein Vater, »halt den Mund.«

Anfang Januar fuhren die Horns nach London zurück. Ihr Aufenthalt in Crook war, wie ich fürchte, keine besonders festliche Zeit für sie. Sidneys Gespenst schwebte über uns allen, vor allem natürlich über Cleo, und da auch noch die Wasserrohre geplatzt waren, war die Atmosphäre im Haus nicht nur freudlos, sondern auch ungemütlich kalt und zugig. Hilary vertraute Harriet an, sie fahre nur höchst ungern zurück, wo Cleo so unglücklich sei, aber Victor mußte nun einmal in die Schule. Harriet versicherte ihr, sie würde auch alleine zurechtkommen. Es war alles sehr traurig. Henry nahm mich, kurz bevor sie aufbrechen wollten, sogar zur Seite und sagte, er mache sich ziemliche Sorgen über Cleo, da er glaubte, in ihrem Kummer ein morbides Element entdeckt zu haben, das ihn sehr beunruhigte. Falls sie in einer Woche oder so immer noch so deprimiert wäre, sollte ich ihn unbedingt anrufen; er würde sich dann darum kümmern, daß jemand aus der Harley Street sie sich »ansehe«. Ich sagte, ich wisse seine Besorgnis zu schätzen, sei jedoch sicher, sagte ich, daß kein Grund zur Beunruhigung vorhanden sei. Wußte er denn nicht, fragte ich, daß die Coals allesamt verrückt waren? Schließlich hatte er doch eine geheiratet! Die Zigarre im Mund grinste ich ihn an, klopfte ihm herzhaft auf die Schulter und fragte ihn, wohin die nächste Reise gehen würde, in welchen fernen Winkel der Welt – nach Singapur? In die Karibik? Oder vielleicht an die kiefergesäumten Küsten Britisch Kolumbiens, um eine Ladung Papierholz an Bord zu nehmen?

»Im Ernst, Hugo«, sagte er.
»Im Ernst, Henry«, sagte ich. »Mach dir keine Gedanken um Cleo. Sie ist bei uns gut aufgehoben.«
Es tat mir leid, Victor gehen zu sehen, ich hatte den kleinen Kerl wirklich gern. Als seine Eltern nicht hinsahen, steckte ich ihm zehn Schilling zu und riet ihm, Freud zu vergessen und statt dessen Darwin zu lesen. »Lies *Die Entstehung der Arten*, mein Junge«, sagte ich. »Finde heraus, wo du herkommst.« Während die Haare ihm als dichter Vorhang in die Augen fielen, grinste er mich mit gespielter Entrüstung an – wobei die guten Coal-Zähne, die er hatte, weit über seine Unterlippe vorragten – und fuhr sich mit einem molligen Zeigefinger quer über die Kehle. »Niemals!« rief er im Brustton der Überzeugung. Ich versetzte ihm einen Knuff, schüttelte ihm die Hand und stapfte in meine Scheune.
Mrs. Giblet stand zu ihrem Wort. Sie schlug ihr Quartier im »Hodge and Purlet« auf, und schon in den ersten Tagen des neuen Jahres kamen mir aus dem Dorf die ersten Berichte über sie zu Ohren. Anscheinend brach sie gleich nach dem Frühstück auf und ließ sich auf der Straße nach Ceck's Bottom bis zu dem Feldweg fahren, der ins Moor führte. Von dort ging sie zu Fuß weiter und verbrachte den Tag damit, in ihren riesigen Pelzmantel gehüllt die gefrorene Erde abzusuchen, bis sie gegen fünf Uhr, wenn das Licht allmählich nachließ, zur Straße zurückkehrte, wo das Auto sie wieder abholte. Mehrere Leute sahen sie dort draußen, unter ihnen auch Bill Cudlip und der alte John Crowthorne, und sie erzählten es mir mit leiser Verachtung in der Stimme. Ich jedoch fand es eigentümlich rührend, dieses Bild der alten Frau, die ganz allein, unter einem grauen Himmel, draußen auf dem Moor nach Spuren ihres verlorenen Sohnes suchte. Ich nehme an, daß sie Cleos Rat, erst nach Einbruch der Dunkelheit ins Moor zu gehen, wenn das »böse, kriechende Ding« sein Unwesen trieb, nicht befolgte; das Moor ist nach Einbruch der Dunkelheit ein ziemlich unheimlicher Ort, auch

ohne böse, kriechende Dinge. Ich war selbst eine Nacht da.

Was nun Cleo anging, so zog sie sich fast ganz in den Ostflügel zurück, wo ihr Schlafzimmer liegt, und kam nur selten nach unten. Und wenn sie einmal erschien, war sie entweder zornig oder deprimiert oder beides. »Was ist bloß«, neckte ich sie, »aus meinem lachenden Mädchen geworden?«

Sie ging mit blitzenden Augen auf mich los. »Worüber sollte ich denn lachen, Daddy? Was habe ich denn zu lachen?«

»Nicht aufregen, Liebling«, sagte Harriet leise. »Nicht so *heftig*, Liebling.«

Dann fing Cleo an zu weinen, und Harriet mußte sie trösten. Etwas später kam sie sehr besorgt zu mir und fragte mich, ob wir nicht vielleicht doch Henry anrufen sollten, damit jemand sich Cleo »ansehen« könne, wie er es vorgeschlagen hatte? Unsinn, sagte ich, sie kommt allein damit zurecht. Völlig normale Sache, sagte ich, kein Grund zur Beunruhigung. Coals gehen nicht zu Seelenklempnern, sagte ich. Also gut, sagte Harriet, aber ich sah, daß sie nicht überzeugt war.

Was mir jedoch seit dem Tag, an dem Sidneys Fahrrad gefunden worden war, am häufigsten durch den Kopf ging, war die Frage, was mit Fledge passieren sollte. Ich war mir inzwischen völlig sicher, daß *er* dem Jungen an jenem Abend auf dem Weg nach Ceck aufgelauert hatte, ihn ermordete und seine Leiche dann im Moor liegenließ. Aber wo war die Leiche? Verstehen Sie, in was für einer Klemme ich steckte? Obwohl ich mich absolut sicher fühlte, zu wissen, was geschehen war, konnte ich nicht zur Polizei gehen. Ich brauchte *Fakten*, ich brauchte *Beweise* – ich brauchte vor allem eine Leiche. Also würde ich noch ein wenig warten und an oberster Stelle meines Bewußtseins das Wissen speichern müssen, daß ich einen zu allem entschlossenen Gewalttäter unter meinem Dach beherbergte – einen kaltblütigen Mörder!

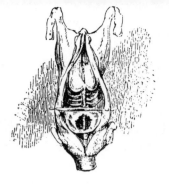

Allem äußeren Anschein nach war der Januar eine Zeit der Ruhe, und obwohl ich Fledge auch weiterhin unauffällig beobachtete, verbrachte ich den größten Teil meiner Zeit draußen in der Scheune, wo ich meinem Vortrag den letzten Schliff gab. Ich habe Ihnen ja schon gesagt, daß das Moor meiner Meinung nach sehr zur Förderung logischen Denkens beitrug, vor allem, wenn ich unter dem Zwang stand, schriftlich formulieren zu müssen. Folglich fuhr ich an einem Samstagnachmittag gegen Ende des Monats hinaus und parkte den Morris, wie ich es immer tat, auf dem Feldweg, der von der Straße nach Ceck's Bottom abzweigte.

Der Boden war schlammig, denn wir hatten ziemlich viel Regen gehabt, und der Himmel war grau und voller Wolken. Ich stapfte in meinen Gummistiefeln den Weg entlang und bekam, als ich die Bäume hinter mir ließ, einen ziemlichen Schreck – denn die weite Fläche des Moors, von der ich erwartet hatte, daß ich sie öde und verlassen vorfinden würde, war statt dessen voller Leute – Gestalten bevölkerten die Landschaft, winzige Gestalten, die sich in einer langgezogenen Linie vor dem Horizont ausfächerten. Im ersten Augenblick war es mir ein völliges Rätsel, was dies bedeuten könnte. Ich wußte zwar, daß die Polizei gegen Ende Dezember, nachdem das Fahrrad entdeckt worden war, das Moor abgesucht hatte, aber sie hatten nichts gefunden und die Unternehmung wieder abgebrochen. Doch bald schon entdeckte ich eine vertraute, gebeugte, hin und her huschende Gestalt, die, auch wenn sie weit entfernt und nur

undeutlich zu erkennen war, nur Mrs. Giblet sein konnte. Und die kleinen Gestalten vor ihr, die sich langsam durch das trübe Licht des Nachmittags bewegten – das waren doch Kinder!
Ich ging nicht weiter. Das Moor nutzte mir nichts, wenn ich in ihm nicht die Einsamkeit fand, die ich suchte. Ich ging zum Auto zurück. Als ich den Motor anließ, setzte ein sanfter Nieselregen ein. Ich stieß auf die Straße zurück und fuhr nach Ceck's Bottom. Das Tageslicht ließ bereits merklich nach, als ich die Farm erreichte. George war in seinem Schlachthaus, einem trübe ausgeleuchteten Schuppen, in dem es unter einem alten Wellblechdach, auf das der Regen sanft herniedertröpfelte, durchdringend nach Abfällen stank. Es war ein dunkler, urzeitlicher Ort, dieses Schlachthaus, und der alte John Crowthorne war ebenfalls da. Er und George trugen lange, dreckige, blutverschmierte Schürzen; sie waren dabei, den Kadaver eines frisch geschlachteten Schweins zu zerlegen, eines riesigen Tiers. Es hing kopfüber und mit aufgeschlitztem Bauch an einem Haken, der in einen der Deckenbalken eingelassen war. Zwei Eimer mit leise vor sich hindampfendem Blut standen neben den beiden Männern auf dem Boden. George sah mich in der Tür stehen, rammte seine Fleischaxt in einen völlig zernarbten Hackklotz, wischte sich die Hände an der Schürze ab und folgte mir hinaus in das nasse Dunkel des Hofs. Seine Augenbrauen zogen sich zornig zusammen, als ich ihm erzählte, was ich auf dem Moor gesehen hatte, aber es überraschte ihn nicht. Anscheinend hatte die alte Frau die Kinder von Ceck dazu angeheuert, ihr bei der Suche nach den Überresten Sidneys zu helfen; sie zahlte ihnen sechs Pence für jeden Tag Arbeit. Offensichtlich hatte sie sich die Theorie zurechtgelegt, daß die Erde beim Auftauen die Tendenz hat, sich zu verlagern und im Verlauf dieser Verlagerungen ihren Inhalt freizugeben, sofern er nicht allzu tief vergraben ist. In diesem Jahr war der Januar recht warm; Mrs. Giblet hoffte, daß das, was

während der Polizeisuche verborgen geblieben war, nun zum Vorschein kommen würde.

Wir rauchten noch ein Weilchen, dann stapfte George über seinen mistbedeckten Hof zum Schuppen zurück. Der Regen nieselte auf ihn herab, und ein plötzlicher Windstoß klebte ihm das Hemd an die schroffen Formen seines langen, knorrigen Rückens. Er erreichte die Tür des Schuppens und drehte sich um, und ich sah durch den Regenschleier, wie er eine Hand hob und die großen Zähne für mich fletschte. Ich tippte kurz auf die Hupe des Morris und fuhr genau in dem Augenblick, in dem es ernsthaft zu regnen anfing, auf die Straße. Ich erwähne diese Begegnung nur, um zu demonstrieren, daß George mir nicht den geringsten Hinweis darauf gab, daß er in der Tat wußte, was aus Sidneys Leiche geworden war. Aber im Grunde genommen war es nicht sonderlich überraschend, daß er sich nichts anmerken ließ; er war selbst zu seinen besten Zeiten ein wortkarger, rätselhafter Mann, und er wußte, wie man ein Geheimnis für sich behält.

Wahrscheinlich war die Tatsache, daß ich am Nachmittag draußen im Moor gewesen war, der Grund dafür, daß ich in jener Nacht von einem mesozoischen Sumpf träumte. In meinem Traum war es sehr früh am Morgen, und eine Art bläuliches Zwielicht lag über der Szene. Durch den tiefhängenden Bodennebel, der sich an die Oberfläche des Sumpfes klammerte, huschten kleine, schattenhafte, fliegende Kreaturen, die auf zarten, ledrigen, netzartig gezeichneten Flügeln dahinglitten, während sie auf der Suche nach Beute hierhin und dorthin schossen. Der tropische Wald, der den Sumpf umgab, dampfte bereits in der feuchten Hitze der Morgendämmerung, und bis auf das stete Summen und Sirren der Insekten in den gewaltigen Kiefern und Rotholzbäumen, lag eine schwere, drückende Stille über dem ganzen Ort. Mächtige, umgestürzte Baumstämme, im Halbdunkel kaum auszumachen, deren zerrissene Stümpfe hoch in die Luft hineinkrallten wie die riesigen Finger eines Ertrinkenden und von denen das Moos in Büscheln und Strähnen herabhing, lagen vermodernd am Rand des Sumpfes und sanken langsam zurück in·den Urschleim, aus dem sie einst erstanden waren. Aus einem dieser riesigen, abgestorbenen Stämme huscht plötzlich ein winziges, säugetierartiges, fellbewachsenes Wesen. Es bleibt, eine Pfote in der Luft, mit zuckender Schnauze stehen und trinkt dann durstig aus einer Pfütze mit brackigem, schwarzem Wasser, die sich im Schlamm gebildet hat. Noch einmal hebt sich der ängstliche, zuckende, haarige kleine Kopf, dann schlüpft das Tier hastig in seinen Baum, seine Höhle, zurück. Einen Augenblick später ist aus dem Wald ein gedämpftes, grollendes Geräusch zu hören, ein Dröhnen, das von riesigen Körpern stammt, die sich durch das Unterholz nähern.

Das Licht wird heller. Alles ist still wie der Tod, hier draußen im Sumpf, während vom Wald her das Geräusch der sich nähernden gewaltigen Tiere zum Donner wird. Und dann tauchen sie unter den Bäumen auf. Sie trotten in einer langgezogenen Reihe hintereinander her, die kleinen Köpfe an den langen, schwankenden Hälsen über den riesigen, tonnenartigen Leibern nicken auf und ab; es ist eine Herde sanfter Brontosaurier, kleinhirniger Pflanzenfresser, ein Dutzend von ihnen, die zum Sumpf kommen, um zu trinken. Ihre grauen, ledrigen Häute sind von schwachen, rostroten Markierungen gezeichnet, und sie halten die langen, spitz auslaufenden Schwänze gerade hinter sich gestreckt. Nur die peitschenartigen Enden zucken hin und her. Sie bewegen sich mit beharrlicher, majestätischer Anmut auf einen Wassertümpel in der Mitte des Sumpfes zu, und ihre Fußpolster verursachen im Schlamm laute, gluckernde, saugende Geräusche. Ein niedriger Nebelschleier klammert sich immer noch in Fäden und Strähnen an die Oberfläche des Sumpfes und verleiht den Tieren ein beinahe phantasmagorisches

Aussehen. Aber der Himmel wird von Minute zu Minute heller, die großen Schattenblöcke, die den Sumpf einrahmen, verblassen allmählich, und die Bäume heben sich immer deutlicher ins Licht. Und die Brontosaurier trotten weiter, unter einem Himmel, an dem die Unterseiten einiger weniger flauschiger Wolken soeben von den intensiven Rosa- und Rottönen der Morgendämmerung berührt werden.
Sie erreichen den Tümpel und bleiben am Rand stehen, um zu trinken. Ihre langen Schwänze zucken immer noch von Seite zu Seite, und ständig hebt sich einer der Köpfe, winzig auf den biegsamen Hälsen, um zu schnuppern. Die ersten Strahlen der Morgensonne zwängen sich streifig durch den Wald, und als sie den riesigen Rücken eines der Ungeheuer berühren, lassen sie das reich gefleckte, kupferne Rot seiner Haut aufleuchten; und immer noch heben und senken sich die Köpfe, heben und senken sich, als plötzlich aus dem Wald der schrille Schrei eines soeben erwachten Wesens dringt, gefolgt von lang anhaltendem, aufgeregtem Geschnatter. Eine Flugechse schwebt über die Bäume, verändert abrupt ihre Richtung und segelt der aufgehenden Sonne entgegen. Dann ereignen sich drei Dinge in schneller Folge. Zuerst erhebt sich ein böiger Wind aus Süden; aus derselben Richtung kommt das Geräusch eines großen Tieres, das durch die Bäume bricht; und einen Augenblick später schnuppert der größte der Brontosaurier, ein gewaltiger Bulle von mindestens dreißig Tonnen, die Luft mit angespannter Aufmerksamkeit und gibt dann eine Art ängstliches Wiehern von sich.
Alles Trinken hört auf. Die Brontosaurier stehen starr, die Köpfe hoch erhoben, als sie mit dem Wind den ersten, schwachen Hauch von fauligem Fleisch aufnehmen. Sie scharren mit den Füßen, mehrere von ihnen wiehern, als sie den unverkennbaren Gestank eines räuberischen Karnosauriers riechen – diese Kreaturen stinken immer nach dem Aas ihrer letzten Mahlzeit, denn sie bleiben wochenlang auf dem

verfaulenden Kadaver liegen, in einem tiefen Dämmer der Verdauung. Und dann ist der Räuber am Rand des Sumpfes zu sehen: ein ausgewachsener, voll ausgebildeter männlicher *Phlegmosaurus carbonensis*.
Bei seinem Anblick werden die scheuen Brontosaurier von Panik ergriffen. Die Dämmerung zerbirst unter den lauten Trompetenstößen des Entsetzens, als sie in dem verzweifelten Versuch, aus dem Sumpf heraus und in den Schutz der Bäume zu gelangen, schwerfällig im Schlamm umhertorkeln. Aber in ihrer Hysterie scheinen sie nur um so tiefer in der zähen Masse zu versinken.
Der Schlamm brodelt und spritzt, als die trompetenden Brontosaurier unbeholfen durch den Sumpf stampfen. Und dann kommt Bewegung in *Phlegmosaurus*. Auf seinen kräftigen Hinterbeinen springt er durch den Sumpf, die Vorderbeine eng an den muskulösen Leib gepreßt, den langen Schwanz weit hinter sich gestreckt, eine Art Ruder, oder Stabilisator, für seinen geduckten, pfeilschnellen Körper. Sein Kopf scheint nur aus dem Maul zu bestehen, und er brüllt und röhrt beim Näherkommen. Er hat sich seine Beute schon ausgesucht, ein gut genährtes, junges Kalb, langsamer als der Rest, das nun erbärmlich nach dem Schutz der Herde wiehert, einem Schutz, den es in dieser extremen Situation nicht mehr gibt. *Phlegmosaurus* hat das Tier fast erreicht. Indem er den Schlägen und Peitschenhieben des großen Brontosaurierschwanzes geschickt ausweicht, holt er das Dinosaurierkalb ein und krallt sich mit einem einzigen Sprung in seinen Schultern fest. Dann hebt sich eines der Hinterbeine, und die schreckliche, gekrümmte Kralle blitzt einen Augenblick lang im Sonnenlicht auf – und dann, in einem Chaos aus fliegendem Schlamm und hilflos um sich schlagendem Fleisch, schlitzt die Kralle immer und immer wieder an dem Hals des Brontosauriers entlang, und das gewaltige Tier sinkt mit einem gräßlich pfeifenden, ächzenden Geräusch in den Schlamm, und gewaltige Blutstöße pumpen aus seinem

zerrissenen Hals. Und dann, immer noch röhrend vor Wut, fängt *Phlegmosaurus* an, das sterbende Tier zu zerreißen, zerrt an seiner Flanke, bis sich ein großes Stück dampfenden Fleisches löst; mehrere Minuten dauert dieser Wahn an, während der Brontosaurier immer noch mit den Beinen um sich schlägt und sterbend in einer schlammigen Pfütze seines eigenen Blutes liegt. Der Rest der Herde ist im Wald verschwunden, und aus den Bäumen erhebt sich nun ein mißtönender Chor aus Schreien und Kreischen und wildem Geschnatter, und die Aasfresser sammeln sich bereits am Rand des Sumpfes. Endlich liegt der junge Pflanzenfresser still, und der Wahn des Zerreißens und Zerfetzens läßt nach. Eine Weile frißt *Phlegmosaurus* methodisch, packt das Fleisch mit den Vorderbeinen und schneidet und schlitzt mit seinen großen Krallen. Alle paar Minuten hebt er den Kopf und dreht ihn hierhin und dorthin, während das Blut von seinem Maul tropft. Dann, als die Sonne hoch am Himmel steht und den Sumpf mit Hitze und Licht überflutet, sackt das Tier auf dem zerfetzten Kadaver zusammen und bleibt dösend in dem warmen, toten Fleisch liegen. Am Rand des Sumpfes taucht das kleine, haarige Säugetier erneut aus seinem Baumstumpf auf. Es setzt sich anmutig auf die Hinterbeine, reibt sich mit beiden Pfoten über die schnurrbärtige Schnauze und starrt mit hellen, eifrigen Augen auf den nun schlafenden Dinosaurier.
Plötzlich zerreißt ein schriller Schrei die Stille des Sumpfes – und ich wurde wach. Einen Augenblick lang war ich völlig verwirrt, glaubte mich immer noch dort draußen, und erkannte dann mit plötzlichem Erschrecken, daß der Schrei aus Cleos Schlafzimmer gekommen war – sie schläft ebenfalls im Ostflügel. Ich hielt mich nur so lange auf, wie ich benötigte, um meinen Morgenmantel und die Pantoffeln überzuziehen, und lief zu ihr. Cleo war völlig aufgelöst. Ich fand sie zusammengekauert in ihrem Bett sitzend, das Gesicht in den Händen vergraben. Die Vorhänge ihres Zimmers standen

einen Spalt weit offen, und das Mondlicht, das durch die Lücke hereindrang, breitete sich in einer hellen Pfütze über ihr Bett, und in der Mitte dieser Pfütze saß Cleo in einem weißen Nachthemd und weinte. Ich ging zu ihr. Sie vergrub das Gesicht an meiner Schulter und schmiegte sich fest an mich. Ein krampfhaftes Schluchzen schüttelte ihre schmale, zitternde Gestalt so heftig, daß sie nicht einmal mehr sprechen konnte. Ich hielt sie eine Weile fest, bis das Schluchzen allmählich nachließ und sie ihre Beherrschung wiederfand. Schließlich hob sie den Kopf von meiner Schulter, und ich gab ihr ein Taschentuch. »Danke, Daddy«, schnüffelte sie. »Oh, nein, nein«, ächzte sie. »Oh, wie schrecklich. Oh, wie gräßlich.«

»Was ist so gräßlich, Liebling?« murmelte ich, während ich sanft über ihr Haar streichelte.

»Oh, Daddy«, sagte sie – und sah mich einen langen Augenblick aus geröteten, tränenfeuchten Augen an. »Oh, Daddy, er ist wieder bei mir gewesen – und es war schrecklich, viel schlimmer als das letzte Mal.«

»Wer ist bei dir gewesen, Liebling?« fragte ich, immer noch sanft ihr Haar streichelnd.

»Sidney, Daddy.«

»*Sidney*? Das ist unmöglich, Liebling. Du willst doch nicht etwa sagen, daß Sidney hier im Haus ist?« Trotzdem warf ich einen Blick über meine Schulter, als könnte Sidney tatsächlich in Cleos Schrank lauern oder sich am Fußende ihres Bettes verstecken, wo ich ihn nicht sehen konnte.

»Nein, er ist nicht hier, Daddy, du wirst ihn nicht sehen.« Sie senkte den Blick und schnüffelte mehrmals. Dann hob sie den Kopf, und ihr Gesicht war von Entsetzen und Leid gezeichnet. »Er ist tot, verstehst du denn nicht?« Dies rief eine neue Flut von Tränen hervor.

Und dann brach die Geschichte aus ihr heraus. Anscheinend war dies das zweite Mal, daß Sidney Cleo nachts heimgesucht hatte. Diese »Besuche« waren, wie sie beharrte, keine

Träume: Sie erinnerte sich deutlich daran, vorher aufgewacht zu sein. Das erste Mal hatte er neben ihrem Bett gestanden, und seine Haut, sagte sie, war kreidebleich gewesen und durchscheinend und hatte einen leicht grünlichen Schimmer gehabt. Er hatte unangenehm süß gerochen, sagte Cleo. Er trug die Kleider, die er in der Nacht angehabt hatte, in der er verschwand, eine Jacke und eine dazugehörige Kniebundhose aus beigem Tweed mit einem leisen Karomuster in Gelb und Himmelblau. Was sie jedoch am meisten entsetzt hatte, war die große, klaffende, tiefrote Schnittwunde an seinem Hals: Jemand hatte Sidney die Kehle durchgeschnitten.
Anscheinend redete er mit ihr. Sie konnte sich nicht genau an seine Worte erinnern, denn sie hatte die ganze Zeit über wie unter Schock gestanden und konnte sich nur auf den schwärzlich verkrusteten Fleischklumpen konzentrieren, der einst sein Hals gewesen war. Aber anscheinend hatte er das Anliegen, sie zu warnen. Wovor zu warnen? Vor dem »bösen, kriechenden Ding«, das nach Einbruch der Dunkelheit die Gegend unsicher machte. Mehr sagte er beim ersten Mal nicht. Aber dieses Mal, sagte Cleo, dieses Mal . . . Sie schauderte zusammen. »Seine Stimme, Daddy«, flüsterte sie. »Er hat seine Stimmbänder verloren. Er ist heiser, wie ein alter Mann. Er spricht nicht, er krächzt die Worte hervor, mit dieser gräßlichen Flüsterstimme. Und er sagt mir Dinge!«
Ich nahm die Hand des Mädchens in meine. Mit sehr leiser, sehr sanfter Stimme sagte ich: »Was für Dinge, Liebling?«
»Er sagt, die Kreatur, die ihm die Kehle herausgerissen hat, kam aus diesem Haus.«
Ich sagte nichts. Sie sah mich mit weit aufgerissenen, entsetzten Augen an. »Daddy«, flüsterte sie, »es muß Fledge sein.«

Ich gab ihr einen Scotch zu trinken (ich habe immer eine Flasche in meinem Schlafzimmer) und brachte es fertig, sie einigermaßen zu beruhigen. Dann blieb ich noch eine Weile an ihrem Bett sitzen und beobachtete ihren Schlaf, der jetzt, Gott sei Dank, friedlich war. Ich zündete mir eine Zigarre an und dachte im Licht einer Kerze über das nach, was Cleo über Fledge gesagt hatte. Also hatte auch sie intuitiv das Böse erfaßt, das in ihm steckte. Und was hatte das zu bedeuten? Ich grübelte bis in die frühen Morgenstunden über diese Frage nach, gelangte jedoch zu keiner befriedigenden Schlußfolgerung.

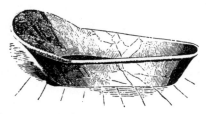

Ich dachte immer noch darüber nach, als ich am nächsten Tag in einer Badewanne mit lauwarmem Wasser saß und nach Fledge brüllte, damit er kam und mir den Rücken schrubbte. Mir war zu diesem Zeitpunkt noch nicht klar, daß ein Teil seiner Kampagne, mich zu entthronen, die Verführung Harriets beinhaltete, obwohl ich im nachhinein, während ich in meinem Rollstuhl sitze und mir die ganze Geschichte Stück für Stück zusammensetze, fast vermute, daß Harriet um diese Zeit herum – es war inzwischen Ende Januar – bereits mit ihrem Priester gesprochen hatte. Ich zweifle nicht im geringsten daran, daß er die ganze Geschichte unter Androhung von Höllenfeuer und Verdammnis untersagte. Aber offensichtlich reichte das nicht. »Ich bin schließlich eine Frau!« rief Harriet. »Du bist ein Kind Gottes«, erwiderte der Priester. »Meine Ehe ist eine Farce!« jammerte sie. »Dann mußt du sie dem Herrn als Opfer darbieten«, sagte er. Sie war nicht vollends überzeugt, als sie ihn verließ, auch wenn sie es sich vielleicht selbst nicht eingestand. In ihr war etwas geweckt worden, was sich so leicht nicht wieder unterdrükken ließ. Als Fledge sie das nächste Mal berührte, wehrte sie ihn zwar ab, aber nur halbherzig. Er wußte, daß sie bald nachgeben würde.

Ja, ich kannte meine Harriet, und ich wußte, sie würde eine Zeit der Gewissenserforschung brauchen, bevor sie sich auf diese Affäre einließ. Wann, frage ich mich, war es dann tatsächlich soweit? Vielleicht war es bereits geschehen, und ich, der ich vollauf mit meiner Arbeit und – wenn ich mich im Haus aufhielt – mit Fledge beschäftigt war, bemerkte keine Veränderung in ihr. Oder vielleicht – und dies halte ich für wahrscheinlicher – geschah es erst später, als ich schon im Krankenhaus lag. »Fester, Fledge«, sagte ich – er schrubbte meinen Rücken mit einem Stück Koralle, und ich liebte es, wenn die Haut vom vielen Reiben rot wurde und zu prickeln begann, man fühlt sich dann so wundervoll lebendig. »So ist es besser«, sagte ich, als er anfing, ein bißchen mehr Kraft in die Sache hineinzulegen. War es nicht leichtfertig, fragen Sie vielleicht, mich einem Mann, der schon einmal getötet hatte, derart in die Hand zu geben? Nein, es wäre leichtfertig gewesen, hätte ich ihm den Zugang zu meinem Badezimmer plötzlich verwehrt; dann hätte er geahnt, daß ich etwas *wußte*, und *das* wäre gefährlich gewesen. Fledge fühlte sich sicher, fühlte, daß niemand ihn verdächtigte; und genau so sollte er sich fühlen.

Ich kletterte aus der Wanne und stand tropfend und zitternd auf der Matte, während er mich mit einem Handtuch abrubbelte. Heute frage ich mich, was er wohl dachte, als er mir diesen Dienst erwies. Wußte er, wie unglaublich angenehm es ist, sich von seinem Diener den Rücken schrubben und dann abtrocknen zu lassen? Kochte er innerlich vor Wut, weil ich es war, und nicht er, der sich in der Position befand, ein solches Abtrocknen anzuordnen? Nein, ich neige eher zu der Ansicht, daß er von der kalten Gewißheit erfüllt war, daß das alles in spätestens ein paar Monaten anders sein würde, daß

dann er der Herr und Meister von Crook sein würde, und ich
– tot. Es war übrigens nicht das erste Mal, daß ich darüber
nachdachte, daß Fledge zweifellos die Absicht hatte, mich zu
ermorden; und in diesem Wissen, aber auch in dem Wissen,
daß er nicht wußte, daß ich es wußte, empfand ich jenes
unvergleichliche Prickeln, jenes *frisson*, das ein mutiger
Mann im Angesicht echter Gefahr empfindet. »Das reicht,
Fledge«, sagte ich. »Geben Sie mir meinen Bademantel.«
Mein drahtiger kleiner Körper erschauderte einen Augenblick in dem zugigen, kalten Badezimmer im Ostflügel von
Crook. Als ich mich zum Spiegel umsah, stellte ich erfreut
fest, daß mein Rücken vom vielen Schrubben richtig rot war,
dann fuhr ich mit den Armen in den Bademantel, den Fledge
für mich geöffnet hielt, band den Gürtel fest um meine Taille,
sagte ihm, er solle mir einen Scotch bringen, während ich
mich zum Abendessen ankleidete, ging dann durch den Korridor in mein Zimmer und überließ es ihm, die nassen Handtü-
cher einzusammeln und die Badewanne sauberzumachen.
Der springende Punkt von all dem ist, daß es eine Zeit gab, in
der ich mich geradezu stimuliert fühlte durch die Herausforderung, die Fledge darstellte, durch die Intensität des Kon-
fliktes, den er mir bot. Während ich mich ankleidete, dachte
ich mit einem trockenen Schnauben, daß er ein Narr war,
wenn er glaubte, es würde ihm gelingen, mich auszutricksen.
Bald jedoch sollten Ereignisse eintreten, die ihm zum Vorteil
gereichten; und diese Ereignisse lagen außerhalb meiner
Kontrolle; sie hatten ihren Ausgangspunkt bei Mrs. Giblet,
dieser lästigen alten Frau, die sich überall einmischen
mußte.

Die ersten Tage des Februar waren in unserem Teil des
Landes sehr feucht und für mich, wie bereits gesagt, eine
sehr geschäftige und nervenzermürbende Zeit. Denn abgesehen von dem komplexen, diffizilen und tödlich ernsten Spiel,

das ich mit Fledge spielte, bereitete ich mich darauf vor, am
Siebten des Monats meinen Vortrag zu halten. Folglich war
ich jeden Tag in der Scheune und probte meinen Auftritt vor
einem Berg zugedeckter Knochen und einer heiseren Krähe,
die in den Dachbalken hauste. Ich hatte den *Phlegmosaurus*
mit Wachstuch und alten Laken abdecken müssen, weil das
Dach undicht war und der Regen durch es hindurchtropfte.
Ich wanderte auf und ab, deklamierte meine revolutionäre
These über die taxonomische Klassifizierung der Dinosaurier
und sonnte mich, wie ich zugebe, im Geiste schon in den
stürmischen Ovationen und den hitzigen Kontroversen, die
hervorzurufen ich erwartete. Um ehrlich zu sein, rechnete
ich fest damit, daß ich die Forschung innerhalb der Naturge-
schichte bald schon entscheidend mitbestimmen würde –
oder zumindest die in ihrem paläontologischen Zweig –, ich,
der Privatmann, der Amateur! Denn sehen Sie, ich hatte die
Absicht, mein Publikum langsam und mit Bedacht durch die
ganze fossile Vergangenheit zu führen, von ganz unten bis
ganz nach oben. Ich würde aufzeigen, wie auf die ersten,
primitiven Reptile die fortgeschritteneren »Reptile« folgten –
Dinosaurier mit vogelähnlichen Körpern –, nach denen die
primitiven Vögel mit Zähnen kamen, wie der *Archaeopteryx*,
dann die fortgeschrittenen Vögel mit Zähnen, dann die mo-
dernen, zahnlosen Vögel. Ich würde aufzeigen, daß die Knochenstruktur des *Phlegmosaurus* und seine aufrechte, zwei-
beinige Haltung unverkennbar vogelartig sind, und ich würde
auf keinen Fall die Argumentation akzeptieren, daß seine
Verwandtschaft mit den Vögeln nur eine entfernte sein
konnte, weil er das ausgeprägte Schlüsselbein verloren
hatte, das alle fliegenden Vögel zwingend benötigen. Nein,
ich würde die Behauptung aufstellen, daß das *Potential* für die
Entwicklung eines solchen Schlüsselbeins in den phlegmosaurischen Genen immer noch vorhanden war und einfach
nur schlummerte. Ich würde die Behauptung aufstellen, daß
mein *Phlegmosaurus*, wenn er über die mesozoische Land-

schaft dahinschoß, Geschwindigkeiten erreichte, die hoch genug waren, ein Abheben in die Lüfte zu ermöglichen. Ich würde die Behauptung aufstellen, daß die natürliche Selektion dann jede Mutation förderte, die zum Wiedererscheinen des lange unterdrückten Schlüsselbeins führte. Dieses Wiedererscheinen unterdrückter Charakteristika – *Atavismen*, wie wir dazu sagen – ist nicht so ungewöhnlich, wie Sie vielleicht denken. Gelegentlich gibt es Wale mit Beinen oder Pferde mit Zehen. Solche Rückartungen kommen sogar in unserer eigenen Spezies vor: Babies mit Schwänzen, zum Beispiel. Unter Bezug auf diese Atavismen würde ich dann aufzeigen, daß der *Phlegmosaurus carbonensis* ein Schlüsselbein entwickelte, sich Federn zulegte und sich in die Lüfte erhob. Er war folglich der Vater der Vögel und durfte nicht als Reptil klassifiziert werden.

Ich erinnere mich, daß man Harriet allmählich anmerkte, daß meine wahrhaft ungewöhnlich üble Laune anfing, ihr auf die Nerven zu gehen. Sie besitzt eine bemerkenswert hohe Toleranzschwelle für gewollte Ungeselligkeit, aber es gibt auch bei ihr eine Grenze; und das düstere Runzeln ihrer Stirn zeigte mir, daß diese Grenze bald erreicht sein würde. Ich hätte ihr sagen sollen, daß ich nach dem Vortrag ein anderer Mensch sein würde, fühlte mich jedoch außerstande dazu. Heute glaube ich allerdings fast, daß ihre untypische Griesgrämigkeit möglicherweise nichts mit *meinem* Verhalten zu tun hatte, sondern vielmehr ein Symptom des Kampfes war, der sich in ihrem Herzen abspielte; denn bei Harriet befanden sich, davon bin ich überzeugt, Geist und Körper zu jenem Zeitpunkt im Kriegszustand.
Cleo war keine große Hilfe. Sie wollte nicht mit uns essen, sie wollte Harriet nicht in ihr Zimmer lassen, und sie weigerte sich kategorisch, nach Oxford zurückzukehren. Ich hätte Harriet sagen sollen, sie brauche sich keine Sorgen zu

machen, es würde vorbeigehen wie ein Regenschauer (alle Gefühle sind wie das Wetter, denke ich: Wenn man lange genug wartet, gehen sie vorbei), aber auch dazu fühlte ich mich außerstande. Ich war viel zu tief in mein eigenes kleines Drama verstrickt. Doris war noch funktionstüchtig; Fledge war unergründlich. Dies also war Crook, während der Regen unaufhörlich auf seine moosbewachsenen Schieferdächer fiel und stellenweise sogar durchsickerte, vor allem im hinteren Teil des Hauses, wo auf Treppen und Treppenabsätzen Eimer aufgestellt werden mußten, um die Tropfen aufzufangen. Es war Fledges Aufgabe, sie zu leeren; ich sah ihn eines Morgens, wie er, in jeder Hand einen Eimer, die Hintertreppe herunterkam, und der Anblick erinnerte mich an George, wenn er seine Schweine fütterte. Ich weiß noch, daß ich dachte, daß der Unterschied zwischen den beiden Männern nicht größer hätte sein können, aber wenn man sie nackt ausgezogen hätte, wenn man ihnen die Uniform sozialer Identität vom Leibe gerissen hätte, wäre der Unterschied, wie ich glaube, seltsamerweise nicht halb so frappierend gewesen. Was Knochenstruktur und Körperbau anging, waren sie sich ziemlich ähnlich. Sie hätten sogar Brüder sein können, seltsamer Gedanke.

Und die ganze Zeit über war Mrs. Giblet draußen auf dem Moor, suchte nach Zeichen für Bodenumbrüche, suchte nach einem Knochen im Schlamm, damit ihr Geist in bezug auf ihr verschwundenes Kind endlich Ruhe finden konnte. Es machte die Leute nervös. Der alte John Crowthorne erzählte mir eines Nachmittags im »Hodge and Purlet« von ihrer Suche und spuckte dann ins Feuer. Jeder, der John Crowthorne kennt, könnte Ihnen sagen, was es bedeutet, wenn er ins Feuer spuckt. Der Regen konnte Mrs. Giblet anscheinend nicht schrecken; sie war im nassesten Wetter draußen und stapfte unter einem riesigen schwarzen Regenschirm durch den Morast. Jeden Abend aß sie allein in einer Ecke des »Hodge and Purlet«, ließ sich jedoch glücklicherweise nicht blicken, als ich dort war. Ich schlief sehr schlecht; vielleicht hatte ich weitere Träume; aber ich konnte mich am nächsten Morgen nie daran erinnern. Der Fling trat in der Nähe von Pock über seine Ufer und schwemmte ein Schaf fort.

Soweit ich mich erinnere, gab es nichts, was darauf hingewiesen hätte, daß der 5. Februar innerhalb der sich entfaltenden Ereignisfolge ein derartig wichtiger Tag sein würde. Vielleicht waren die Zeichen vorhanden, die Omen und Vorboten, und ich war blind für sie. Mein Empirismus war damals noch mehr oder weniger intakt, und vielleicht war er es, der mich blind machte für Warnungen. Jedenfalls trank ich gegen halb drei Uhr nachmittags in der Scheune gerade einen Whisky, als Fledge hereinkam und mir eine Nachricht überbrachte: Mrs. Giblet war erfolgreich gewesen, sie hatte Sidneys Knochen gefunden. Die Nachricht beunruhigte mich zutiefst – ich dachte natürlich an Cleo und daran, was diese furchtbare Entdeckung für sie bedeuten würde.

Im nachhinein gesehen war es vermutlich nicht einmal das eigentliche Finden der Knochen, das mich so beunruhigte, als vielmehr der Zustand, in dem sie gefunden wurden. Ich habe zu meiner Zeit mehr als genug Knochen ausgegraben, um mir die Szene dort draußen auf dem Moor bildlich vorstellen zu können, obwohl ich natürlich immer trockene Knochen ausgegraben habe, und diese hier waren naß. Aber mit der geduldigen Arbeit des Freilegens und des Bergens, damit bin ich in allen Einzelheiten vertraut. Mrs. Giblet stieß offensichtlich auf eine Rippe – über eine Meile von der Stelle entfernt, an der das Fahrrad gefunden worden war –, eine Rippe, die die Erde im Begriff war auszuspucken. Mit Hilfe einer kleinen Pflanzkelle, die sie bei sich hatte, legte sie dann den ganzen Brustkorb frei, und, ganz in der Nähe, auch den Schädel. Wie bereits gesagt, sind solche Aktivitäten mir nicht fremd. Aber als ich hörte, daß das Skelett auch weiterhin in Einzelteilen zum Vorschein kam, Knochen um Knochen – und daß sich an diesen Knochen Spuren von *Zähnen* befanden –, da war ich wirklich beunruhigt. Denn für mich *(experto crede)* hörte das alles sich sehr danach an, als sei Sidney in Stücke zerhackt worden, bevor er im Moor vergraben wurde, und als hätte in der Zwischenzeit irgend jemand, oder irgend etwas alles Fleisch säuberlich von ihm abgenagt. Anders ausgedrückt war er erst geschlachtet und dann gefressen worden.

Geschlachtet und gefressen. Kurz darauf waren Limp und seine Männer im Moor und hatten mittels energetischer Grabungsanstrengungen das gesamte Skelett vor Einbruch der Nacht freigelegt. Die grausigen Überreste wurden dann in aller Hast zur Analyse ins Labor der Spurensicherung geschafft, und in den folgenden Stunden überschlugen sich die wildesten, um nicht zu sagen makaberen Spekulationen. Der Laborbericht kam am nächsten Morgen und diente ganz und gar nicht dazu, meine Befürchtungen zu besänftigen: Sidney war in der Tat geschlachtet und gefressen worden – geschlachtet von Männern und gefressen von Schweinen!

Das vage Unbehagen, das ich seit der Entdeckung der Knochen empfunden hatte, nahm nun definitive Formen an, denn mir war sofort klar, was das alles bedeuten würde. Daß es sich bei der ganzen Geschichte um einen typischen Fall von polizeilicher Pfuscharbeit handelte, daran hatte ich nicht den geringsten Zweifel; aber die Schweinefarm in Ceck's

Bottom – *meine* Schweinefarm – war die einzige Schweinefarm in der Nähe des Moors, und es war nicht schwer vorherzusagen, was Limp als nächstes tun würde.

Am Abend des Sechsten war ich wieder einmal im »Hodge and Purlet« und stieß dort auf den alten John Crowthorne. Am selben Nachmittag – so erzählte er mir –, als er gerade mit einem Eimer Schweinefutter in jeder Hand über den Hof gehen wollte, waren zwei Polizeiautos durch das Tor gerast und mit quietschenden Reifen auf dem schmierigen Pflaster zum Stehen gekommen (es war ein ziemlich nasser und wolkenverhangener Nachmittag). Limp sprang aus dem ersten Auto und brüllte: »George Lecky?«

»Nein«, sagte der alte John, der sich, wie ich keinen Zweifel hatte, in den Augen des übereifrigen kleinen Polizeiinspektors als höchst verdächtige Erscheinung darstellte, denn er trägt einen mächtigen, braunen Schnurrbart, und sein Gesicht ist von tiefen, vertikalen Furchen durchzogen, und jede dieser Furchen scheint vor Dreck zu starren. »Nein«, sagte er, als mehrere große Polizisten aus den Autos kletterten.

»Sie sind?« fragte Limp.

»John Crowthorne. Tag, Hubert.« Dies galt Cleggie, dem Dorfpolizisten von Ceck.

»Wo ist George Lecky?« wollte Limp wissen und fügte, ohne eine Antwort abzuwarten, hinzu: »Wir durchsuchen die Farm. Wir haben einen Durchsuchungsbefehl.« Und dann, zu seinen Männern: »Dann mal los!«

Während ich im Schankraum stand und John Crowthorne zuhörte, wurde ich sehr ärgerlich. Die Geschichte mit den Schweinen, die Sidneys Knochen abgenagt hatten – diese Geschichte war, wie ich bereits sagte, ein Haufen Blödsinn. Und daß dieser übereifrige kleine Dreckskerl von Limp zur Schweinefarm gefahren war – die *mein* Eigentum ist, vergessen Sie das nicht, sie gehört immer noch zum Anwesen von Crook – und sie einfach durchsuchte und Georges Gerätschaften wegschleppte, seine Messer und Knochensägen

und Fleischäxte, wie der alte John mir erzählte – das war zuviel! »Verdammt«, murmelte ich und warf meine Zigarre ins Feuer, »der Kerl hat vielleicht Nerven!«
Die Augen des alten John wurden schmal, und er sah mich mit einem durchtriebenen Seitenblick an. Seltsam, in Anbetracht der Tatsache, daß seine Augen sonst ständig über die Wände und Decken eines jeden Raumes huschen, in dem er sich befindet; eine Art nervöser Tick, nehme ich an. Dann drehte er sich zum Feuer um und spuckte einen dicken Klecks Speichel in die Flammen; es zischte kurz auf. Und dann erzählte er mir, was als nächstes passiert war, und das war ziemlich dramatisch. Gerade als die Polizisten einen Stapel blutverkrusteter Säcke in eines der Autos geladen hatten, war aus der Richtung des Moors ein lautes Getöse zu hören, und durch das Zwielicht konnte man ein riesiges, leuchtendes Auge sehen, das mit hoher Geschwindigkeit auf die Schweinefarm zugerast kam. Limp und seine Männer blieben anscheinend wie angewurzelt auf dem Pflaster stehen, als das einäugige Ding unter ständigen Fehlzündungen auf den Hof schlingerte – es war natürlich George, am Steuer des Transporters. Er kam auf den Hof gerast, riß den Transporter in einem weiten Bogen, der alle dazu zwang, sich platt an die Wand zu drücken, um seine eigene Achse – und da ich den Zustand des Transporters kenne, und die Größe des Hofes, kann ich mir gut vorstellen, wie wild er am Steuer gekurbelt und wie hektisch er auf die Pedale getreten haben muß, um dieses Manöver durchziehen zu können. Dann, sagte der alte John, jagte er schlingernd und röhrend an ihnen vorbei und rumpelte, immer noch Fehlzündungen spuckend, vom Hof herunter und auf die Straße in Richtung Dorf. Ein leiser Geruch von Benzin und verbranntem Öl blieb in der Luft hängen; im Hintergrund war, *basso profundo,* das Grunzen der Schweine zu hören. »Es war, wie wenn er einen Bann über uns gelegt hätte, so wie er über den Hof gejagt ist«, sagte der alte John mit gedämpfter Stimme und glitzern-

den Augen. »Aber das Komische ist, Sir Hugo, daß ich sein Gesicht gesehen hab, wie er an mir vorbei ist, und er hat *Angst* gehabt, George hat Angst gehabt. Er war richtig in *Panik*!« Wie es aussah, brach Limp den Bann. »Los!« brüllte er. »In die Autos! Hinter ihm her!« – und unter den amüsierten Blicken des alten John Crowthorne rasten die Polizeiautos mit heulenden Sirenen vom Hof, um Georges Verfolgung aufzunehmen.

Die Straße nach Ceck's Bottom ist nicht gerade ideal für rasende Verfolgungsjagden geeignet. Sie ist voller Rinnen und Schlaglöcher und übersät von Steinen und Mist und gelegentlich auch einer verirrten Kuh. Es gelang ihnen nicht, George einzuholen; als sie nach Ceck kamen, hatten sie ihre Beute schon lange aus den Augen verloren. Limp stürmte ins »Hodge and Purlet« – dies hörte ich von Bill Cudlip, der zum fraglichen Zeitpunkt dort war – und wieder hinaus. »Zurück!« brüllte er. »Er muß ins Moor gefahren sein!« Übrigens honorierten Crowthorne und Cudlip die Leichtigkeit, mit der George seine Verfolger abgeschüttelt hatte, mit einem anerkennenden Lachen, und insgeheim frohlockte auch ich. George war tatsächlich ins Moor gefahren, sie fanden seinen Transporter ein Stück den Feldweg entlang, und ich kann mir gut vorstellen, wie die Suchscheinwerfer der Polizeiautos sich auf die verdreckten Kotflügel richteten, die schlammverkrustete Heckklappe, die aufgereihten Abfalltonnen auf der Ladefläche des vertrauten Transporters. Aber außerhalb des Lichtkegels der Scheinwerfer ragten die Bäume als schwarze und undurchdringliche Mauer auf. Die Polizisten waren sicher ausgestiegen und hatten den Geräuschen des Moors gelauscht, das sich auf der anderen Seite der Bäume meilenweit erstreckte – dunkles, trügerisches Gelände, das kein Mann, der bei klarem Verstand war, nach Anbruch der Dunkelheit betreten würde, außer natürlich, er kannte es gut. Eine tiefe Stille lag über allem. »Soll er ruhig laufen«, murmelte Limp. »Morgen früh komme ich mit fünfzig Mann zurück.«

Aber auch Limps fünfzig Mann konnten George nicht finden, obwohl sie das Moor gründlich und systematisch und mehrere Tage lang durchkämmten. An jenem Abend jedoch, dem Abend des Sechsten, stand ich am Kamin, starrte in die Flammen und dachte an meinen alten Freund George, der in eben diesem Augenblick irgendwo draußen im Moor war, auf der Flucht vor dem Gesetz. Wieso? Was hatte er getan? Wovor mußte er Angst haben? In irgendeinem dunklen Winkel meines Gehirns begann ein schrecklicher Verdacht Gestalt anzunehmen – nein, ich konnte ihn nicht zulassen, ich verdrängte ihn – nein. Alles, nur das nicht.

Während ich Ihnen das alles erzähle, sitze ich nicht in meiner Grotte unter der Treppe, sondern in der Küche, bei Doris und Cleo, und bekomme die Fingernägel geschnitten. Es ist Mitte April, und ich bin seit über einem Monat aus dem Krankenhaus zurück. Ich verbringe nun den größten Teil meiner Zeit in der Küche; Cleo ist noch lange nicht wieder gesund, aber wenigstens sitzt sie nicht mehr ständig im Ostflügel und grübelt vor sich hin; auch sie hält sich nun die meiste Zeit in der Küche auf, und so ist es in Crook zu einer Art Spaltung gekommen, einer strikten Trennung zwischen dem vorderen und dem hinteren Teil des Hauses, wobei Harriet und Fledge den einen Flügel darstellen, und Doris und Cleo den anderen, während ich selbst als eine Art Neutrum zwischen beiden hin- und hergerollt werde wie ein Tennisball. Und so sitze ich hier und genieße den Sonnenschein und die Aufmerksamkeiten von Doris und Cleo und versuche, Ihnen eine möglichst vollständige und zusammenhängende Schilderung der Umstände zu liefern, die zu dieser Situation führten. Sie müssen entschuldigen, wenn ich mir zeitweise selbst zu widersprechen scheine oder der natürlichen Ordnung der Dinge, die ich hier aufdecke, sonstwie Gewalt antue; die Aufgabe, die eigenen Erinnerungen so zu sichten und zu sortieren, daß sie wirklich präzise beschreiben, *was geschehen ist*, ist ein diffiziles und gefährliches Unterfangen, und allmählich frage ich mich, ob ich ihr wirklich gewachsen bin. Der wissenschaftliche Ansatz, dem ich jahrzehntelang treu gewesen bin, mit seinen strikten Begriffen von Objektivität etc., ist seit meinem Unfall schweren Angriffen ausgesetzt. Es haben sich Risse gebildet, und aus diesen Rissen grinsen monströse Anomalitäten hervor. Es gelingt mir nicht, sie zurückzudrängen. Ich bin abergläubisch geworden. Ich habe »Gesichter«.

Wahrscheinlich werde ich Ihnen die Umstände meines Unfalls früher oder später schildern müssen. Ehrlich gesagt, würde ich es lieber später tun; der Vorfall verursacht mir immer noch großen Kummer und großen Schmerz, denn Fledge, müssen Sie wissen, war dabei, als es geschah, er war sogar ein Faktor, der ihn mitverursachte. Ich werde zu gegebener Zeit ausführlicher über den ganzen Vorfall berichten. Für den Augenblick genügt es jedoch zu sagen, daß ich, als ich das Bewußtsein wiedererlangte, eine überaus morbide Phase durchlebte, denn es ist entsetzlich, sich bewegen zu *wollen*, und doch reglos zu bleiben, und es ist entsetzlich, das Gefühl eines schleichenden Realitätsschwundes zu erfahren, das durch diese Reglosigkeit hervorgerufen wird. Und obwohl ich im Laufe der Zeit eine Art Abkommen mit der objektiven Realität schloß, mich sozusagen *anpaßte*, litt ich in den ersten Tagen meines Krankenhausaufenthaltes vor allem unter dem Gefühl, versagt zu haben. Ich lag in der Dunkelheit, gefangen in der Höhle meines eigenen Schädels, in dem es pochte und vibrierte wie von einem Vorschlaghammer, und mühte mich mit jeder Faser meines Wesens, wenigstens den kleinen Finger meiner rechten Hand zu heben. Ich legte alle mir zur Verfügung stehenden Kräfte in den Versuch, diesen kleinen Finger wenigstens einen Millimeter vom Laken zu heben. Aber all meine Versuche führten nur dazu, daß meine Kopfschmerzen sich bis zu einem Grad steigerten, daß ich im wahrsten Sinne des Wortes glaubte, der Schädel würde mir platzen, und trotzdem wollte der verdammte kleine Finger sich nicht bewegen, und nach mehreren Minuten dieser Anstrengung wurde ich erst von einem Gefühl der größten Verzweiflung und Hoffnungslosigkeit ergriffen und dann von Scham über mein Versagen. Das war, wie gesagt, in den ersten Tagen, bevor ich anfing, bewußt zu akzeptieren, daß ich *ein Mann ohne Körper* war. Später gelangte ich natürlich zu einer Art Stillhalteabkommen mit meinem Zustand. Das hatte nichts mit Mut zu tun, sondern mit Instinkt, mit reinem Instinkt, dem Willen zu überleben, und den teile ich mit allen lebenden Organismen. Es gab jedoch auch diese erste Phase, in der ich dachte, daß es allein meine Schuld wäre, wenn ich mich nie wieder bewegen konnte, weil ich es nicht stark genug versucht hatte. Seltsam, wie sehr es mir widerstrebte, mich damit abzufinden, daß die Kontrolle über mein eigenes Schicksal nicht mehr im Bereich meines bewußten Wollens lag. Die Gewohnheit eines ganzen Lebens, nehme ich an.

Aber die Hintertür steht offen, die Vögel singen, und der Sonnenschein des Nachmittags sammelt sich in warmen Pfützen auf dem alten, grauen Steinfußboden. Es ist Frühling, und die nassen Tage jenes schrecklichen Februars liegen hinter uns. Cleo geht, wie ich sehe, dem bizarren neuen Hobby nach, das sie sich zugelegt hat – sie sammelt Fingernagelschnipsel in einer Streichholzschachtel –, und Doris, die die Schere betätigt, hält hin und wieder inne, um an ihrem Sherry zu nippen. Es ist eine Szene friedlicher, häuslicher Geruhsamkeit, und es fällt mir ehrlich gesagt schwer, mich

auf abgenagte Knochen und in Einzelteile zerlegte Leichen zu konzentrieren. »Jetzt die Zehennägel«, sagt Cleo, und die beiden lassen sich auf alle viere nieder, um mir die Schuhe und die Socken auszuziehen. Ich empfinde großen Genuß bei diesem Ritual, wie auch bei jeder anderen Situation, in der ich körperlich berührt werde, obwohl es kitzelt, wenn ihre Finger sich an meinen Füßen zu schaffen machen, und ich wie ein Kind kichern würde, wenn ich dazu fähig wäre. »Was hast du nur für stinkige Füße, Daddy«, sagt Cleo. »Wie ein Paar alte Cheddar. Nicht wahr, Mrs. Fledge?«
Doris schenkt mir ein schiefes Lächeln. Liebe, liebe Doris! Ich würde viel lieber über sie als über den toten Sidney und seine von den Schweinen abgenagten Knochen nachdenken. Doris ist für mich zur Quelle des Lebens geworden. Sie füttert mich. Sie wäscht mich. Sie zieht mich an, sie zieht mich um. Sie gurrt und gluckst über mir wie eine zärtliche junge Mutter. Und ich, dem jeder andere physische Kontakt mit der Welt versagt ist, ich sehne mich nach der Berührung ihrer Hände, ich verzehre mich danach, ich habe angefangen, alles an dieser Frau zu lieben, sogar den Geruch nach Alkohol in ihrem Atem und das betrunkene, unbeholfene Herumgefummel der Nacht. Manchmal weine ich, wenn ich mit Doris zusammen bin, wenn sie im Bad oder auf der Toilette so sanft mit mir umgeht, aber anders als Cleo kommt sie nicht auf den Gedanken, daß es einem dahinvegetierenden Krüppel eigentlich unmöglich sein müßte, zu weinen. Das liegt daran, daß sie mich, anders als die anderen, nicht einfach als Opfer eines Hirnschadens sieht. Ich bin ihr Baby.
Liebe, liebe Doris. Ich habe Ihnen noch nicht von meiner Heimkehr nach Crook erzählt, die man nicht gerade als triumphal bezeichnen konnte. Mein Zustand hatte sich anscheinend »stabilisiert« – »fossilisiert«, hätte ich selbst dazu gesagt. Ich konnte in einem Rollstuhl sitzen, kauen und schlucken, ausscheiden und weinen – und das war, was meine körperlichen Möglichkeiten anging, auch schon alles.

Ich hatte die beunruhigende Eigenart, mit den Zähnen zu knirschen, und manchmal wurde meine Atmung mühsam – ich fing sozusagen an zu *schnarchen*, obwohl ich hellwach war. Mir fiel auf, daß dieses Schnarchen sich immer dann einstellte, wenn ich über schmerzliche Dinge nachdachte, z. B. über Fledge, und folglich schnarchte ich einen großen Teil des Tages, obwohl ich, wenn ich schlief, offensichtlich ganz still war. (Derartige Umkehrungen waren in meinem Leben als Dahinvegetierender nichts Ungewöhnliches.) In Augenblicken heftiger Gefühlsbewegung wurde dieses Schnarchen zunehmend angestrengt und steigerte sich zu einem wahren Crescendo von Grunzlauten, woraufhin ich gezwungen war, alles Denken aufzugeben und mich mit aller Macht darauf zu konzentrieren, meine Atmung wieder unter Kontrolle zu bringen; Krankenschwestern kamen herbeigerannt, um mir kräftig auf den Rücken zu klopfen. Es war dieses Phänomen, das Walter Dendrite, meinen Neurologen, dazu verleitete, mich in aller Öffentlichkeit mit einem Schwein zu vergleichen. Der springende Punkt ist jedoch, daß Doris sich bereit erklärte, sich um das schnarchende Ungeheuer zu kümmern, zu dem ich geworden war; sie willigte ein, mir gegenüber die Dienste einer Mutter zu übernehmen, und dafür liebe ich sie.

Harriet und Hilary fuhren mit mir im Krankenwagen nach Crook zurück. Harriet brach nun nicht mehr in Tränen aus, sobald sie mich zu Gesicht bekam. Dafür hatten die Ärzte gesorgt; ich hatte sie am Fußende meines Bettes flüstern gehört. Übrigens war dies einer der verblüffendsten Aspekte jener ersten Phase meiner dahinvegetierenden Existenz: zu erleben, daß die Reaktionen meiner Familie in erstaunlich kurzer Zeit von Kummer und Mitleid zu einem Akzeptieren der Situation übergingen, und dann zu Gleichgültigkeit. So werden die Toten vergessen, wird mir dabei klar; so werden Menschen meines Zustandes ertragbar gemacht. Denn wer kann schon lange auf ein Wesen blicken, dessen alles überla-

gernde Botschaft lautet: Seht her, wie nah auch *ihr* dem Grotesken seid. Unsere Verwandtschaft mit dem Grotesken ist etwas, das man fliehen muß; sie macht einen Akt der Ablehnung erforderlich, der totalen Entfremdung, und in dieser Hinsicht waren die Ärzte höchst kooperativ, denn mittels dummer Phrasendrescherei, die die Imprimatur von – Sie werden es nicht glauben – Wissenschaftlichkeit trug, ermöglichten sie es Harriet und den anderen, meine fortbestehende Menschlichkeit ganz einfach zu negieren. Und dies war nicht die geringste der Ironien, mit denen diese meine Geschichte so reichlich gespickt ist – die Wissenschaft denkt, danach hatte ich gelebt, aber die Wissenschaft lenkt auch, und so stellte ich nun fest, daß ich wie eine Fliege in einem Spinnennetz im Gitter medizinischer Klassifizierungen gefangen war. Meine Identität war eine neuropathologische! Ich war kein Mann mehr, ich war ein Beispiel für eine Krankheit, und als solches konnte ich nicht länger das Mitgefühl beanspruchen, das ich so sehr verdiente. Ehrlich gesagt, glaube ich nicht, daß sie mir lange zu leben gaben. Sie wußten alles über meine Pumpe und ihre sklerotischen Kranzgefäße. Wenn ich ein Eskimo gewesen wäre, hätten sie mich wahrscheinlich einfach in einen Blizzard hinausgeschoben, und damit hätte es sich dann gehabt. Mir wäre es sogar gleich gewesen, das heißt, es wäre mir gleich gewesen, wenn ich Fledge in den Blizzard hätte mitnehmen können. Dann wäre ich als glücklicher Mann gestorben. Habe ich eigentlich schon gesagt, daß dieser entsetzliche Patrick Pin an meinem Bett lauerte, als ich das Bewußtsein wiedererlangte? Anscheinend hatte Harriet, die um mein Leben bangte, ihn kommen lassen, damit er mir die letzte Ölung erteilte. Das ist jedoch nicht alles: Ich trage seitdem ein kleines Kruzifix an einer silbernen Kette um den Hals. Vor Vampiren bin ich also sicher. Ha!
Der springende Punkt ist jedoch, daß meine Rückkehr nach Crook in einer Hinsicht bemerkenswert war – betrachtet

man nämlich *das,* was sie mich über die Natur der *Hoffnung* lehrte. Haben Sie bitte noch einen Augenblick Geduld; wie zutreffend diese Bemerkung ist, wird Ihnen bald verständlich sein. Dazu müssen Sie wissen, daß es Fledge war, der mich vom Krankenwagen ins Haus schob und durch die Halle in den Salon, und dabei war es mir unmöglich gewesen, die widerliche Aura des Triumphes, die dem Mann anhaftete wie ein Geruch, der übelriechend aus all seinen verfluchten Poren drang, nicht zu bemerken. Er schob mich vor die Wand, vor den Kamin, und ließ mich dort stehen.

Crook ist, wie Sidneys Mutter am Silvesterabend so treffend zu Harriet bemerkte, ein Haus der Hölzer; und ungeachtet der Tatsache, daß es allmählich verfällt, bewahrt es seinen starken Charakter, eben weil es aus Holz ist. Die Treppe und sämtliche Bodendielen sind aus Eiche, wie auch die Wandtäfelung, die dunkel ist und die Zimmer warm und behaglich macht. Auch die Türeinfassungen sind aus Holz und versehen mit wunderschönen, sanft gerundeten Bögen, die in der Mitte in einer leisen Spitze auslaufen. Die Eingangstür ist in einzelne Paneele unterteilt, aber abgesehen davon beschränken alle Verzierungen sich auf die oberen Kanten der Wandtäfelung und auf die Fußleisten. Der Kamin im Salon jedoch – und mein Rollstuhl war, wie bereits gesagt, so hingestellt worden, daß ich ihn ansehen *mußte* – besitzt eine geradezu kunstvolle Einfassung. Sie ist sozusagen ein Meisterwerk, ein Meisterwerk tudorianischer Bas-Relief-Schnitzerei.

Zwei Säulen aus Eichenholz flankieren den Kamin; auf ihnen ruht eine Entablatur, oder ein Überbau, der aus Architrav, Fries und Karnies besteht. Der vorspringende Teil dieses Karnies bildet den Kaminsims, und auf ihm wiederholt sich das Muster des ganzen Kamins, natürlich in einem stark verkleinerten Maßstab. Der Kaminsims ist von daher sozusagen das Echo des ganzen Kamins – können Sie es sich vorstellen? –, und während der Raum zwischen den unteren Säulen von der Feuerstelle eingenommen wird, ist in der

Schnitzerei darüber das Wappen der Coals dargestellt (Chimäre, im Sprung, Rot auf Schwarz) und darunter unser Motto: NIL DESPERANDUM.

Nil desperandum. Schon als kleiner Junge hatte ich das Gefühl, diese Worte seien speziell auf mich gemünzt. In Krisenzeiten – in Afrika zum Beispiel – gaben sie mir Kraft. Ist es nicht überraschend, wieviel Trost man aus zwei Worten schöpfen kann – die wörtlich übersetzt »es gibt keinen Grund zu verzweifeln« bedeuten? Vielleicht bedeuten die Worte mir soviel, weil ich eine sehr reale Neigung zur Verzweiflung habe. Sie liegt in der Familie: Sir Digby Coal war ein Selbstmörder, und auch Cleo scheint, wie ich fürchte, eine melancholische Veranlagung zu haben; das hat sie – genau wie die Zähne – von mir geerbt. Aber vier Jahrhunderte lang haben die Worte über dem Kamin, die vielleicht in einem allegorischen Bezug zu dem Feuer darunter stehen, meinen Vorvätern geholfen, gegen die ihnen angeborene Neigung anzukämpfen, die Hoffnung aufzugeben. Die Worte wärmten ihre Seelen, während die Flammen darunter ihre Knochen wärmten. Ich bin inzwischen zu der Überzeugung gelangt, daß es durchaus möglich ist, daß ein Gebäude im Laufe der Zeit vom Geist seiner Bewohner beseelt wird, und vielleicht reagierte ich auch darauf, als ich an jenem Vormittag auf den Kamin starrte. Seltsame Gefühle für einen Wissenschaftler, werden Sie jetzt sagen. Aber wahrscheinlich ist Ihnen bereits klar geworden, daß die streng empirisch-mechanistische Sichtweise, der ich über viele Jahre hinweg treu geblieben war, zu diesem Zeitpunkt bereits anfing, sich meinem Zugriff zu entziehen.

Während ich den Kamin betrachtete und das Wappen und das Motto darunter, geschah etwas völlig Unerwartetes. Irgend etwas regte sich in mir, und ich war plötzlich erfüllt von einem Gefühl der Verzückung. Denn sehen Sie, die unsterblichen Worte über dem Kamin erinnerten mich daran, daß ich ein *Coal* war, daß ich nicht zulassen durfte, daß ein Diener über mich triumphierte. Ohne es zu wissen, hatte Fledge mir das Elixier zur Verfügung gestellt, das die Garantie dafür bot, mich aufzubauen und mir neuen Mut zu geben – und zum ersten Mal seit meinem Unfall fühlte ich, daß meine Lebensgeister sich regten. Vielleicht, dachte ich plötzlich, gab es wirklich keinen Grund zu verzweifeln. Nach allem, was ich im Krankenhaus gehört hatte, hatten die Ärzte zwar keine Hoffnung, daß ich den Gebrauch meiner Glieder jemals wiedererlangen würde, aber in diesem Augenblick und an dieser Stelle beschloß ich, trotz allem zu hoffen, und tief im Inneren meines fossilisierten, erstarrten Körpers entstand ein Funke und loderte hell auf.

Ja, meine Heimkehr nach Crook gab mir ein neues Leben und neue Kraft, und so war sie schließlich doch eine Art von Triumph. Wenn ich jetzt an diese Tage zurückdenke, erinnere ich mich noch gut daran, wie entsetzt ich zu Anfang darüber war, was für ein Getöse mein Rollstuhl auf den alten, hölzernen Bodendielen verursachte, wenn er, mit mir am Steuer – die bugähnliche Nase vorgereckt, die Armlehnen des Dings umkrallt –, durch die Halle rumpelte und polterte; aber ich erinnere mich auch, daß der Schock schon kurze Zeit später einer ingrimmigen Freude darüber Platz machte, daß jede meiner Bewegungen durch mein eigenes Haus eine derart laute Angelegenheit sein würde, daß sie jedem, der sich in Hörweite befand, durch das Donnern der Räder auf Holz so laut und so deutlich mitgeteilt werden würden. Und ich trug wieder meine eigenen Tweedsachen. Im Krankenhaus war ich sehr geschrumpft, und sie paßten mir nicht mehr richtig, aber es waren *meine* Tweedsachen, *meine* haarigen Tweedsachen, mit Lederflicken auf den Ellbogen und großen Patten über den Taschen, so daß nichts herausfallen konnte. Es war ein Anzug, der von einer Londoner Schneiderfirma, die ausschließlich für den Landadel arbeitete und schon meinen Vater, und seinen Vater vor ihm, angekleidet hatte, für mich maßgefertigt worden war. (Traurigerweise gibt es das Geschäft inzwischen nicht mehr.) Aber all diese Dinge halfen mir, mich aus der schrecklichen Starre zu lösen, in die mein einer Monat in der Hölle mich geworfen hatte. Und während meiner Haltung oder meinem Gesicht nicht das geringste von all dem anzumerken war, fand in meinem Inneren eine Art lebensbejahender Feier statt. *Nil desperandum*, Hugo, sagte ich mir. *Nil desperandum.*

Hilfe, ich bin ja schon wieder viel zu weit in der Zukunft. Meine Chronologie ist schon wieder völlig durcheinander. Wo bin ich bloß?
George Lecky war also ins Moor gegangen, und Limps Männer hatten ihn nicht finden können, was nicht weiter verwunderlich war; George hatte fünfundzwanzig Jahre lang, seit ich ihn aus Afrika mitgebracht hatte, in der Nähe des Moors gelebt, und er kannte diese karge Landschaft wahrscheinlich besser als jeder andere Mann in ganz Berkshire, mit Ausnahme des alten John Crowthorne. Es konnte ihm also nicht schwergefallen sein, der Polizei auszuweichen. Trotzdem war ich nicht überrascht, als er drei Tage später in meiner Scheune auftauchte. Im Grunde genommen hatte ich ihn sogar erwartet – zu wem sonst hätte er schließlich gehen sollen, wenn nicht zu seinem alten afrikanischen Kameraden.
Ich saß in meinem Korbsessel und betrachtete den *Phlegmosaurus*, als ich im Dach eine Bewegung bemerkte. Ich hob den Kopf und sah George auf der Treppe stehen, die auf den Boden führt, den Kopf in einen Tümpel aus winterlichem

Sonnenlicht getaucht, das durch das kleine Fenster im Giebel hinter ihm herabfiel, so daß sein Gesicht von Schatten verschleiert war. Einen Augenblick lang sagte keiner von uns ein Wort, machte keiner von uns eine Bewegung. Es war ein wichtiger Augenblick, eine Art Test. Ich zögerte nicht. Ich erhob mich, breitete die Arme aus und rief: »Großer Gott, Mann, kommen Sie runter. Sie müssen ja halb verhungert sein.«
Trotz des Geruchs, der von ihm ausging, umarmte ich meinen alten Kameraden herzlich. Ein Mann, der mehrere Tage lang draußen auf dem Moor gelebt hat, ist nun einmal in keinem erfreulichen Zustand. Seine Jacke und seine Hose starrten vor Dreck, waren am Hosenboden und den Aufschlägen feucht und verklebt von Stroh und anderen pflanzlichen Substanzen. George war barhäuptig und unrasiert und hatte Mundgeruch, und aus seinem Gesicht war die für ihn typische stoische Ruhe verschwunden und hatte einem Ausdruck der Wachsamkeit, der Nervosität und der Angst Platz gemacht. Er sah *gehetzt* aus. Ich setzte ihn in den Korbsessel und gab ihm einen Scotch. Er trank einen Schluck, zog die Lippen von den Zähnen zurück, fuhr sich mit der Hand erst über den Schädel, dann über die Augen und trank noch einen Schluck Whisky. Man konnte richtig spüren, wie der Alkohol ihn wärmte und belebte. Ich ließ ihm ein paar Minuten Zeit, sich zu sammeln. Sollte ich ins Haus gehen und ihm etwas zu essen holen? Nein, noch nicht, er wollte erst mit mir reden. Er trank den Whisky aus und beugte sich im Sessel vor, die Handflächen auf die Knie gelegt und die Ellbogen abgewinkelt, so daß seine Arme zwei starre Strebepfeiler für seinen angespannten, erschöpften Körper bildeten. Er starrte den Boden der Scheune an und atmete mehrmals tief durch.
»Also, George«, sagte ich schließlich, »was ist los?«
Habe ich schon davon gesprochen, wie unzuverlässig die Erinnerung ist? Wenn man Rückblick hält, ergibt sich zweifellos eine gewisse Ordnung, aber ich frage mich, ob diese

Ordnung nicht vielleicht ausschließlich eine Funktion des sich erinnernden Geistes ist, der seiner ureigensten Natur zufolge dazu neigt, Ordnung zu schaffen. Ich sage dies nur, weil die nun folgende Unterhaltung schon vor langer Zeit stattfand und in der Zwischenzeit viel passiert ist. Aber den *Geist* dieser Unterhaltung – den habe ich, denke ich, eingefangen. Und das ist das Wichtigste.

George schüttelte den Kopf. Seine Hand kroch immer wieder an seinen Hals und kratzte verbissen an einer roten, entzündeten Stelle herum, die Folge eines Kontakts mit irgendeinem giftigen Kraut draußen im Moor, wie ich vermutete. Der Ausschlag schien ziemlich schlimm zu jucken, und ich machte mir im Geist eine Notiz, eine Salbe aus dem Haus mitzubringen. Den Blick immer noch auf den Boden gerichtet, fing George an zu sprechen; und er überraschte mich, denn es war John Crowthorne, von dem er redete, er beschimpfte den Mann, nannte ihn einen alten Narren – ich hatte zwischenzeitlich auch schon einmal daran gedacht, daß der alte John in dem ganzen Geschehen eine Rolle spielen könnte, den Gedanken jedoch nicht weiter verfolgt. George sprach in einem langsamen, stockenden Rhythmus; dann hob er den Kopf und sah mich mit zorniger und gleichzeitig kläglich resignierter Leidenschaft an, der Leidenschaft eines Mannes, der weiß, daß die Lage, in der er sich befindet, ausweg- und hoffnungslos ist.

»Aber was ist denn nun mit John?« drängte ich ihn. In der auf meine Frage folgenden Stille konnten wir im Heu am anderen Ende der Scheune eine Ratte rascheln hören. »Ich gebe ihm doch manchmal den Transporter«, sagte George schließlich, die Augen wieder auf den Boden gerichtet, »und er fährt damit auf die andere Seite des Moors.« Ich nickte; der alte John benutzte Georges Transporter für die ausgedehnteren seiner nächtlichen Wilddiebereien; das wußte ich nur zu gut. »Jedenfalls hab ich neulich nachts nicht gehört, wie er zurückgekommen ist, aber irgendwas hat mich mitten in der

Nacht geweckt, und wie ich ans Fenster gehe, brennt Licht im Schuppen. Und wie ich das Fenster aufmache, *höre* ich es auch.«
Wieder Stille. »Was haben Sie gehört, George?« fragte ich leise und schenkte ihm noch einen Scotch ein.
Er kratzte sich am Hals. »Daß jemand im Schuppen hackt. Ich habe gehört, wie jemand was zerhackt. Also bin ich runtergegangen.«
Ich nickte wieder; mit dem Schuppen meinte George sein Schlachthaus. »Ich gehe also runter«, sagte er. Seine Stimme war völlig emotionslos geworden, hohl, als sei er unfähig, sich selbst einzugestehen, daß er das, was er erzählte, tatsächlich begriffen hatte. »Ich gehe also runter«, wiederholte er. »Und ich kann ihn im Schuppen hören, wie ich über den Hof gehe; er zerhackt irgendwas. ›Bist du das, John?‹ rufe ich, wie ich an der Tür bin. Und er ist im hinteren Teil des Schuppens, und er zerhackt was. Und dann dreht er sich um und grinst mich an wie ein verdammter Affe.«
George verstummte erneut. Immer noch starrte er den Boden mit weit geöffneten Augen an. »Er hat nicht gewußt, wer es war«, murmelte er, und in mir dämmerte ein schreckliches Begreifen, und während George immer noch den Boden anstarrte, schien die Scheune plötzlich sehr dunkel zu werden, und im Geiste konnte ich das schreckliche, nächtliche Hacken hören, das George aus dem Schlaf gerissen hatte, und ich konnte den alten John grinsend im trüben Licht des Schuppens stehen sehen, während er zerhackte, was er draußen im Moor gefunden hatte. »Er hat nicht gewußt, wer es war«, flüsterte George, und in seiner Stimme lag Entsetzen. »Er hat ihn draußen im Moor gefunden, in einem Sack, und weil es kein Einheimischer war, hat er sich gesagt, ich geb ihn den Schweinen zu fressen.« Wieder Stille; George ließ den Kopf hängen, stützte die Ellbogen auf die Knie und kratzte sich am Hals. »Ich hab ihm die Axt gleich weggenommen«, murmelte er, »aber es war zu spät.«

»Zu spät?«
Eine weitere lange Pause, George antwortete nicht; es spielte keine große Rolle, ich wußte, was er meinte. »Ich hätte ihn am liebsten verprügelt, so wütend war ich«, murmelte er. Seine Stimme klang nun sehr fern, als käme sie vom anderen Ende eines sehr langen Tunnels. »Hätte aber nichts genützt.« Eine weitere Stille; die Krähe in den Balken über unseren Köpfen bewegte sich und flatterte dann geräuschvoll zu einem anderen, etwas höher gelegenen Sitzplatz. Ich stand auf und ging erneut in der Scheune auf und ab; ich konnte mir nur zu gut vorstellen, was geschehen war. Genau wie ich am Weihnachtsabend vermutet hatte, hatte irgend jemand Fledge bei der Arbeit im Moor gestört und Sidneys eingesackte Leiche gefunden. Dieser Jemand war der alte John Crowthorne gewesen. »Ich mußte die Sache einfach zu Ende bringen«, murmelte George etwas später, »ich hatte keine andere Wahl.« Dann hob er den Kopf und sagte mit klarer, fester Stimme: »Es war John, der die Knochen vergraben hat, als die Schweine damit fertig waren. Und er hat seine Sache nicht besonders gut gemacht, was?« Er lachte, ein schreckliches Lachen, hoffnungslos und schwarz. »Hat seine Sache sogar verdammt schlecht gemacht, nicht wahr? Verdammt noch mal« – und er ballte die Fäuste, schloß die Augen und zog die Lippen in jener schrecklichen Grimasse von den Zähnen zurück. Aus den Dachbalken drang ein einzelnes, heiseres Krächzen und wieder das schwerfällige Schlagen von Flügeln.
Mehrere Minuten lang sagte ich nichts. Ich war inzwischen hinter Georges Stuhl angelangt. Ich legte ihm die Hände auf die Schultern und drückte sie freundschaftlich. Ich wußte, in was für einer Zwangslage er sich befand; er würde nie im Leben mit dieser Geschichte zur Polizei gehen; erstens hatte er praktisch seit seiner Ankunft in Ceck pausenlos mit dem alten John Crowthorne zusammengearbeitet, und zweitens war klar, daß er sich als Komplize schuldig gemacht hatte.

Ich schlug es ihm trotzdem vor, aber wie ich es nicht anders erwartet hatte, blieb er hart. Er war nun einmal ein Mann vom Lande, und er besaß das Mißtrauen aller solcher Männer gegenüber Polizisten und Beamten und öffentlichen Institutionen; er befolgte die Gesetze der Natur; die gespenstische Ironie, die dieser ganzen Geschichte zugrunde lag, war nur, daß John Crowthorne das ebenfalls tat. Ich sagte George, er solle in der Scheune bleiben, und wir würden versuchen, eine Lösung zu finden. Dann ging ich ins Haus, um ihm etwas Brot und Käse zu holen und eine Salbe für den Ausschlag an seinem Hals.

Als ich die Auffahrt entlangging, fing ich an, ein Netz der Schuld zu erkennen, ein Netz, das seinen Ursprung bei Fledge hatte und das erst den alten John Crowthorne eingesponnen hatte und dann George und jetzt auch noch mich, insofern, als ich George vor dem Gesetz schützte. Als ich das Haus betrat, kam Fledge gerade aus dem Salon. Es war ein ziemlicher Schock, ausgerechnet ihn in ausgerechnet diesem Augenblick zu sehen, aber ich versuchte, mir nichts anmerken zu lassen. Er folgte mir in die Küche, wo er sich daran machte, Harriets Teetablett vorzubereiten. »Haben wir Salbe im Haus, Fledge?« fragte ich, als ich einen Laib Brot und ein Stück Cheddar aus dem Schrank holte.

»Salbe, Sir Hugo?«

»Ja, Salbe«, fuhr ich ihn an. »Creme, ein Mittel zum Einreiben – irgend etwas gegen Ausschlag. Ach, ist schon gut«, fuhr ich fort. »Ich kümmere mich selbst darum.« Denn mir war plötzlich aufgegangen, wie prekär Georges Situation war; es wäre extrem unklug gewesen, Fledge wissen zu lassen, daß er hier war. Ich verließ die Küche, um nach der Salbe zu sehen, wobei ich spürte, daß die neugierigen Augen des Butlers mir folgten, während er das Tablett für Harriets Nachmittagstee herrichtete.

Ich kehrte in die Scheune zurück, wo George immer noch in meinem Korbsessel saß, den Kopf in den Händen vergraben.

Das Licht ließ allmählich nach, und die Schatten fingen an, sich um ihn zu sammeln. Er saß genau vor dem *Phlegmosaurus*, und die beiden, die starre Gestalt des Mannes im Korbsessel und das Skelett mit den gewaltigen Kiefern, das sich über ihm aufbäumte, gaben ein seltsam dramatisches Bild ab. George aß gierig und trank noch einen Whisky, aber zuerst rieb er sich den Ausschlag, der sich, wie ich jetzt erst sah, fast um den ganzen Hals herum zog, mit der Salbe ein, die ich mitgebracht hatte. »In einem verdammten Sack«, murmelte er beim Essen. »Wer hat ihn umgebracht, Sir Hugo? Können Sie mir das sagen? Wer hat ihn in einen Sack gesteckt und da draußen liegenlassen?«
Ich zögerte. Ich runzelte die Stirn. Ich stand auf und machte das Licht an. »Nein«, rief George und hob die Hand vor die Augen. »Lassen Sie's aus.« Ich schaltete das Licht wieder aus und ging zu meinem Sessel zurück. George war mit dem Essen fertig. Er fuhr sich mit dem Handrücken über den Mund und sah mich lange an. Das Essen hatte ihn gekräftigt, sichtlich gekräftigt. »Wer hat ihn umgebracht, Sir Hugo? Sie wissen es. Sagen Sie es mir.«
Ich zögerte immer noch. Würde es George etwas nutzen, fragte ich mich, wenn er wußte, was ich wußte? Ich merkte, daß der Gedanke, George die Wahrheit zu sagen, ein ganz entschiedenes Gefühl des Unbehagens in mir auslöste. »Sagen Sie es mir«, wiederholte er.
»Also gut, George«, sagte ich, und dann erzählte ich es ihm. Er hörte mir schweigend zu. Als ich fertig war, fragte er, ob ich etwas zu rauchen hätte; ich hatte nur Zigarren und gab ihm eine davon. Immer noch äußerte er sich nicht zu dem, was ich ihm erzählt hatte. Aber in seinem Kopf arbeitete es, und plötzlich erkannte ich den alten George wieder, den zähen, schweigsamen Mann, den ich so gut kannte, den Mann, der nicht viele Worte machte. Das Essen, der Alkohol, der Schutz meiner halbdunklen Scheune – all diese Dinge hatten die Angst verbannt, die er sich im Moor zugelegt

hatte. Ich wußte, daß er sein Schicksal bald wieder in die eigenen Hände nehmen würde. Was würde das für mich bedeuten? Für Fledge? Plötzlich empfand ich eine tiefe Furcht, denn ich spürte, daß mir die Kontrolle über die Situation entglitt. George und ich saßen lange rauchend beieinander, während es in der Scheune immer dunkler wurde, bis alles, was ich von ihm sehen konnte, nur noch ein brütendes, schweigendes, schattenhaftes Phantom war, das zusammengeduckt hinter der glutroten Spitze einer Zigarre kauerte.

George verbrachte die Nacht in der Scheune, oben auf dem Boden, zwischen den Knochen, die ich dort lagerte, und auch die nächste Nacht, und er wurde immer kräftiger. Und je kräftiger er wurde, desto schweigsamer wurde er, und falls er sich einen Plan zurechtgelegt hatte, so sagte er mir nichts davon. Ich bedauerte bald, daß ich ihm von Fledge erzählt hatte, und dachte immer häufiger, daß er sich der Polizei stellen und ungeachtet seiner Skrupel sagen sollte, was er wußte. Das würde zwar bedeuten, daß ich selbst, und Fledge natürlich, in die Sache hineingezogen würden – und das wäre für die Familie, vor allem für Cleo, nicht sehr erfreulich –, aber schließlich war ein *Mord* begangen worden. George würde ins Gefängnis kommen, und Fledge würde gehängt. Oder? Ich war mir nicht so sicher, daß es tatsächlich dazu kommen würde. Schließlich hatte ich nur meine Vermutungen und meine Überzeugungen, aber nicht das geringste an harten, unwiderlegbaren, empirischen Fakten. Vielleicht steckte George nur seinen eigenen Kopf in die Schlinge, wenn er zur Polizei ging – seinen eigenen oder den von John Crowthorne. Würde der alte John sich dazu überreden lassen, zur Polizei zu gehen? Sehr unwahrscheinlich. Der alte Wilderer hatte in moralischer Hinsicht ganz erhebliche Mängel, das war klar; immerhin war er ein Mann, der eine Leiche in einem Sack finden und sie, bloß weil es »kein Einheimischer« war, frohen Herzens zu Schweinefutter verarbeiten konnte. Trotzdem würde George ihn niemals verraten, das wußte ich; denn ich hatte im Laufe der Jahre reichlich Gelegenheit gehabt zu beobachten, wie tief die Loyalität in George Lecky verwurzelt war, wenn er sich einem anderen Menschen verbunden fühlte. Schließlich war George fünfundzwanzig Jahre lang mir gegenüber ehrlich, unaufdringlich und kompromißlos loyal gewesen.

Zwei Tage und zwei Nächte blieb George in der Scheune. Limps Männer waren immer noch draußen auf dem Moor und suchten nach ihm, obwohl seine Beschreibung den Zeitungen zufolge im gesamten Südosten des Landes in Umlauf gebracht worden war, was darauf schließen ließ, daß die Polizei es inzwischen für zumindest möglich hielt, daß er die Gegend verlassen hatte. Die Atmosphäre im Haus war gespannt, nicht zuletzt deshalb, weil ich wieder einmal *unmöglich* war. Denn abgesehen von der Anspannung, unter der ich stand, weil ich George versteckte, mußte ich auch ein Ereignis verarbeiten, das vielleicht das demütigendste meiner ganzen wissenschaftlichen Laufbahn war.

Denn ich hatte meinen Vortrag am Siebten des Monats gehalten – vor einem Publikum, das aus vier Personen bestand: Hilary, Victor, Sykes-Herring und einem gewissen Sir Edward Cleghorn. Cleghorn ist ein exzentrischer Spinner; er ist Harriets »Flugechsen-Mann«, und er behauptet, er und ich seien die einzigen unabhängigen Naturwissenschaftler, die in Großbritannien noch übrig sind. Seine Anwesenheit war mir ehrlich gesagt eher peinlich. Sykes-Herring war da, weil er da sein mußte, was in gewisser Weise auch auf Hilary und Victor zutraf. Harriet und Cleo waren nicht gekommen, da es erst zwei Tage her war, seit Sidneys Knochen gefunden worden waren. Zwischendurch kamen zwei alte Männer hereingestolpert, weil sie dachten, es handele sich um einen Vortrag über Koprolithen, und stolperten wieder hinaus; und das war im Hinblick auf das, was der krönende Augenblick meiner paläontologischen Karriere hätte sein sollen, auch schon alles. Als es vorbei war, als ich die Verbindung zwischen Dinosauriern und Vögeln aus evolutionärer und anatomischer Sicht dargestellt hatte, als ich in einiger Länge über die phlegmosaurische Kralle und den phlegmosaurischen Hüftknochen gesprochen hatte und über die Implikationen, die in besagter Kralle und besagtem Hüftknochen verborgen lagen, als ich auf das Rednerpult gehämmert hatte, wie Thomas Huxley es dereinst für den *Archaeopteryx* getan hatte, den ältesten der fossilen Vögel, als ich über Atavismen gesprochen und die Notwendigkeit betont hatte, uns die Frage stellen zu müssen, ob der Dinosaurier tatsächlich das kaltblütige Reptil ist, für das wir ihn so gedankenlos gehalten hatten – als ich all dies, und mehr, gesagt hatte, war in dem riesigen, leeren Saal das klägliche, dünne Geräusch acht applaudierender Hände zu hören. »Sehr interessant«, sagte Sykes-Herring, als er uns zum Tee in den Aufenthaltsraum führte. »Höchst provokativ.« Natürlich glaubte er kein Wort von dem, was ich gesagt hatte. Insgeheim prustete er wie ein Walroß. Cleghorn zog mich zur Seite, besprühte mich mit Kuchenkrümeln und Spucke und erzählte mir, ich vergeude nur meinen Atem. »Hat keinen Zweck, an den Klassifizierungen rütteln zu wollen«, sagte er. »Macht den Leuten nur angst, schon seit Baron Cuvier, und der ist« – hier erstickte er fast an einem Stück Kuchen – »1832 gestorben! Da war Darwin noch kaum an Bord der *Beagle*!« Der Mensch hatte mir gerade noch gefehlt; Eddy Cleghorn ist extrem labil und höchstwahrscheinlich verrückt. Victor war begeistert, und das war immerhin etwas. Vielleicht würde er in meine Fußstapfen treten und die Paläontologie revolutionieren. Schließlich war er ein Coal. Aber wieso, fragte ich mich, hatte die naturwissenschaftliche Gemeinschaft mich so einhellig ignoriert? Lag es daran, daß sie, wie Cleghorn meinte, samt und sonders

Angst bekommen hatten, als sie sahen, daß ich die etablierte Klassifizierung der Dinosaurier in Frage stellte? »Hat keinen Zweck, an den Klassifizierungen rütteln zu wollen«, hatte der alte Spinner gesagt. »Sie wissen doch, was mit einem falsch eingeordneten Buch passiert. Es hört auf zu existieren. Wenn Sie an der Ordnung rütteln, rütteln Sie an der Welt. Es macht den Leuten angst, Hugo, glauben Sie mir. Sie sind zu radikal.« Verdammter Narr. Ich fing an zu vermuten, daß Sykes-Herring der eigentliche Grund für meine Demütigung war. Ich fing an zu vermuten, daß er meinen Vortrag gar nicht angekündigt hatte. Meiner Meinung nach war niemand gekommen, weil niemand etwas davon gewußt hatte. Wieder einmal war ich ins Abseits geschoben worden. Es war übrigens nicht das erste Mal, daß Sykes-Herring das tat; er war es, der meine ganze Karriere zunichte gemacht hatte, und ich sah nun, daß ich Sykes-Herring umgehen mußte, wenn ich die Welt je über die Lehre vom *Phlegmosaurus* informieren wollte. Er war ein mißgünstiger, obskurantistischer Reaktionär. Ich würde sehr vorsichtig sein müssen, *sehr* geschickt, wenn ich ihn überlisten wollte. Schließlich war er der Sekretär der Royal Society. Ha! Wie hätte ich auch wissen sollen, daß wissenschaftliche Ränkespiele bald schon für immer jenseits meiner Möglichkeiten liegen würden?

Es war nicht leicht für mich, mich nach diesem Vorfall erneut auf die Paläontologie zu konzentrieren. In gewisser Weise war es also ein Glück, daß ich mich in den folgenden Tagen mit Georges Wohlergehen beschäftigen konnte, andernfalls wäre ich sicher in Depressionen verfallen. Zwei Tage und zwei Nächte schlief George zwischen meinen Knochen, sammelte seine Kräfte und fing an, eine stille Entschlossenheit auszustrahlen, bei der mir mehr als unbehaglich zumute wurde. Ich versuchte, mit ihm zu reden, aber er wollte sich nicht in Gespräche verwickeln lassen. Stunde um Stunde saß er in meinem Korbsessel, rauchte, runzelte geistesabwesend die Stirn und stampfte gelegentlich mit dem Fuß auf den Boden. Im Haus ging es nicht weniger trübsinnig zu. Cleo hatte auf das Auffinden von Sidneys Knochen reagiert, indem sie sich noch tiefer in ihr Schneckenhaus zurückzog und zu Harriets Kummer überhaupt nicht mehr zu den Mahlzeiten erschien. Natürlich war die Tatsache, daß sie davon überzeugt war, daß Fledge das böse, kriechende Ding war, das Sidney im Moor ermordet hatte, eine zusätzliche Belastung für sie, und sie nahm es Harriet und mir sehr übel, daß wir den Mann weiterhin im Haus duldeten. Harriet sagte, wenn ich nicht bald bei Henry Horn anriefe und mit ihm über das Mädchen spräche, würde sie es tun. Von daher herrschte sowohl im Haus als auch in der Scheune eine Atmosphäre finsterer Mißgunst, die sehr schnell in eine schwelende, latente Explosivität ausartete.

Die einzige, die nicht direkt in all diese Vorgänge verwickelt war, war Doris; aber sie fühlte sie, und unbewußt reagierte sie darauf. Das auffälligste Beispiel dafür war die Geschichte mit dem rohen Fisch.

Sie ereignete sich am Freitag derselben Woche beim Mittagessen. Freitags hatten wir immer Fisch, da Harriet katholisch ist, und an diesem Tag sollte es einen schönen Heilbutt geben. Ein interessantes Wesen, der Heilbutt – *Hippoglossus hippoglossus*, wörtlich übersetzt *Pferdezunge Pferdezunge*. Er beginnt sein Leben in der dem Fisch angemessenen Haltung, aufrecht, ein Auge auf jeder Seite des Kopfes, und entwickelt in seiner frühen Jugend die eigenartige Angewohnheit, am Grund des Meeres zu liegen und sich mit Sand zuzudecken.

In dieser Lage kann das Auge auf der unteren Seite, bei der es sich unweigerlich um die linke handelt, natürlich keinen nützlichen Zweck erfüllen und wandert von daher, inklusive Augenhöhle und allem, was dazugehört, auf die obere Seite. Ja, richtig. Der Heilbutt besitzt ein mobiles Auge. Gefräßig wie er ist, ernährt er sich von allen möglichen anderen Fischen, einem gelegentlichen Seevogel und Abfällen, für die er, genau wie das Schwein, eine Vorliebe hat.
Aber das ist nicht relevant. Fledge stellte eine tönerne Kasserole vor Harriet, und als sie den Deckel hob, lag dort der Heilbutt, mit Haut und Flossen und allem, was dazugehört – und völlig roh. Er hatte weder Messer noch Backofen gesehen; es war nicht einmal der Versuch unternommen worden, so zu tun, als wäre er gekocht worden! Harriet ist eine friedfertige Seele, aber das brachte sie denn doch auf. »Was um alles in der Welt *denkt* diese Frau sich bloß?« murmelte sie. Und dann, ich erinnere mich noch gut daran, gerade als man eigentlich erwartet hätte, sie würde sich zu Fledge umdrehen und eine Erklärung verlangen – tat sie es nicht. Sie betupfte sich die Lippen mit der Serviette, stand auf und verließ das Zimmer ohne ein weiteres Wort. Einen Augenblick lang herrschte Stille.
»Entfernen Sie das Tier, Fledge«, sagte ich, »und bringen Sie den Käse.« Ich nahm an, Harriet sei in die Küche gegangen, um ein Wörtchen mit Doris zu reden, aber da sie nicht ins Eßzimmer zurückkam, glaube ich inzwischen, daß sie vielleicht doch nicht in die Küche ging. Ich glaube inzwischen, daß dies sozusagen ein Bilderbuchfall einer Frau war, die *vor ihrem Butler in Verlegenheit gebracht wird*. War inzwischen etwas vorgefallen? Hatte Fledge den nächsten Schritt getan und war, wie ich es vorhergesagt hatte, zurückgewiesen worden, wenn auch nur halbherzig? Ich denke schon.
Am selben Nachmittag spitzten sich die Dinge dramatisch zu. George saß im Korbsessel; ich marschierte auf und ab und versuchte, ihn dazu zu bringen, mir zu sagen, was in ihm

vorging. Wie lange gedachte er, in meiner Scheune »unterzutauchen«, wollte ich wissen? Er mußte etwas *unternehmen*, sagte ich. Ich fing an, die Anspannung zu spüren, und war vielleicht heftiger, als es unbedingt notwendig gewesen wäre. George sagte nichts. Er saß nur da, rauchte meine Zigarren und kratzte seinen Ausschlag, den die Salbe nicht merklich gelindert hatte. Sein Name stand in allen Zeitungen. Der *Daily Express* hatte ihn das »Monster von Ceck« genannt und von der »Ungeheuerlichkeit« der »Knochen im Moor« gesprochen, die dieses »verschlafene Dorf« im »hintersten Winkel« des Landes aufgerüttelt hatten. Die Presse ging davon aus, daß George für diese ganze Ungeheuerlichkeit verantwortlich war, und schrie laut nach seiner sofortigen Ergreifung. Im Dorf wimmelte es vor Reportern, und ein halbes Dutzend dieser Kreaturen drängte sich auch jetzt vor den Toren von Crook. Sie hatten sich auch schon an den alten John Crowthorne herangemacht, aber er hatte ihnen den Dorftrottel vorgespielt und so getan, als hätte er von nichts eine Ahnung, genau wie auch der Polizei gegenüber, und somit blieb die ganze Last allein an dem armen George hängen. Was für einen *Plan* hatte er, fragte ich ihn. Was wollte er *tun*? Jedenfalls hoffte ich, sagte ich, daß er *mich* nicht in die Sache hineinziehen würde.
Genau in diesem Augenblick klopfte es. George sprang auf. Ich hastete zur Tür, drehte mich noch einmal um und machte ihm ein Zeichen, im hinteren Teil des Raums zu verschwinden. Die Tür ging auf; vom Tageslicht eingerahmt stand Fledge auf der Schwelle. Einen Augenblick lang geschah nichts. Dann wandte ich den Blick von Fledge ab und sah George gerade noch unter dem Dinosaurier verschwinden. Fledge hatte ihn auch gesehen, dessen bin ich ganz sicher, denn ohne mir die Nachricht auszurichten, derentwegen er gekommen war, drehte er sich abrupt um und ging, und die Tür schlug hinter ihm zu.
Einen Augenblick war ich unentschlossen. George war im

Halbdunkel nicht zu sehen. »Bleiben Sie, wo Sie sind!« rief ich zu ihm hinüber und lief durch die Tür – die sehr niedrig und in eines von zwei massiven, halbrunden Toren eingelassen ist, die schwere, eisenbeschlagene Angeln haben. Einem Impuls folgend schloß ich hinter mir ab. Fledge ging mit schnellen Schritten auf das Haus zu. Ich holte ihn ein, bevor er die Veranda erreicht hatte, und packte seinen Arm. »Fledge«, keuchte ich, »Sie haben nichts gesehen! Haben Sie mich verstanden? Nichts!« Dem Gesicht des Mannes war nicht das geringste anzumerken; aber ich sah es trotzdem, ich sah das plötzliche Aufblitzen eines überschwenglichen Machtgefühls – sah den triumphierenden Blick. Er hatte mich in der Hand, und er wußte es, das konnte ich an seinem langen, ausdruckslosen Gesicht sehen, an seinen rötlichen Augenbrauen, die sich vielleicht einen Millimeter hoben vor Verachtung; ich konnte es an den schmalen, blutlosen Lippen sehen, auf denen, wie ich denke, das winzigste, minimalste Hohnlächeln spielte, als ihm klar wurde, wie ungeschickt ich ihm in die Hände gespielt, wie stümperhaft ich ihm das Spiel überlassen hatte. Und dann die leise Verbeugung, die subtile Geste geringschätziger Ehrerbietung. »Wie Sie meinen, Sir Hugo«, sagte er. Meine Finger umklammerten immer noch seinen Arm. Als ich den Kopf hob, sah ich Harriet am Wohnzimmerfenster stehen und uns verständnislos anstarren.
Fledge ging ins Haus zurück, ich in die Scheune. »George!« rief ich. »George!« Aber er war verschwunden, durch die lose Planke in der hinteren Wand, die er vor drei Tagen herausgebrochen hatte.

Fünfzehn Minuten später war Limp mit vier Autos voller Polizisten in Crook. Sie stürmten in die Scheune und ins Haus, in den Garten und in die Obstplantage. Ich war mit Harriet im Salon, als George etwa eine halbe Stunde später, umringt von mehreren Polizisten, unter den Bäumen auftauchte, die die Auffahrt säumen. Man hatte ihm Handschellen angelegt. Nie zuvor habe ich eine derart schwarze Wut auf dem Gesicht eines Mannes gesehen. Als sie ihn auf den Rücksitz eines der Polizeiautos stießen, hob er den Kopf, warf einen Blick auf Crook und spuckte aus. Fledge stand nicht mit uns am Fenster, um diese Szene zu beobachten.

Ich befinde mich, wie bereits gesagt, in der Küche, während ich an diese ganze Geschichte zurückdenke und mich dabei ertappe, daß ich mich am liebsten davor drücken würde, Ihnen zu erzählen, was als nächstes passierte. Denn wir nähern uns nun dem cerebralen Unfall, der mich in diesen Rollstuhl – diesen Höllenstuhl! – verbannt und zu einem dahinvegetierenden Krüppel gemacht hat. Doris, die mit dem Abwasch fertig ist, setzt sich zu mir an den Tisch und schenkt jedem von uns ein Glas Wein ein. Liebe, liebe Doris, ich würde offen gestanden viel lieber über sie sprechen. Sie trinkt jetzt mehr als früher; dies zu beobachten, habe ich reichlich Gelegenheit, denn früher gab sie sich niemals Exzessen hin, bevor sie mit ihrer Arbeit fertig war. Nun jedoch scheint Fledge sein striktes diesbezügliches Verbot lockerer zu handhaben; er drückt ein Auge zu, wenn sie sich verrechnet – was sie meistens tut –, und schon gegen sechs Uhr nicht mehr ganz zurechnungsfähig ist. Sie hat es auch nicht mehr nötig, heimlich zu trinken, wie sie mir bei einem unserer »Plauderstündchen« erzählt hat, und obwohl der Wegfall der Heimlichkeiten der ganzen Sache viel von ihrem

Spaß nimmt, ist sie entschlossen, wie sie sagt, das neue, freizügigere Regime nach Kräften auszunutzen. Mit dem Ergebnis, daß Fledge, wenn er vor dem Abendessen in die Küche kommt, seine Frau normalerweise dabei ertappt, wie sie auf ziemlich wackeligen Beinen am Herd steht, in der Hand einen Topf mit Gemüse, das entweder schwarz verbrannt oder noch völlig roh ist. »Es dauert nicht mehr lange«, ruft sie, wenn sie ihn kommen hört, und versucht, nicht zu taumeln; und er runzelt dann schweigend die Stirn, nimmt die Sache selbst in die Hand, fabriziert ein irgendwie geartetes Essen und trägt es höchstpersönlich auf. Doris läßt sich in ihren Sessel am Herd fallen und trinkt sich, nicht mehr dazu imstande zu stricken, wie sie es in besseren Tagen meistens getan hat, langsam aber sicher der Besinnungslosigkeit entgegen.

Aber zurück zu den »Plauderstündchen«, an denen wir beide, Doris und ich, so viel Freude haben: Sie finden in der Küche statt, meistens gegen Abend, oft jedoch auch schon früher, und sie beinhalten das Leeren von mindestens zwei Flaschen Sherry, Bordeaux oder Burgunder durch Doris. Sie ist nicht besonders wählerisch, diese Doris, aber es gibt zwei Dinge, die sie an einem Wein liebt, Quantität und Biß. Und die Keller von Crook, über mehrere Generationen hinweg reichlich bestückt – wir Coals lieben nun einmal einen guten Tropfen –, bieten ihr reichlich Wein mit reichlich Biß. Folgendes spielt sich ab: Doris schiebt meinen Rollstuhl an den Tisch und stellt mir ein Glas hin. Sie füllt es. Dann setzt sie sich auf die andere Seite des Tisches und füllt ihr eigenes Glas. Ich sehe ihr zu, wie sie das Glas hebt und auf mein Wohl trinkt. Und dann macht sie sich daran, sich mit voller Absicht und unter ständigem Geplauder dumm und dämlich zu trinken. Die ganze Zeit über ist ihr »Geplauder« an mich gerichtet; das geht sogar so weit, daß sie auf die imaginären Antworten eingeht, mit denen ich auf ihr schwachsinniges Gefasel reagiere. Wieso, fragen Sie sich vielleicht, läßt Fledge das alles zu? Es ist eine Frage, die auch mir eine ganze Weile Rätsel aufgab. Dann wurde es mir klar: weil er oben ist und es in ihrem Schlafzimmer im Westflügel mit Harriet treibt, und da paßt es den beiden ganz gut in den Kram, daß Doris sozusagen »außer Betrieb« ist. Fledge ermuntert sie dieser Tage sogar zum Trinken, und zwar aus eben diesem Grund.

Und so sitzt Doris am Tisch und trinkt und plaudert, und inzwischen kenne ich die unterschiedlichen Phasen, die sie auf der Straße zum Vergessen durchläuft, fast auswendig. Doris gehört zu den Menschen, bei denen das erste Glas des Tages ein Gefühl der Verzückung hervorrufen kann, wie es im sonstigen Spektrum menschlicher Genüsse unerreicht ist. Gleichzeitig weiß sie jedoch, daß Genuß in seiner reinsten Form nur in der Befriedigung unerlaubter Begierden gefunden werden kann. Also füllt sie ihr Glas bis zum Rand, und ich kann sehen, daß der süße Duft und die rötliche Farbe des Weines für die Sinne der Frau ein wahres Fest sind, schon bevor sie den ersten Schluck kostet. Sie hebt das randvolle Glas an ihre gierigen, leicht geöffneten Lippen und hält erneut inne, verlängert die Vorfreude auf das Trinken um einen weiteren, köstlichen Augenblick. Von Halle oder Treppe ist kein Geräusch zu hören; das leicht modrige Aroma des Weines steigt ihr in die Nase. Sie neigt das Glas. Mit einem langen, ekstatischen Zug schluckt sie den halben Inhalt auf einmal, dann lehnt sie sich mit einem tiefen Seufzer in ihren Stuhl zurück, nimmt die Flasche in die Hand, begutachtet sie, zieht zusätzlichen Genuß aus ihrer Form und ihrem Etikett, den äußeren Merkmalen des Geistes, der ihr innewohnt. Sie leert dieses erste Glas mit zwei weiteren Schlucken und bleibt einen Augenblick lang ganz still sitzen, damit das warme Glühen aus ihrem Bauch in ihr Gehirn steigen kann. Und dann, wenn die vertraute, dunstige Wärme anfängt, in ihrem Inneren zu schwelen, macht sie mir ein Kompliment über meinen Keller.

Haben Sie je darüber nachgedacht, daß man zwischen Trinken und Selbstmord eine gewisse Analogie ziehen kann? Für mich, der ich weder an der einen noch der anderen Form der Erlösung teilhaben kann und statt dessen im wahrsten Sinne des Wortes in meinem eigenen Fleisch eingekerkert bin, ist diese Analogie sehr deutlich. Was der Trinker jedoch zweifellos ablehnen würde, ist der *plötzliche* Tod, das *plötzliche* sehnlichst herbeigewünschte Ende aller Erfahrung und die Befreiung vom Ich, nach der der Selbstmörder verlangt. Der plötzliche Tod ist für den Trinker Anathema, denn die Annäherung an die große Leere muß allmählich stattfinden, stufenweise. Und so beobachte ich, wie Doris sich selbst auf die Folter spannt, sich hinhält, über den ersten drei Vierteln der ersten Flasche tändelt, sogar gelegentlich eine Scheibe Brot verzehrt oder eine rohe Zwiebel, um den wunderbaren Beginn und Fortschritt ihrer Trunkenheit noch ein Weilchen aufzuschieben, hinauszuzögern. »Immer mit der Ruhe, altes Mädchen«, murmelt sie vor sich hin, wenn sie schwerfällig aufsteht, um mein Glas zu leeren und neu zu füllen – sie trinkt für uns beide –, und dabei gegen den Tisch stößt und Rotwein über das alte, oft gescheuerte Holz verschüttet. Die Hintertür steht noch offen, und die Geräusche und Düfte des frühen Abends dringen zu uns herein, der Gesang der Vögel, der Geruch nach Mist, das Bellen eines Hundes auf einer fernen Farm, und Doris, die mit einem Ohr darauf achtet, ob Fledge durch den Flur kommt, sitzt bei mir und trinkt und erzählt von den Jahren in Kenia und starrt dann mit glasigen Augen in ungesehene Stadien ihrer Erinnerung. Woran denkt sie, frage ich mich in solchen Augenblicken, obwohl ich weiß, daß ihr Geist, in dieser Phase angelangt, nicht mehr im eigentlichen Sinne denkt, sondern nur noch auf die unbestimmte, assoziative, ozeanische Weise dahintreibt, die der Geist so an sich hat, wenn er in den Bereich jenseits der Sprache schwappt und bedingungslos vor dem Alkohol kapituliert. Ich kenne das.

Es wird dunkel draußen, und auf der Straße hinter den Toren Crooks ist das Tuckern eines Traktors zu hören. Doris hat ihre zweite Flasche geöffnet, und ihr ozeanisches Bewußtsein wird allmählich neblig und verschwommen, und ihre Augen haben eine glasige Starre angenommen, die der meiner eigenen Augen nicht unähnlich ist. Strähnen silberner Haare lösen sich aus ihrem Knoten, und obwohl sie plump und schwerfällig auf ihrem Stuhl zusammengesackt ist, liegt in ihren Gesten immer noch eine gewisse mechanische Präzision; das Heben des Glases ähnelt inzwischen den Bewegungen eines Roboters.

Nach einer Weile steht sie auf und geht mit langsamen, vorsichtigen Schritten zur Hintertür, die sie schließt und für die Nacht verriegelt. Noch wurde keine Lampe angeschaltet; das Mondlicht breitet einen schwachen, silbrigen Glanz über die Küche, und außerhalb der Reichweite seiner kalten Finger verdichten sich die Schatten, vertiefen sich, sammeln sich. Doris setzt sich wieder auf ihren Stuhl und sieht mich über den Tisch hinweg an. Was für einen Eindruck mache ich wohl in diesem Augenblick, frage ich mich – reglos und starr, wie ich bin? Glänzt das Mondlicht auf dem mächtigen Höcker meiner Nase? Sind meine Augen in ihren tiefen Höhlen in der Dunkelheit des Abends nur als winzige Lichtpunkte zu erkennen? Ich bin eine Groteske; eine Groteske, eingesperrt in der Grotte ihrer eigenen Knochen. »Sir Hugo«, murmelt Doris vor sich hin. »Oh, Sir Hugo.« Sie legt den Kopf auf die Arme und beginnt leise zu schluchzen, und ich starre, ohne mich zu rühren, aber nicht ungerührt, über ihre leise zuckenden Schultern hinweg durch das Küchenfenster auf den vom Mondlicht beleuchteten Hof. In solchen Augenblicken würde auch ich gerne weinen, aber ich kann es nicht – nicht etwa, weil die Fähigkeit zu weinen blockiert wäre, so wie alles andere blockiert ist, sondern weil ich zu alt bin, um noch zu lernen, wie man in der Gegenwart eines anderen Menschen weint. Und dies ist eine weitere jener Ironien, jener Umkehrungen, die das Dahinvegetieren mit sich bringt. Es ist die jahrelange Gewohnheit, verstehen Sie, die es mir unmöglich macht, in der Öffentlichkeit zu weinen, mit dem Ergebnis, daß ich das einzige Mittel, das ich habe, der Welt mitzuteilen, daß mein Geist lebt und daß ich fühle – nicht einsetzen kann. Ich kann es nicht einsetzen, weil es mir unmöglich ist, die Selbstbeherrschung, die ich ein ganzes Leben lang geübt und praktiziert habe, zu durchbrechen. Und so demonstriere ich, wenn ich mich nicht in der privaten Dunkelheit meiner Grotte befinde, die trockenäugige, männliche Stärke – eines Fossils!

Wie lebhaft das alles zu mir zurückkommt, während ich in der dunklen Küche sitze und zuhöre, wie Doris sich in den Schlaf weint. Denn während sie weint, erinnere ich mich an den Abend – es war kurz nach dem ersten Schnee –, an dem ich sie kompromittierte, an dem ich ihr meine lange schlummernden sexuellen Triebe aufzwang; und ich erinnere mich an den Ekel, den ich in Anbetracht der Schäbigkeit, der Vulgarität und der Zügellosigkeit meines Verhaltens empfand.
Es geschah während Harriets Weihnachtsparty. Sie tut das jedes Jahr, gibt eine Party für den lokalen Adel; es ist etwas, was wir tun *müssen*, sagt sie, eine weitere der »Anstandspflichten«. Sie entlockt mir jedesmal das Versprechen, mich liebenswürdig und normal zu benehmen, und ich beziehe jedesmal gleich neben dem Weihnachtsbaum Posten und sorge dafür, daß der Whisky in Strömen fließt. Dieses Jahr wurde extrem viel Blödsinn geredet, und ich hatte es geschafft, Freddy Houghs sogenannte Konversation ganze zehn Minuten lang zu ertragen, als mir plötzlich einfiel, mich zu fragen, wo Cleo steckte (sie war am selben Tag aus Oxford zurückgekommen). Ich merkte, wie sehr ich das Mädchen vermißt hatte, und so ließ ich Freddy prompt stehen und machte mich auf den Weg in die Küche, um sie zu suchen. Sie

war nicht da; dafür fand ich Doris, die gerade ein Tablett mit Cocktailwürstchen belud.
Es war heiß in der Küche, Doris arbeitete schwer, und ihr Gesicht glänzte vor Schweiß. Haarsträhnen klebten feucht in ihrer Stirn. Sie trug ein frisch gewaschenes und gebügeltes schwarzes Kleid mit weißen Manschetten, weißem Kragen und weißer Schürze, und es schmiegte sich eng an ihren schmalen Körper. Ich setzte mich, zündete mir eine Zigarre an und beobachtete beifällig, wie sie geschäftig zwischen Herd und Tisch hin und her huschte. »Ich wette, Sie hätten jetzt gerne eine Drink, Mrs. Fledge«, sagte ich. Aus dem vorderen Teil des Hauses drangen die Geräusche der Party zu uns, gedämpft und fern.
»Ich hätte nichts lieber als einen Drink, Sir Hugo«, sagte sie, ohne mit der Arbeit innezuhalten. »Aber da sind erst die Würstchen, und dann muß ich noch mehr Sardinen aufmachen.«
»Lassen Sie mich doch helfen«, sagte ich. »Früher war ich geradezu ein Experte im Aufmachen von Sardinen. In Afrika«, fügte ich hinzu.
Dieses Mal unterbrach sie ihre Arbeit und strich sich die Haare aus den Augen. »Oh nein, Sir Hugo«, sagte sie. »Das kann ich nicht zulassen.«
»Unsinn«, sagte ich. »Ich habe sowieso vor, die Arbeitsteilung abzuschaffen; sie ist von Grund auf ungerecht. Geben Sie mir die Sardinen, Mrs. Fledge!«
Sie wissen sicher, daß Sardinendosen mit einer Art Schlüssel mit einem Schlitz darin geöffnet werden, den man über eine kleine, metallene Lasche schiebt, die aus dem Rand der Dose ragt; durch Drehen des Schlüssels schält man den Deckel sozusagen ab und legt die öligen Schätze im Inneren der Dose frei. Bricht man die kleine Lasche jedoch ab, wird die Sache bedeutend komplizierter. Ich brach die kleine Lasche natürlich ab, und schnitt mir dabei auch noch in den Finger.
»Verdammt!« fluchte ich.

Doris kam mit einem besorgten Stirnrunzeln zu mir herüber. Ich saß am Tisch. Sie nahm meine Hand und begutachtete den kleinen Schnitt, aus dem ein einzelner Blutstropfen quoll. Sie war umgeben vom schwachen Geruch nach Cocktailwürstchen, gemischt mit Schweiß. Wie ein Idiot ließ ich meine Hand an der Innenseite ihres Oberschenkels nach oben kriechen. Ich fühlte das rauhe Material ihrer Nylonstrümpfe. »Nein, Sir Hugo«, zischte sie, die Augen groß vor Entsetzen, und wich vor mir zurück. Ich folgte ihr – hätten Sie das bei mir für möglich gehalten? – ich folgte ihr. Ich wußte, daß Fledge jeden Augenblick in der Küche auftauchen mußte, und trotzdem tat ich es. »Sir Hugo!« zischte Doris, die sich hastig bis an den Herd zurückzog. Ich gab zweifellos ein bizarres und beängstigendes Bild ab, mit meinen vom Whisky wilden Augen, dem blutenden Finger und allem Anschein nach völlig außer Kontrolle geraten. Ich drängte sie in die Ecke. Doris ist einen Kopf größer als ich, und der Kuß, den ich auf ihren Mund pflanzen wollte, verfehlte sein Ziel völlig, kaum daß mein Kinn ihre Schulter streifte. Aber es gelang mir, eine Hand auf eine ihrer kleinen Brüste zu legen, die in dem engen, schwarzen Kleid so verwegen spitz aussahen. Und dann kam es, kam, was kommen mußte, wie ich es vorausgeahnt hatte – ein lautes, gekünsteltes Hüsteln von der Tür, von Fledge, der, ein leeres Silbertablett in der Hand, dort stand und mich mit einem Ausdruck anstarrte, der bei ihm wohl als Wut gelten mußte. Doris huschte aus ihrer Ecke hervor, schnüffelte ein- oder zweimal auf und machte sich mit gesenkten Augen daran, das leere Tablett mit Würstchen zu beladen. Ich fuhr mir mit der Hand durch die Haare; sie war völlig blutverschmiert, fiel mir auf, genau wie Doris' Schürze. »Ha!« sagte ich flott. Und: »Also dann!« Dann marschierte ich unter Aufbietung all meiner Würde durch die Küche, wobei ich meine Smokingjacke zuknöpfte und meine Fliege zurechtrückte. »Entschuldigen Sie«, sagte ich, sah den Mann fest an und räusperte mich ziemlich laut.

Einen Augenblick rührte Fledge sich nicht; dann gab er mir mit einem scharfen Blick auf meine blutverschmierten Finger den Weg durch die Tür frei, und ich ging zur Party zurück. Wie bereits gesagt, war meine Reaktion eine des abgrundtiefen Ekels vor mir selbst. Beim Frühstück am nächsten Morgen plauderte Harriet fröhlich darüber, wer sich amüsiert hatte und wer nicht, und erzählte mir von einer alten Witwe, die sich in den Trichter des Grammophons übergeben hatte, und wieso danach niemand mehr von dem Schinken essen wollte. »Aber die Cocktail-Würstchen waren ein großer Erfolg, findest du nicht auch, Hugo? Dir scheinen sie auch geschmeckt zu haben.«

Ich hielt diese Bemerkung für keiner Antwort würdig. Im kalten Licht der Nüchternheit wand ich mich vor Scham und war unfähig, Fledge in die Augen zu sehen, trotz allem, was ich über *ihn* wußte. Ich war einfach nicht in der Verfassung für seichtes Geplauder über Cocktailwürstchen. Nach dem Frühstück vergrub ich mich in meiner Scheune. Der einzige, dünne Hoffnungsschimmer, den ich hatte, war der, daß die Horns in wenigen Tagen kommen würden. Dann würde das Haus, dachte ich, so hektisch und geschäftig sein, daß die ganze Sache in Vergessenheit geraten würde. Ha!

Während ich mich an jene Nacht erinnere, betritt Fledge lautlos die Küche. Doris hängt inzwischen nur noch auf ihrem Stuhl, den Kopf zurückgeworfen, den Mund weit offen, und schnarcht laut und riecht nach Wein. Fledge bleibt, bevor er sie weckt, einen Augenblick stehen und betrachtet ihren langen, weißen, mageren Hals, ihre gestreckte, einladende Kehle, und ich beobachte sein Gesicht, sehe das Zucken seiner Lippen, als ihn wieder einmal eine gewisse, vertraute Versuchung überkommt; aber er gibt ihr niemals nach, denn er hat seinen *Plan*, müssen Sie verstehen; und meine Vermutung lautet, daß Doris erst aus dem Weg geräumt werden wird, wenn ich selbst tot bin. Wir werden nie erfahren, ob ich recht habe oder nicht, aber hätte ich eine Stimme, würde ich Doris zurufen: Lauf, Frau, lauf, wenn dir dein Leben lieb ist!

Er weckt sie, und nach einer Weile stolpert sie in ihr Bett, und ich sitze in meinem Rollstuhl, starre die Schatten an der Decke an und hoffe auf den Schlaf. Aber vor meinem inneren Auge sehe ich Fledge durch das verdunkelte Haus wandern, Türen verschließen und Lampen löschen und dann mit einer Kerze in der Hand die Treppen hinaufsteigen und erst an einem Fenster vorbei, dann an noch einem, in den Westflügel wandern, zu einem Schlafzimmer, in dem noch Licht brennt. Zehn oder zwölf Minuten vergehen; alles ist still; draußen im Freien ist die übliche Vielfalt nächtlicher Geräusche zu hören, ein Windstoß, der plötzlich durch die Bäume fährt, ein Fuchs, der den Mond anheult. In Harriets Schlafzimmer brennt jetzt nur noch eine Kerze; die Kleider des Butlers sind ordentlich über einen Stuhl gefaltet, unter dem seine glänzenden Schuhe stehen, deren Zierperforationen im flackernden Dunkel als winzige, schwarze Punkte zu erkennen sind. Die Socken stecken ordentlich zusammengerollt im linken Schuh. Das Bett ist aufgeschlagen. Fledge liegt nackt und auf einen Ellbogen gestützt auf dem weißen Laken, und das Kerzenlicht spielt mit schattigem Glanz auf seinem Körper. Eine Linie feiner, rötlichbrauner Härchen zieht sich von der Mitte der Brust bis zum Nabel hinunter und breitet sich von dort zart über den Unterbauch aus, bis sie von der seidigen Dichte der Schambehaarung verschluckt wird. Brust und Bauch lassen eine leise Fülle erkennen, eine leise Andeutung des Dickerwerdens bei einem Mann, der sich ansonsten die Schlankheit seiner Jugend bewahrt hat. Er hat lange, gut geschnittene Beine, die mit einem zarten, roten Flaum bedeckt sind, der über seine übereinandergeschlagenen Knöchel leckt und als kaum noch sichtbares Gespinst auf dem Spann seiner eleganten Füße wieder zum Vorschein kommt. In der Gabelung seines Körpers ruht der Penis schlummernd auf dem Hodensack; die gekerbte Kuppe der dunklen Eichel wird von einem verirrten Mondstrahl versilbert, der Schaft ist dick und von schwärzlichen Adern durchzogen, und rings um ihn herum breitet sich, wie die Flügel einer Elfe, ein Vlies aus weichem, rotem Schamhaar. Fledge blickt aus trägen, halbgeschlossenen Augen zum Fenster hinüber, wo Harriet, *meine* Harriet, in einem duftigen weißen Nachthemd steht, die Haare lose und fließend, und die Vorhänge zuzieht, um den Mond auszusperren. Sie dreht sich um und geht zum Bett – in dem Glauben, zu einem Mann zu gehen. Sie erkennt nicht, daß er ein Ungeheuer ist.

.....d

Ja, ein Ungeheuer. Für was sonst sollen wir ihn halten, diesen heimlichtuerischen, skrupellosen, doppelt perversen Menschen? Harriet hat nichts anderes verdient als das, was sie von ihm bekommt, denn sie ist mit offenen Augen zu ihm gegangen. Übrigens glaube ich nicht, daß er sich auch nur im geringsten für sie interessiert. Ich glaube, daß er an einem akuten Minderwertigkeitsgefühl leidet, das sich in pathologischer Eifersucht äußert – auf mich. Daher sein Interesse an Harriet. Ehrlich gesagt glaube ich, daß er geistesgestört ist, daß er, um genau zu sein, an paranoider Schizophrenie leidet. Aber im Grunde genommen sorge ich mich nur darüber, wie er Doris behandelt; es ist die gefühllose Gleichgültigkeit und die Untreue jener guten Frau gegenüber, die mich über alle Vernunft hinweg in Wut und Raserei versetzt – obwohl man von einem Homosexuellen natürlich kaum etwas anderes erwarten kann. Ja, Fledge ist ein Homosexueller von der

schlimmsten Sorte, und falls Sie diesbezüglich noch Zweifel haben sollten, dann lassen Sie mich jetzt die Umstände schildern, die zu meinem zerebralen Unfall führten.
Dazu müssen wir bis zur Mitte des Monats Februar zurückgehen, zu den Tagen, die auf Georges Verhaftung folgten. Ich war natürlich von der Polizei vernommen worden, aber bislang war noch keine Anklage erhoben worden, weil ich einem Mann, der vor dem Gesetz flüchtig war, Schutz gewährt hatte. Unfähig, die Atmosphäre im Haus zu ertragen, hatte ich meine Zeit fast ausschließlich in der Scheune verbracht und versucht, mich wieder auf die Paläontologie zu konzentrieren. Dort war ich auch an dem Nachmittag, an dem es gegen halb drei an der Tür klopfte. Heute kann ich mir das überlastete, pralle Blutgefäß im Inneren meines Schädels nur allzu gut vorstellen – eine verletzte, verklumpte Stelle an der dünnen, inneren Wand, die – noch während das Klopfen verhallte – zunehmend ihre Fähigkeit verlor, dem Druck meines pulsierenden Blutes standzuhalten. »Herein!« rief ich. Es war Fledge.
Er schloß die Tür hinter sich und kam auf mich zu. Er brachte ein Tablett mit meinem Mittagessen, denn ich war seit dem Frühstück nicht mehr im Haus gewesen. »Stellen Sie es dorthin, Fledge«, sagte ich und deutete unbestimmt auf einen kleinen Tisch. Die Anwesenheit des Mannes weckte in mir ganz beträchtliche, feindselige Gefühle, denn es waren erst wenige Tage vergangen, seit er meine Bitte in bezug auf George ganz bewußt ignoriert hatte. Ich habe ja schon von der Aura des Triumphes gesprochen, die von ihm auszugehen schien, als ich, draußen auf der Auffahrt, diese Bitte äußerte, und von dem unausgesprochenen Entzücken, mit dem er die Tatsache registrierte, daß ich ihm das Spiel überlassen hatte: Das gleiche schadenfrohe Entzücken fühlte ich auch jetzt von ihm ausgehen. Aber bislang hatte ich noch keinen zufriedenstellenden Plan ausgearbeitet, wie ich es ihm »heimzahlen« konnte. Schließlich konnte ich ihn kaum be-

schuldigen, die Polizei darüber informiert zu haben, daß sich ein Flüchtling vor dem Gesetz auf dem Anwesen aufhielt, ohne gleichzeitig preiszugeben, bis zu welchem Ausmaß ich selbst in die ganze Angelegenheit verwickelt war. »Das wäre alles, Fledge«, sagte ich, ohne mich umzudrehen.
Er hüstelte leise. »Ihre Jacke, Sir Hugo«, sagte er. Ich trug immer noch den braunen Laborkittel, den ich bei der Arbeit immer anhabe.
»Ach ja«, sagte ich und stand auf, und er half mir aus dem Laborkittel. Er hängte ihn über die Stuhllehne, hielt mir dann meine Tweedjacke hin, und ich steckte die Arme hinein. Er beklopfte die Schultern ein- oder zweimal und bürstete dann mit der Handkante über den Stoff. »Hören Sie auf mit dem Getue, Fledge«, fuhr ich ihn an. »Es ist gut.«
»Wie Sie meinen, Sir Hugo«, murmelte er, kam dann um mich herum und zog den kleinen Tisch vor meinen Sessel. »Wein, Sir Hugo?«
»Ja, natürlich«, sagte ich und setzte mich wieder. Er entkorkte eine Flasche Burgunder, schenkte mir ein Glas ein und blieb neben mir stehen, während ich anfing zu essen. »Es ist gut, Fledge«, sagte ich gereizt und hob, eine Kartoffel kauend, den Kopf. »Sie können gehen.«
»Äh, Sir Hugo?« sagte er.
»Was ist denn, Fledge?« Ich spülte die Kartoffel mit einem Schluck Burgunder hinunter.
»Heute morgen war ein junger Mann aus dem Dorf im Haus; er wollte wissen, ob Sie einen neuen Gärtner brauchen.«
»Einen neuen Gärtner? Heiliger Himmel, sammeln die Geier sich jetzt schon? Auf gar keinen Fall. Ich rechne fest damit, daß George Lecky sehr bald wieder bei uns sein wird.«
»Wie Sie meinen, Sir Hugo.« Und immer noch ging er nicht, sondern scharwenzelte wie ein übereifriger Kellner um den Tisch herum.
»Das ist alles, Fledge. Sie können gehen.«
»Ja, Sir Hugo.« Er schenkte mir noch etwas Wein ein. Er

bückte sich, hob ein Dreipencestück auf, das unter meinen Sessel gefallen war, und legte es auf den Tisch.
Ich ließ mein Besteck mit einem lauten Klirren auf den Teller fallen. »Was ist denn noch? Was lungern Sie immer noch hier herum? Was wollen Sie?«
»Ich wollte Ihnen nur sagen, daß ich das, was geschehen ist, sehr bedaure, Sir Hugo.«
Ich reagierte mit einem ironischen Schnauben. »Es fällt mir schwer, das zu glauben«, sagte ich. Dann hob ich den Kopf und sah ihn an. Sein Ausdruck hatte sich verändert. Die maskenhafte Leere war nun von einem leisen Hauch von Spott überlagert. Schwer zu sagen, woran ich das erkannte; ich sah es, glaube ich, am Glitzern seiner Augen, am Zucken seiner Mundwinkel.
»Es ist wahr, Sir Hugo«, sagte er mit sehr weicher, sehr seidiger Stimme – und dann hob er eine Hand und *legte sie mir auf die Schulter*!
Im selben Augenblick sprang ich aus meinem Sessel auf. Der Tisch kippte um. Glas und Porzellan klirrten auf den Boden, während ich brüllte: »Wie können Sie es wagen, mich anzufassen!« Er wich ein Stück zurück. Er beobachtete mich gespannt, den Kopf leicht geneigt, eine Hand an die Lippen gehoben, auf die er sich anscheinend gebissen hatte, als ich ihn zurückstieß, denn an seinem Mund war Blut zu sehen. Ich kochte vor Wut; meine Fäuste waren geballt, meine Augen blitzten, ich raste wie ein wütender Zwerg. Nie zuvor war ich derart beleidigt worden – jetzt würde er endgültig gehen müssen, gar keine Frage! Er kam einen Schritt auf mich zu.
»Bleiben Sie, wo Sie sind, Sie Dreckskerl!« schrie ich. »Keine faulen Tricks mehr!«
Er achtete überhaupt nicht auf mich, sondern kam unbeeindruckt auf mich zu, drohend, ein Feixen auf den blutverschmierten Lippen. Um mich herum stiegen die Dünste des verschütteten Weines auf und ließen meinen Kopf schwindeln. In meiner linken Schläfe fing es an zu pochen. »Wagen

Sie es nicht, Fledge«, warnte ich ihn. Das Blut schoß durch meine Adern – es würde zu Handgreiflichkeiten kommen, das sah ich nun, und ich würde lieber tot umfallen, als mich von Fledge unterkriegen zu lassen. Plötzlich blitzten seine Zähne auf, und er grinste – und dann war er über mir, krallte eine Hand in meine Haare und packte mit der anderen mein Handgelenk. Und während er mich so festhielt, ging er langsam in die Knie, und obwohl ich um mich schlug und mich wehrte wie ein wildes Tier, zwang er mich mit sich hinunter auf den Boden, bis ich auf dem Rücken lag, wie ein Käfer, ohne jede Eleganz, den Kopf auf seinem durchgebogenen Oberschenkel, während seine Finger immer noch in meinen Haaren verkrallt waren. Voll hilfloser Wut konnte ich nur in sein Gesicht starren; sein Ausdruck hatte sich erneut verändert, denn nun sah ich in ihm nur einen kalten Hunger, ein kaltes Licht in seinen toten Augen und ein kaltes, zuckendes, kleines Lächeln auf seinen blassen, schmalen Lippen, auf denen immer noch ein Hauch von Blut zu sehen war. Eine Strähne seines rötlichen Haares hatte sich während des Kampfes gelöst und fiel ihm in die Stirn. Ich konnte mich nicht wehren, als er den Kopf langsam auf mich zuneigte; und dann füllte sein grinsendes Gesicht mein ganzes Blickfeld. Ich schloß die Augen. Der Schmerz in meinem Kopf wurde immer intensiver. Und dann fühlte ich es, und vielleicht können Sie sich meinen Ekel vorstellen: seinen Mund auf meinem.
Im gleichen Augenblick schien alle Kraft aus meinem Körper zu weichen. Nach einer Weile hob er den Kopf, beendete jenen unheiligen Kuß, und seine Augen sprühten Feuer, als er mich mit einem amüsierten Ausdruck ansah; dann fühlte ich, wie der Griff seiner Finger in meinen Haaren sich verstärkte, und er riß meinen Kopf mit Gewalt nach hinten – und dann geschahen mehrere Dinge gleichzeitig. Ich starrte nun geradewegs ins Dach der Scheune hinauf, wo ich die Krähe in den Schatten von einem Balken zum nächsten flattern sah. Gleichzeitig schoß ein heißer, stechender Schmerz durch meinen

Kopf; und im selben Augenblick klopfte es laut an die Tür der Scheune. »Daddy?« hörte ich Cleo von draußen rufen. »Daddy?« Fledge hob den Kopf von meinem Hals und drehte sich zur Tür um. Sein Griff in meinen Haaren lockerte sich, als er sich immer noch kniend aufrichtete und sich auf die Stimme jenseits der Tür konzentrierte. Er schien mich völlig vergessen zu haben; er ließ mich los, er stand auf, ließ meinen Körper wie eine Lumpenpuppe von seinem Oberschenkel auf den Boden rollen. Und so lag ich da, als das müde, abgenutzte Blutgefäß in der unteren frontalen Windung meiner linken Hemisphäre platzte; und bevor die Dunkelheit vollends über mir zusammenstürzte, merkte ich nur noch, daß seine Schritte sich in Richtung Tür entfernten, hinter der ich immer noch hören konnte, wie Cleo rief: »Daddy?«

Wie lange lag ich dort? Was geschah an der Tür der Scheune? Wie es aussieht, werde ich es nie erfahren. Aber es ist mir unmöglich, nicht darüber zu spekulieren, was ich heute wäre, wenn Fledge auf der Stelle Alarm geschlagen hätte, wenn er mich nicht dort hätte liegenlassen, um zu sterben. Ist es von daher verwunderlich, wenn ich seinen obskuren Anschlag auf mein Leben als unwiderlegbaren Beweis dafür nehme, daß er am Tod Sidneys schuldig ist?

Cleo fühlt sich in der Küche wohl. Hier kann sie offen reden, hier wird sie, anders als im Salon, nicht ständig durch die Überzeugung niedergedrückt, daß Fledge das böse, kriechende Ding ist, das Sidney ermordet hat, und daß Harriet

mit ihm unter einer Decke steckt. Doris ist in diesem Spiel eine Figur, die keinerlei Bedrohung darstellt, und ich selbst, Hugo, bin, wie das Mädchen gemerkt hat, ein perfekter Verbündeter, denn während ich alles verstehe, was sie sagt, und sie weiß, daß ich das tue, werde ich ihr niemals Vorwürfe machen, oder, was schlimmer wäre, ihr das mitleidige Verständnis entgegenbringen, das Harriet ihr gegenüber unweigerlich an den Tag legt. Mit dem Ergebnis, daß sie sich mir ganz allmählich geöffnet hat, und während Doris ihren Pflichten nachgeht, Kartoffeln schält und zwischen häufigen Schlucken aus dem Sherryglas lautlos vor sich hinpfeift, sitzt Cleo neben mir am Küchentisch, raucht Zigaretten, arrangiert ihre und meine miteinander vermischten Fingernagelschnipsel endlos zu neuen, kunstvollen, kreisförmigen Mustern und redet unaufhörlich über alles, was ihr gerade durch den Sinn geht, vorausgesetzt, es hat nichts mit Sidney oder Harriet oder Fledge zu tun. Derart war sie auch an dem Tag beschäftigt, an dem Harriet in die Küche kam und sagte: »Ich möchte Sie um einen Gefallen bitten, Mrs. Fledge. Mrs. Giblet will mich am Donnerstag besuchen, und Fledge wird nicht hier sein. Könnten Sie vielleicht für ihn einspringen?«
»Ja, Madam«, sagte Doris schüchtern.
»Sehr schön. Vielen Dank. Cleo –«
Nichts. Cleo stand am Küchenfenster und sah auf den Hof hinaus. Sie drehte sich nicht um. Harriet befand sich nicht in meiner Sichtlinie, aber ich konnte mir den Ausdruck der Gereiztheit und der Sorge, den dieses Verhalten sicherlich hervorrief, nur zu gut vorstellen. »Es wäre mir lieb«, sagte Harriet, »wenn Sie nicht schon nachmittags trinken würden, Mrs. Fledge. Es ist nicht gut für Sie« – und dann war sie fort. Der springende Punkt war jedoch, daß die alte Frau zweifellos Neuigkeiten von George bringen würde. Seit seiner Verhaftung waren bereits zwei Monate vergangen, und ich hatte noch nichts gehört.

Fledge war an dem Tag, an dem Mrs. Giblet zu Besuch kam, nicht in Crook – Sie werden den Grund für seine Abwesenheit zu gegebener Zeit noch erfahren –, und folglich war es Doris, die die Ankunft der alten Frau ankündigte. Ich befand mich im Salon und betrachtete die Kamineinfassung, und Harriet saß in einem Sessel und las einen Roman. Es war, wie ich mich zu erinnern scheine, ein eher feuchter, kühler Nachmittag, und irgend jemand hatte eine karierte Wolldecke über meine Beine gebreitet. Harriet legte ein abgebranntes Streichholz zwischen die Seiten ihres Buches, um die Stelle zu markieren, an der sie angelangt war, und stand seufzend auf. Und schon kam Mrs. Giblet in ihrem riesigen Pelzmantel ins Zimmer und nahm Harriets Hände in die ihren. »Meine liebe Lady Coal«, schnaufte sie mit gedämpfter Stimme. »Was für schwere Zeiten für uns alle.«
»Wie wahr, Mrs. Giblet«, sagte Harriet. »Bitte, nehmen Sie doch Platz. Den Tee bitte, Mrs. Fledge.«
Aber Mrs. Giblet nahm nicht Platz. Statt dessen drehte sie sich zu mir um. Auch Harriet drehte sich zu mir um, und die beiden standen da und starrten mich an, und ich starrte zurück. Die alte Frau war ohne ihren Schoßhund gekomen, aber ihren Stock hatte sie bei sich, und während sie mich anstarrte, krallte sie die Hände um den Griff und stützte sich schwer darauf. Ihre Augen bohrten sich in die meinen wie zwei Spiralbohrer, und Harriet wurde, als die Sekunden vergingen, immer nervöser. Schließlich legte sie eine Hand auf den Arm ihrer Besucherin. »Bitte, nehmen Sie doch Platz, Mrs. Giblet«, wiederholte sie.
»Der Ärmste«, sagte Mrs. Giblet und fing an, in den Taschen ihres Mantels nach Zigaretten zu suchen, setzte sich jedoch immer noch nicht. »Was für eine schreckliche Geschichte, Lady Coal« – sie drehte sich zu Harriet um – »wie furchtbar das alles für Sie sein muß. Dabei war er, auf seine Art, ein so tatkräftiger Mann!« »Das Leben geht weiter, Mrs. Giblet«, murmelte Harriet. Es war ihr, wie ich wußte, extrem unan-

genehm, über ihre Gefühle Rechenschaft ablegen zu müssen. Ich war zu etwas geworden, was ihr peinlich war.
»Und es gibt keine Hoffnung, sagen die Ärzte?« Mrs. Giblets Augen waren wieder auf mich gerichtet. »Er wird seine Fähigkeiten nicht wiedererlangen?«
»Anscheinend nicht, Mrs. Giblet.«
»Und wird er seine normale Lebensdauer erreichen, Lady Coal?«
Harriet zuckte unter der brutalen Offenheit dieser Frage sichtbar zusammen. »Das weiß niemand«, sagte sie leise. »Aber man hofft natürlich und betet für das Beste, Mrs. Giblet.«
»Was immer das sein mag. Ein tragischer Fall. Dabei ist er noch so jung.«
»Hugo ist über fünfzig«, sagte Harriet mit ruhiger Stimme.
Mrs. Giblet gab ein Schnauben von sich. »Das ist jung, Lady Coal, glauben Sie mir!« Inzwischen war es ihr gelungen, sich eine Zigarette zwischen die Lippen zu stecken. Ein Streichholz flammte auf, eine Wolke aus blauem Rauch breitete sich aus. »Er kann doch noch rauchen, oder?«
»Du lieber Himmel, Mrs. Giblet, daran habe ich überhaupt noch nicht gedacht!« sagte Harriet, die offensichtlich den Versuch aufgab, die alte Frau zum Sitzen zu bewegen, und selbst wieder in ihrem Sessel Platz nahm. Tatsächlich hätte ich nur zu gerne eine Zigarre geraucht, aber dies war das erste Mal, daß jemand daran gedacht hatte. Leider verfolgte auch Mrs. Giblet den Punkt nicht weiter; sie schlurfte zu einem Sessel, der dem von Harriet gegenüberstand, und setzte sich mit steifen Bewegungen. »Traurig, einen Ehemann vor seiner Zeit zu verlieren«, sagte sie. »Sie sind ja selbst noch jung, Lady Coal. Nicht so jung, wie ich es war – ich verlor Sidneys Vater, als ich kaum dreißig war, wie Sie wissen.«
»Nein«, sagte Harriet. »Das wußte ich nicht. Ah, Mrs. Fledge.« Doris erschien mit dem Teetablett.

»Er wurde in der Victoria-Station von einer Lokomotive erfaßt. Aber das nur nebenbei. Ich habe heute morgen mit den Anwälten gesprochen, Lady Coal. Die Nachrichten, die ich bringe, sind, wie ich fürchte, nicht sehr gut. Lecky weigert sich, auf geistige Unzurechnungsfähigkeit zu plädieren.«
»Ach je«, sagte Harriet, die nicht das nötige Rüstzeug besaß, derartige Dinge zu bewältigen.
»Das kann man wohl sagen«, sagte Mrs. Giblet. »Wir müssen uns nun sehr genau überlegen, was das Beste ist, Lady Coal. Ich fürchte, wenn George Lecky bei seiner Geschichte bleibt, wird er baumeln.«
Baumeln!
»Aber ich bin fest davon überzeugt, daß er die Wahrheit sagt, Mrs. Giblet! George Lecky wäre zu so einer Gewalttat einfach nicht fähig.«
»Oh, ich stimme Ihnen voll und ganz zu«, sagte Mrs. Giblet. »Aber wenn ich Sir Fleckley richtig verstehe« – sie meinte Sir Fleckley Tome, einen angesehenen Strafverteidiger –, »wird man ihm nicht glauben. Die ganze Geschichte hat in der Brust der Öffentlichkeit derart heftige Gefühle geweckt, Lady Coal, daß schon ein teilweises Schuldeingeständnis, wie Sir Fleckley sagt, den Ausschlag geben könnte.«
»Aber George muß die Wahrheit sagen«, sagte Harriet. »Das muß doch genügen! Schließlich sind wir hier in *England*.«
Ihr Glaube war rührend.
»Meine liebe Lady Coal«, sagte Mrs. Giblet, »Ihr Glaube ist rührend. Aber Sie müssen verstehen, daß alle davon ausgehen werden, daß ein Mann, der über eine Leiche stolpern und sie an seine Schweine verfüttern kann, auch ein Mann ist, der zum Töten fähig ist. Der Mensch neigt nun einmal dazu, die feinen Unterschiede aus den Augen zu verlieren, wenn es um derartige Dinge geht.« Es war schwer zu glauben, daß sie von ihrem eigenen Sohn sprach.
»Ich verstehe ja, Mrs. Giblet. Aber trotzdem –«

»Er hat die öffentliche Meinung jetzt schon gegen sich, Lady Coal. Haben Sie die Zeitungen gelesen?«

»Nein, Mrs. Giblet, das habe ich nicht. Das alles ist so entsetzlich. Der Gedanke, daß George Lecky – nein, ich darf gar nicht daran denken. Es ist wirklich zu entsetzlich, Mrs. Giblet. Wollen Sie wirklich sagen, daß George gehängt wird, wenn er die Wahrheit sagt, und wenn er lügt, dann nicht?«

»Ja«, sagte Mrs. Giblet.

Schweigen. »Was sollen wir denn dann nur tun?« sagte Harriet.

»Genau aus diesem Grund«, sagte Mrs. Giblet, »bin ich nach Crook gekommen. Genau darüber will ich mit Ihnen reden. Mein Interesse an diesem Fall ist ein sehr einfaches, Lady Coal; vielleicht ist es überflüssig, es auszusprechen, aber genau wie Sie glaube ich nicht, daß George Lecky meinen Sohn getötet hat. Und wenn er gehängt wird –«

»Bitte, Mrs. Giblet«, sagte Harriet. Das Wort bekümmerte sie, wie deutlich zu sehen war.

»Wenn er schuldig gesprochen wird, Lady Coal, kommt Sidneys Mörder ungestraft davon. Und ich möchte ganz entschieden verhindern, daß das passiert.«

»Ja«, sagte Harriet, »ja, natürlich.«

»Lady Coal«, sagte Mrs. Giblet, »ich möchte Sie ganz offen fragen: Wer hat Sidney umgebracht?«

»Oh, Mrs. Giblet, wenn ich das nur wüßte –«

»Sagen Sie mir, was für einen Verdacht Sie haben, Lady Coal, ganz gleich, wie bizarr er auch scheinen mag.«

»Nun, ich weiß nicht, ich denke kaum –«

»Haben Sie je daran gedacht, Lady Coal, daß Ihr Mann auf irgendeine Weise in den Fall verwickelt sein könnte?«

»Blödsinn!« Die Tür flog auf, und Cleo stand auf der Schwelle – sie hatte in der Halle gelauscht! Sie kam mit blitzenden Augen ins Zimmer gestürzt und baute sich vor dem Kamin auf, zwischen den beiden sitzenden Frauen, die sie, die Teetassen in den Händen, mit vor Verblüffung offenen Mündern anstarrten. »Blödsinn!« zischte sie, in ihrem weiten,

schwarzen Pullover zusammengeduckt wie ein angriffsbereiter Skorpion. »Sie verdorbenes altes Weib«, schrie sie mit einer Stimme, in der Verachtung und wilder Zorn lagen. »Sie schreckliche alte Hexe! Sie kommen hier herein wie ein stinkender Wal und fangen an, meinen Vater zu beschuldigen! Wie können Sie es wagen! Was gibt Ihnen das Recht? Verschwinden Sie, Sie mit Ihren gemeinen Lügen! Verschwinden Sie! Haben Sie mich verstanden?«
»Mein liebes Mädchen –«, fing Mrs. Giblet an, ganz starr vor Ärger.
»*Cleo*«, hauchte Harriet fassungslos.
Cleos Stimme wurde wild. »Sie haben Sidney sein ganzes Leben lang unterdrückt«, schrie sie. »Sie haben ihn verspottet und terrorisiert, Sie haben versucht, ihn zu Ihrem Sklaven zu machen! Es ist ein Wunder, daß überhaupt noch etwas von ihm übrig war, nachdem er unter Ihrer Fuchtel aufgewachsen ist!«
»Sidney war ein schwacher Junge«, sagte Mrs. Giblet mit einem Anflug von Verachtung in der Stimme. »Er brauchte eine starke Hand.«
»Eine starke Hand!« rief Cleo. »Sie nennen das, was Sie ihm angetan haben, eine starke Hand?«
»Vielleicht«, brauste die alte Frau auf, »hätte eine starke Hand auch dir gut getan, junge Dame.«
»Sie verdammte alte Hexe!« schrie Cleo und holte mit einer Hand aus, um sie zu schlagen, auf die unbeholfene Art, die Frauen nun einmal haben, wenn sie anfangen, sich zu prügeln, nichts als Schwinger mit gestreckten Armen. Harriet stieß einen Schrei aus, sprang auf und versuchte, Cleo von der alten Frau wegzuzerren. Eine Teetasse fiel vom Tisch und zerbrach in lauter Scherben. Mehrere Augenblicke lang herrschte ein heilloses Durcheinander aus um sich schlagenden Armen und wildem Geschrei, bis schließlich ein lautes Klatschen zu hören war. Cleo wich fassungslos an den Kamin zurück, eine Hand an der Wange, und Harriet, die so erregt

war, wie ich sie nur selten zuvor gesehen hatte, stand in schönster, Churchillscher Manier vor ihr und funkelte sie aufgebracht an, und die alte Mrs. Giblet, eine knorrige Klaue auf dem mächtigen, wogenden Busen, während sie mit der anderen nervös an ihrem Gesicht und ihren Haaren herumfummelte, wie um sich zu vergewissern, daß im Verlauf des Handgemenges keines ihrer Zubehöre abhanden gekommen war, versuchte, ihre Fassung wiederzugewinnen.
»Bitte entschuldige dich, Cleo«, sagte Harriet schwer atmend. Cleo, deren Zorn verflogen war, ließ den Kopf auf jene stumme, trotzige Art hängen, die sie sich in der letzten Zeit angewöhnt hatte. Harriet ging auf sie zu. »Entschuldige dich«, wiederholte sie, und in ihrer Stimme lag ein ganz neuer Ton, ein Ton ruhiger, gefährlicher Autorität. Cleo versuchte, sich an ihr vorbeizudrängen, aber Harriet hinderte sie daran. Sie packte das Mädchen bei den Handgelenken und forderte sie zum dritten Mal auf, sich zu entschuldigen. »Du tust mir weh, Mummy«, jammerte Cleo, die nichts mehr von dem beherzten Mädchen an sich hatte, das sie einmal gewesen war. Aber Harriet war wirklich in Rage, und sie ließ Cleo nicht los, bis sie sich schließlich zu der alten Frau umdrehte und murmelte: »Es tut mir leid, Mrs. Giblet.«
Inzwischen hatte die alte Frau ihre Fassung einigermaßen wiedergefunden. Nun richtete sie sich kerzengerade in ihrem Sessel auf, die Klauen aufs neue um ihren Stock gekrallt, den Kopf hoch erhoben, die Kehllappen bebend, und sah das besiegte Mädchen mit einem Blick an, in dem eine schier königliche Empörung lag. »Das war das erste und letzte Mal, daß du die Hand gegen mich gehoben hast, junge Dame«, verkündete sie. »Ist das klar?«
»Ja«, murmelte Cleo.
»Wie bitte?«
»Ja«, sagte Cleo.
»Also gut«, sagte Mrs. Giblet und lehnte sich zurück. »Dann nehme ich deine Entschuldigung an.«

»Setz dich, Cleo«, sagte Harriet mit fester Stimme, »damit wir unseren Tee trinken können. Mrs. Fledge?« Wie lange, fragte ich mich, war Doris schon im Zimmer gewesen? War sie Zeugin der ganzen erbärmlichen Szene geworden? »Mrs. Fledge, bitte räumen Sie den Tisch ab und bringen Sie uns frischen Tee. Wo waren wir stehengeblieben, Mrs. Giblet?« Die alte Hexe würde es nicht noch einmal wagen, mich anzuschwärzen, das war klar. »Ich habe um die Erlaubnis gebeten, George Lecky im Gefängnis besuchen zu dürfen«, sagte sie. »Und in der nächsten Woche habe ich eine Verabredung mit meinem Parlamentsabgeordneten. Fällt Ihnen vielleicht sonst noch etwas ein, was wir tun könnten, Lady Coal?«
Aber Harriet fiel nichts ein.

Als Mrs. Giblet gegangen war – sie hatte sich wieder ein Zimmer im »Hodge and Purlet« genommen und wollte sich nicht dazu überreden lassen, in Crook zu bleiben, was nicht weiter überraschend war, nachdem Cleo sie derart attackiert hatte –, als sie gegangen war, kam Harriet in den Salon zurück und setzte sich Cleo gegenüber. »Liebling«, sagte sie sehr ernst, »das war ganz abscheulich. Es war empörend. Ich habe mich noch nie im Leben so geschämt. Was ist denn nur in dich gefahren?«
Cleo hatte wieder ihre Salonmanieren angenommen – den gesenkten Kopf, das trotzige Schweigen. »Cleo«, sagte Harriet scharf. »Antworte mir!«
Da hob das Mädchen den Kopf, und Feuer blitzte aus ihren wilden, tränenfeuchten Augen. »Hast du denn nicht gehört, was sie gesagt hat, Mummy? Hast du denn nicht gehört, was sie über Daddy gesagt hat?«
»Natürlich habe ich es gehört, Liebling«, sagte Harriet mit etwas sanfterer Stimme. »Aber sie will doch nur helfen, das mußt du doch verstehen.«

»Helfen? Indem sie Daddy einen Mörder nennt? Das soll Hilfe sein?«

»Sie hat *nicht* gesagt, daß Daddy ein Mörder ist. Oh, ich weiß, Liebling« – Harriets Kräfte ließen allmählich nach; sie ist nur dann wirklich überzeugend, wenn gegen die Anstandspflichten verstoßen wird –, »ich verstehe deinen Standpunkt ja, aber so ein Verhalten ist durch nichts zu rechtfertigen. Durch nichts.«

»Mummy, wie kannst du so etwas nur sagen? Sie hat gesagt, daß Daddy etwas mit Sidneys Ermordung zu tun hat, und du sitzt da und tust nichts, und die ganze Zeit über sitzt Daddy daneben und hört alles und kann sich nicht verteidigen.«

»Daddy weiß nicht, was vor sich geht, Liebling«, sagte Harriet leise. »Und ich bin sicher, daß Mrs. Giblet nicht sagen wollte, daß er etwas mit dem zu tun hatte, was mit Sidney geschehen ist.«

»Natürlich wollte sie das! Das und nichts anderes! Und Daddy weiß sehr wohl, was vor sich geht. Er versteht alles.«

»Cleo, Liebes« – ein scharfer Ton an dieser Stelle –, »die Ärzte waren in dieser Hinsicht sehr deutlich. Hugo weiß nicht, was um ihn herum geschieht.«

»Doch, er weiß es, sage ich dir!«

»Liebling, er weiß es *nicht*. Er wurde von den besten Neurologen des Landes gründlich untersucht, und sie sind sich in einer Hinsicht völlig einig: daß Hugo schwerwiegende Gehirnschäden davongetragen hat; daß er nicht bewußt erlebt, was um ihn herum geschieht; daß er nicht denken kann.«

»Er *kann*!«

»Cleo, so langsam machst du mich wirklich böse. Meinst du vielleicht, daß es für mich einfach war, das alles zu akzeptieren? Meinst du vielleicht, ich habe mich nicht an jede Hoffnung geklammert? Ich hasse es, dir das alles immer wieder sagen zu müssen, Liebling, aber das sind nun einmal die Fakten – Daddy kann nicht denken.«

»Doch.«

»Sei nicht kindisch, Cleo. Das bildest du dir nur ein. Warum sagst du so etwas?«
»Weil ich es weiß.«
»Aber woher, Liebling?«
»Ich sehe es seinen Augen an.«
»Ach je«, seufzte Harriet.
»Und manchmal weint er.«
»Das glaube ich gerne, Liebling, aber dieses Weinen hat nichts zu bedeuten. Daddy hat auch im Krankenhaus geweint; es ist eine unwillkürliche Reaktion, sagen die Ärzte – ein reinigender Prozeß.«
»Das ist mir egal. Ich weiß trotzdem, daß er alles weiß, was vor sich geht.«
»Ich möchte jetzt nicht mehr darüber sprechen, Liebling. Das alles sind nur Phantasien. Ich weiß, daß du Daddy liebst, aber du mußt akzeptieren, was geschehen ist. Ich mußte es auch, und Gott weiß, daß es nicht leicht für mich war. Würdest du jetzt bitte gehen und Mrs. Fledge in der Küche helfen.«
Cleo stand langsam auf und verließ das Zimmer mit einem langen, liebevollen Blick in meine Richtung. »Bis später, Daddy«, sagte sie. Als die Tür sich hinter ihr geschlossen hatte, seufzte Harriet tief auf und tat etwas, was sie nur sehr selten tut: Sie nahm sich eine Zigarette aus der Dose auf dem Kaminsims und rauchte sie am Fenster stehend, den Blick auf den Teich vor dem Haus gerichtet. Von Zeit zu Zeit spürte ich, daß sie mir fragende, unsichere Blicke zuwarf, dann schnipste sie die halb aufgerauchte Zigarette in den Kamin und verließ das Zimmer, und ich war allein. Aber ihre Worte schienen in meinem Schädel nachzuhallen, und während ich dort saß und die Kamineinfassung anstarrte und das Wappen und das Motto, konnte ich immer noch hören, wie sie – sich auf die besten, verläßlichsten Quellen stützend – darauf beharrte, daß ich nicht denken konnte. Aber wenn ich nicht denken kann, was ist dann das hier? Ein Produkt von Cleos Phantasie?

Am nächsten Morgen kam der nächste Schock. Ich hatte noch keine Gelegenheit gehabt, die Ereignisse des vergangenen Nachmittags richtig zu verarbeiten – und es gab viel zu verarbeiten, nicht nur in bezug auf George, sondern auch auf mich selbst. Denn obwohl es keine logische Erklärung dafür gab, daß Harriets Beharren auf meiner Denkunfähigkeit mich derart beunruhigte – es versteht sich schließlich von selbst, daß ich denken kann –, erschütterte es mich dennoch bis in den Grund meiner Seele. Als sei meine Identität nichts weiter als eine Reflexion, oder ein Konstrukt, der Ansichten anderer. Ich wurde unsicher, ging in die Defensive, sah mich gezwungen, mich *mir selbst gegenüber* zu behaupten und mir selbst zu bestätigen, daß ich, trotz allem, lebensfähig war. Können Sie das verstehen? In diesem überaus labilen Zustand, diesem Zustand ontologischer Instabilität, befand ich mich also, als ich gezwungen war, mich nicht nur mit den Implikationen von Mrs. Giblets Besuch auseinanderzusetzen, sondern auch mit einer versuchten Metamorphose von seiten Fledges.

Ja, einer Metamorphose. Denn offensichtlich mit Harriets Zustimmung (vielleicht sogar, geht es mir jetzt durch den Kopf, auf ihre Veranlassung hin?) hatte er den Cutaway abgelegt, die traditionelle Uniform des Butlers, und trug nun statt dessen eine Jacke aus Tweed und eine Hose aus Köper. Er war *in propria persona*, als Butler, nach London gefahren und als Gentleman verkleidet zurückgekommen. Ich fürchte, daß ich diese beiden Ereignisse – den Besuch von Mrs.

Giblet und die neuen Kleider von Fledge – ziemlich durcheinandergebracht und jeden Sinn für Ursache, Wirkung und empirische Präzision völlig aus den Augen verloren habe. Vielleicht sollte ich damit anfangen, im Detail zu beschreiben, wie Fledge aussah, als ich ihn an jenem Morgen in der Küche sah. Seine Jacke war, wie bereits gesagt, aus Tweed und der meinen nicht unähnlich. Das heißt, sie war leicht angerauht, von grünlich-brauner Farbe, hatte ein feines Fischgrätmuster, Lederflicken an den Ellbogen und Lederpaspeln an den Ärmeln. Sie hatte breite Aufschläge und gerade Schultern, war leicht tailliert und hatte hinten zwei elegant plazierte Abnäher. Die Knöpfe waren mit Leder bezogen, und die Taschen hatten Patten. Die Hose war aus beigem Kavallerieköper, hatte messerscharfe Bügelfalten und Aufschläge, die perfekt auf den Spann der auf Hochglanz polierten, knarrenden braunen Halbschuhe fielen. Dazu kamen ein gutgeschnittenes Sporthemd mit einem gedämpften Karomuster und eine dunkelbraune Krawatte mit einem schmalen, gelben Diagonalstreifen – so also sah Fledge aus, als er, schick und elegant, die Küche betrat, um Harriets Frühstückstablett zu holen. Wie bereits gesagt, versuchte er, sich als Gentleman auszugeben; und es brauchte schon die Nase eines Gentleman, so wie ich sie habe, um den Schwindel zu bemerken.
An anderer Stelle habe ich bereits erwähnt, daß dem Mann eine undefinierbare Qualität anhaftete, eine Facette, wie ich damals meinte, seiner wachsamen, geheimnistuerischen Natur. Ich sagte, er hätte »alles mögliche« sein können und daß allein die Anwesenheit von Doris an seiner Seite es möglich machte, den Mann einzuordnen und zu definieren. Das war ein Irrtum. Während ich ihn dabei beobachtete, wie er Harriets Frühstückstablett richtete, erkannte ich, daß Fledge keineswegs ein Chamäleon war, daß der Kleidungswechsel ihn, ganz entgegen seiner eigenen Erwartung und Absicht, keineswegs in einen Gentleman verwandelte. Etwas Wesentliches fehlte, ein ganz bestimmter Ausdruck oder Schnitt des

Gesichts vielleicht, der für leutselige Skepsis und die selbstverständliche Erwartung von Respekt steht – denn derartige Dinge drücken sich im Gesicht eines echten Gentleman aus. Fledge sah aus wie ein Haushofmeister oder ein Gutsverwalter, wie einer, der den Abgrund fast, aber nicht ganz überbrückt hat. Ein intermediärer Mann. Ein Mann zwischen zwei Stühlen. Er sah nicht lächerlich aus, aber er sah unbestimmt aus, so als wisse er nicht, wo sein Platz sei.
Während ich über diesen neuen Fledge nachdachte, konstruierte ich mir eine Hypothese. Ich stellte mir vor, wie er es, wenn er sich jeden Morgen im Halblicht der Morgendämmerung in Harriets Schlafzimmer anzog, gehaßt haben mußte, die Uniform der Dienstbarkeit anzulegen, die der Cutaway darstellte. Denn in Harriets Bett (aus dem er gerade erst aufgestanden war) war ihm ein Ort der Gnade zuteil geworden; in Harriets Bett war er ein im wesentlichen sexueller Mann, wohingegen er in dem Augenblick, in dem er den Cutaway anlegte, aufs neue zum Diener wurde; das war unverkennbar der Grund, der hinter der drastischen, plötzlichen Transformation steckte. Transformation, sage ich; auch wenn sie sich für mich damals als Transgression darstellte, als Grenzüberschreitung, als grobe Verletzung der Ordnung der Dinge, und dieses Gefühl der Ordnungslosigkeit floß in den Aufruhr der Gefühle ein, der in der Folge von Mrs. Giblets Besuch in mir herrschte, und steigerte meinen Zorn darüber, daß die verzweifelte Lage, in der George sich befand, und mein eigenes, zunehmend unzuverlässiger werdendes Erfassen der Dinge – kurzum die gesamte Konstellation von Störungen – ihren Ursprung und Ausgangspunkt im lautlosen, skrupellosen und brutalen Ehrgeiz jenes hinterlistigen Eindringlings hatten, zu einem geradezu vulkanischen Grunzen. Ich wurde von Anfällen stummer Wut geschüttelt und mußte mir ganz besonders heftig auf den Rücken schlagen lassen.
Es regnete den ganzen Tag – es gab um diese Jahreszeit

viel Regen –, und die Atmosphäre in der Küche war düster und drückend. Niemand erwähnte die neuen Kleider, die Fledge trug. Cleo sah einfach furchtbar aus; sie hatte große schwarze Ringe unter den Augen, und ich war sicher, daß sie überhaupt nicht geschlafen hatte. Das arme Kind. Die Leidenschaft, mit der sie sich für mich in die Bresche geworfen hatte, und was sie dann von den beiden älteren Frauen hatte erdulden müssen – das alles hatte ihr sichtlich alle Kraft geraubt. Ich kann nicht einmal andeutungsweise ausdrücken, wie gerührt ich darüber war, daß sie so treu und unerschütterlich zu mir gestanden hatte, meine tapfere kleine Elfe; genau wie George besaß auch sie einen inneren Kern der Integrität, der unerschütterlich und unkorrumpierbar war; genau wie er bewahrte sie mir gegenüber eine leidenschaftliche, beschützerische Loyalität, nun da ich meine Kämpfe nicht mehr selbst ausfechten konnte. Nach dem Mittagessen, als Doris mit dem Abwasch fertig und nach oben gegangen war, um Harriets Schlafzimmer zu richten, setzte sie sich neben mich an den Küchentisch und fing an zu sprechen. Zuerst verstand ich nicht, von was, oder besser, von wem sie sprach; sie sagte, er sei »sehr böse« auf sie; und obwohl sie keinen Namen nannte, ging mir wenig später auf, daß sie Sidney meinte. Und dann verstand ich auch, *wieso* sie glaubte, er sei böse auf sie – weil sie gestern seinen Namen benutzt hatte. Und das war ihr anscheinend streng verboten.

Arme, liebe, von Geistern verfolgte Cleo. Sie war so schrecklich allein, und ich konnte nur in meinem Rollstuhl sitzen, steif wie ein Stück Holz, vor mich hinstarren und grinsen. Der Regen tröpfelte in den Hof, tröpfelte aus einem bleiernen Himmel herab, an dem die Wolken drückend tief und schwer hingen. Sie saß neben mir, rauchte eine Zigarette nach der anderen, und die Tränen liefen über ihr Gesicht, während sie von Sidney flüsterte, der, wie es schien, nicht mehr die blasse und leicht süßlich riechende, gespenstische

Kreatur war, die sie in jener Nacht im Februar in ihrem Anfall hysterischen Weinens heraufbeschworen hatte. Sein Gesicht war überhaupt nicht mehr zu erkennen, sagte sie, was auf eine widerliche, gelbliche Substanz zurückzuführen war, die in großen Mengen aus seinem Fleisch sickerte. Augen und Ohren und Mund wimmelten von Würmern, sagte sie. Es waren gräßliche Alpträume, die das arme Kind durchlebte, und ich wurde immer zorniger auf Harriet, die so von Fledge geblendet war, daß sie nicht einmal merkte, wie furchtbar ihre Tochter litt, und ich fürchte, daß ich wieder einmal zu grunzen begann. Aber der Anfall hatte wenigstens die Wirkung, Cleo aus ihrem morbiden, zusammenhanglosen Gemurmel herauszureißen; sie mußte aufstehen und mir auf den Rücken klopfen, wie sie es des öfteren bei Doris gesehen hatte, bis ich schließlich wieder normal atmen konnte.

Eine Weile später kam Doris herunter und fing an, den Tee vorzubereiten, und Cleo verstummte. Als Fledge hereinkam, um das Tablett zu holen, fiel mir auf, daß drei Tassen, Untertassen und Teller darauf bereitstanden. Erwarteten wir schon wieder Besuch? Kehrte die alte Giblet zurück, um noch mehr Schaden anzurichten? Als er das Tablett hochnahm, flüsterte Fledge seiner Frau zu, ich solle in den Salon gebracht werden. Cleo stand schwerfällig vom Küchentisch auf – sie hatte seit dem Mittagessen dort gesessen – und folgte ihm durch den Flur. Ich selbst polterte, von Doris geschoben, als letzter hinterher, und im trüben Licht jenes nassen, schwermütigen Nachmittags konnte ich ganz weit vorne den Dampf sehen, der aus der Tülle der Teekanne aufstieg und in kleinen, zerrissenen Fetzen zur Decke trieb. Im Salon brannte ein gemütliches Feuer, und ich wurde an meinen üblichen Platz geschoben, an die Wand gegenüber dem Kamin. Cleo ließ sich in den Sessel fallen, in dem sie immer saß, und Harriet saß, ebenfalls wie immer, am Tisch und schenkte den Tee ein. Ich rätselte immer noch daran herum, wer die dritte Tasse bekommen sollte, aber meine

Ungewißheit dauerte nicht lange. Nachdem Cleo ihre Tasse erhalten hatte, nahm Fledge die nächste entgegen, rührte zwei Löffel Zucker hinein, *setzte sich* Harriet gegenüber und fing an, sich mit leiser, unverständlicher Stimme mit ihr zu unterhalten. Cleo registrierte diese neue Entwicklung nur mit einem teilnahmslosen, flüchtigen Blick; aber für mich demonstrierte sie mit schockierender Deutlichkeit, wie absolut absurd die ganze Situation allmählich wurde. Wer hatte je von einem Haus gehört, in dem ein mörderischer Butler, der nicht einmal mehr seinen Cutaway trug, am Tisch Platz nahm und mit seiner Herrin Tee trank?

Das Wetter blieb auch weiterhin trübe und naß. Obwohl ich Fledge jeden Tag sah, konnte ich mich weder an seine neuen Kleider gewöhnen noch an seine neue Rolle in Crook, die zu definieren mir unmöglich war. In mancher Hinsicht verhielt er sich weiterhin wie ein Diener, in anderer wie eine Art Gast des Hauses. Und obwohl ich schon lange nicht mehr im Eßzimmer aß, fing ich an zu vermuten, daß *er* nun beim Mittag- und Abendessen meinen Platz am Kopf des Tisches einnahm.
Harriet war mit der neuen Regelung sichtlich zufrieden. Abends saß sie mit Fledge im Salon, trank ein Glas Brandy mit ihm und bot ihm meine Zigarren an. Sie selbst rauchte inzwischen mehrere Zigaretten pro Tag. Ich habe das Bild selbst heute noch deutlich vor Augen, und was für ein billiges kleines Theaterstück sie jedesmal daraus machten. Harriet nahm sich eine Zigarette aus der ihr angebotenen Dose, beugte sich vor und wartete, die Zigarette zwischen den leise bebenden Fingern und mit leicht gerunzelter Stirn, während der große, schlanke Mann in der fischgrätgemusterten Tweedjacke sich steif aus der Hüfte verneigte und den Deckel des Feuerzeugs mit dem Daumen aufschnipste; eine kleine Flamme loderte auf wie eine winzige, goldene Speer-

spitze, und Harriets Augen hoben sich, um denen des Mannes zu begegnen. (Dieses rührende kleine Tableau spielt sich vor dem Hintergrund des flackernden Kamins ab.) Harriet zögert die Aktion einen Augenblick länger hinaus als unbedingt notwendig; dann stößt sie ungeübt den Rauch aus und sagt leise: »Danke, Fledge.« Sie lehnt sich in ihren Sessel zurück, nimmt das Brandyglas in die Hand und schwenkt es auf eine Art, die mir an ihr völlig neu ist.

Habe ich eigentlich schon erwähnt, wie gerne ich in die Scheune gegangen wäre, um mich eine Weile mit dem *Phlegmosaurus* zu unterhalten? Ich vermißte den alten Schurken und fragte mich oft, wie es ihm ergehen mochte. Eines Nachmittags während dieser Wochen schien Cleo meine Gedanken zu lesen, denn plötzlich schlug sie Doris spontan vor, eben das zu tun – mich in die Scheune zu bringen. »Machen wir eine kleine Spazierfahrt mit ihm«, sagte Cleo. »Ich bin sicher, daß er seine Knochen vermißt, meinen Sie nicht auch, Mrs. Fledge?«
Es regnete schon wieder. Harriet war nach Ceck gefahren, und Fledge war irgendwohin verschwunden, wahrscheinlich in seine Anrichte. Folglich war niemand da, der die Expedition hätte verbieten können. Cleo organisierte Regenmäntel und Regenschirme, während Doris mich im Rollstuhl warm einpackte. Glücklicherweise hing der Schlüssel der Scheune an einem Nagel in der Küche.
Wir verließen das Haus durch die Hintertür, und dann ging es über den Hof zu dem Tor, das auf die Auffahrt führte. Doris schob den Rollstuhl, Cleo hielt den Schirm. Wir holperten und polterten im Regen über den Kies der Auffahrt, während Cleo den ganzen Weg über fröhlich vor sich hinplapperte. Monate waren vergangen, seit ich die Scheune zum letzten Mal gesehen hatte, und als ich sie nun, während Cleo sich am Schloß zu schaffen machte, betrachtete, spürte ich ein Beben

der Angst vor dem, was ich in ihrem Inneren vorfinden würde. Die Tür ging auf, der Rollstuhl ruckte über die Schwelle, und in den wenigen Augenblicken, die Cleo brauchte, um den Lichtschalter zu finden, nahm ich die vertraute, drohend aufragende Gestalt in mich auf und fühlte erneut das vertraute Aufwallen von Stolz und Ehrfurcht, trotz des Gestanks nach vermodertem Heu und nasser Sackleinwand, der die Scheune füllte. Aber dann flackerten die Lichter an der Decke auf, und ich sah den Tribut, den die Elemente während meiner Abwesenheit gefordert hatten. Es war genau, wie ich befürchtet hatte – mein Dinosaurier war von Schimmel befallen.

Die Feuchtigkeit war das Problem. Niemand hatte daran gedacht, die Knochen abzudecken, und der Regen war wochenlang durch das Dach gesickert. Der grünliche Moder, der in unserem Teil des Landes heimisch ist, war überall. Er sammelte sich in schwammigen Massen in den Höhlungen der Knochen, leckte mit dünnen, fleckigen Fingern weiter um sich und tropfte in zarten, an Spitze erinnernden Gebilden von den Kieferknochen, den langfingrigen Vordergliedmaßen und dem Schamhügel des Tieres. Ich war schockiert darüber, wie schnell und wie total der *Phlegmosaurus* der Seuche anheimgefallen war, und es war nicht schwer, sich vorzustellen, was ein paar weitere Monate in Feuchtigkeit und Dunkelheit ihm antun würden: Sie würden ihn in eine gewaltige, lebende Masse aus Moder verwandeln, und meine prachtvollen Knochen würden nur noch ein Gerüst, ein Halt für die gefräßigen Pilze sein. Es deprimierte mich über alle Maßen, das alles zu sehen, und ich saß in einem Zustand bitterster Qual in meinem Rollstuhl, während Cleo, offensichtlich fasziniert, um den *Phlegmosaurus* herumwanderte. Ich war geradezu froh, als Doris schließlich vorschlug, ins Haus zurückzukehren, damit ich mich nicht erkältete.

Wahrscheinlich war es der Anblick des vom Schimmel überwucherten *Phlegmosaurus*, der den Traum provozierte, den ich in jener Nacht hatte und in dem ich zu meinem Entsetzen feststellte, daß mein Rollstuhl ein Schößling der lebendigen Bodendielen von Crook war und ich seine fühlende Blüte, daß ich in meinen Rollstuhl *hineinwuchs*, mit ihm verschmolz und mich im Verlauf dieses Prozesses in eine riesige Pflanze verwandelte. So unmöglich es mir auch war, meine eigenen Extremitäten zu begutachten, wußte ich dennoch, daß aus meinem Rücken, meinem Hintern, meinen Armen und meinen Beinen und Füßen grüne, blättrige Triebe sprossen, und diese Triebe, diese Ranken und Winden, hatten sich mit dem Holz und dem Korbgeflecht des Rollstuhls verbunden und angefangen, über den Boden zu kriechen und sich um Tischbeine und Türgriffe und Stromkabel zu winden, und ich wußte, daß sie im Laufe der Zeit das gesamte Gebäude einnehmen und es zu Fall bringen würden; ich würde dann organisch mit Crook verschmelzen, und wir würden gemeinsam auf dem Hügel verrotten, der auf das Tal des Fling hinabblickt. Und nur der Himmel allein würde wissen, welche Monstrosität unseren kompostierenden Überresten entspringen würde.

Ich beschäftigte mich in jenen verregneten Tagen des späten Aprils viel mit Gedanken an Niedergang und Verfall. Im nachhinein könnte ich mir denken, daß ich vielleicht nichts anderes tat, als in der Außenwelt Echos für etwas zu suchen, von dem ich intuitiv wußte, daß es sich in meinem eigenen

Körper abspielte. Vielleicht gibt es eine Grenze, eine Schwelle, für das, was ein Mann ertragen kann, wenn seine Beziehung zur Welt eine rein passive ist. Vielleicht fängt die Welt langsam an, ihn zu überwältigen, wenn er keine Macht mehr hat, auf sie zu reagieren. Klingt das einleuchtend? Ich habe Ihnen von Harriets Attacke erzählt, von ihrem Beharren auf meiner Denkunfähigkeit, und davon, wie sehr dieser Vorfall mich schwächte. Insofern als George und Cleo und Doris und der *Phlegmosaurus* mir allesamt lieb waren, wurde ich auch durch ihre jeweiligen Zusammenbrüche geschwächt, denn ich war mir meiner Unfähigkeit, auf irgendeine Weise helfend eingreifen zu können, nur allzu bitter bewußt – zusehen zu müssen, wie alles um einen herum verfällt, fordert seinen Preis, wie ich feststellen mußte; man entwickelt selbst die Neigung zum Verfall. Als Georges Verhandlung wenige Tage später begann, war ich nicht einmal dazu in der Lage, ihm aus der Ferne die geistige Unterstützung zukommen zu lassen, die er so verzweifelt brauchte. Ich schien nur fähig, eine Art hilflose, hoffnungslose Resignation aufzubringen, als ich erkannte, wie es mit ihm enden würde. (Selbst in der Küche von Crook wurde der Fall diskutiert, und so war es mir möglich, mit den Entwicklungen Schritt zu halten.) Aber wenigstens bewahrte ich mir meine intuitiven Fähigkeiten und versuchte, mir eine Vorstellung davon zu machen, was der arme Mann durchmachen mußte; ich zweifle jedoch sehr daran, daß es ihm, oder mir, etwas nutzte, daß ich dies tat.

Ja, es war George, an den ich am häufigsten dachte, als wir jene trostlose, regnerische Zeit endlich hinter uns brachten und der Frühling kam. Ich war selbst gefangen, eingesperrt in einem Käfig aus Knochen, und vielleicht wurde das Mitgefühl, das ich für George in seinem Gefängnis aus Backsteinen und Stahl empfand, dadurch nur um so eindringlicher. Jener stille, brave Mann war mir seit unserer ersten Begegnung in einer drückend heißen, stinkenden, fliegenverseuchten,

wellblechgedeckten kleinen Bar an der Ostküste Afrikas eine
Art rechte Hand gewesen, und aus diesem Grund war ich
nun, trotz meiner Katalepsie, aufs tiefste verbunden mit dem
wie auch immer gearteten Schicksal, das ihn erwartete.
Ich sah ihn auf der Anklagebank. Er stand zwischen zwei
grimmig aussehenden, schwarzgekleideten Gefängniswärtern, die Stirn in höchster Konzentration gerunzelt, während
er seine erschöpften moralischen Reserven für die bevorstehende Prüfung sammelte. Unter ihm, im Schacht des Gerichtssaales, flüsterten ehrwürdige Kronanwälte mit straff
gelockten Perücken von unnatürlichem Weiß miteinander,
während sich links von ihm der Zeugenstand befand und
dahinter die Geschworenenbank. Ihm genau gegenüber, und
auf gleicher Höhe mit ihm, saß der Richter, der ehrwürdige
Richter Congreve, ein alter Mann, und vor meinem inneren
Auge sah ich ihn den Gerichtssaal mit trüben, resignierten
Augen mustern, während seine knochigen Finger sich um
den Hammer schlossen und ihn dreimal ordnungheischend
auf die Platte fallen ließen. Als es soweit war, trat George an
die Brüstung der Anklagebank und bellte mit tiefer, rauher,
trotziger Stimme sein: »Nicht schuldig.« Er machte keinen
guten Eindruck. Richter Congreve hatte genug Männer auf
der Anklagebank gesehen, um auf den ersten Blick zu wissen, daß dieser hier baumeln würde.
Wieso sage ich das? Wieso war ich selbst damals so sicher,
daß Georges Schicksal besiegelt war? Vielleicht weil mein
eigenes Schicksal besiegelt und es mir unmöglich war, sein
Geschick *nicht* mit meinem zu verknüpfen? Haben Sie bitte
Nachsicht mit mir, denn die Augenblicke, in denen ich in der
Lage war, die Ereignisse, die sich um mich herum abspielten,
mit wenigstens einem Rest von Objektivität zu beobachten,
wurden zunehmend seltener. Ich stellte fest, daß die einzigen Ereignisse, die ich mit wirklicher Präzision aufzeichnen
konnte, nicht etwa jene waren, die außerhalb meiner selbst
stattfanden, sondern vielmehr die Variationen, die mein eige-

nes Hirn an den fragmentarischen Stimuli vornahm, die für mich nun die Realität darstellten. Und eine der heimtückischsten jener Variationen war die Neigung, sozusagen ein Netz aus Gedanken über all jene zu werfen, die mir nahestanden, und sie nicht etwa als getrennt und verschieden von mir zu betrachten, sondern vielmehr als Extensionen oder Manifestationen von Elementen meines eigenen Geistes. Anders ausgedrückt wurde George zu einem Teil von mir, insofern als ich nur noch dazu in der Lage war, mir seine Erfahrungen *vorzustellen*, und nur die fragmentarischsten Mittel hatte, meine Projektionen an der Realität zu messen. Dasselbe traf, wenn auch in einem geringerem Ausmaß, auf Cleo und Doris zu. Merkwürdigerweise waren die einzigen, die ich klar und deutlich sehen konnte, Harriet und Fledge.

Verzeihen Sie mir also, wenn ich tendenziös werden sollte, und ich denke, daß ich Sie im Interesse der Objektivität vor den Verzerrungen warnen sollte, zu denen der passive und isolierte Geist nun einmal neigt; vielleicht ziehen Sie diese Neigung mit in Betracht, sollte ich unwissentlich in abweichlerische oder widersprüchliche Positionen abgleiten. George war also im Zeugenstand – dies ist keine Erfindung von mir, sondern eine Paraphrasierung aus dem *Daily Express* –, steif wie ein Stock, die Hände so fest um die Brüstung geklammert, daß seine Knöchel in einem hellen, schimmernden Weiß hervortraten. Er war als erster Zeuge der Verteidigung aufgerufen worden; Sir Fleckley Tome, vom Angeklagten selbst daran gehindert, auf geistige Unzurechnungsfähigkeit zu plädieren, war zu der Argumentation gezwungen, daß es sich bei sämtlichen Beweisen ausschließlich um Indizienbeweise handele. Der ganze Gerichtssaal hörte gespannt zu, als er George sanft und behutsam seine Version dessen entlockte, was sich in jener Nacht im Moor zugetragen hatte, und so melodisch, so unendlich einleuchtend war der Fluß von Sir Fleckleys Ausführungen, daß man geradezu spüren konnte, wie die Geschworenen allmählich weich wurden, und ich könnte mir vorstellen, daß das ein sehr erhebendes Gefühl für einen Strafverteidiger sein muß, obwohl Sir Fleckley natürlich viel zuviel Erfahrung besaß, um sich den Stolz auf seine rhetorischen Fähigkeiten anmerken zu lassen. So also wurde George unter den kollektiven Blicken des überfüllten Gerichtssaales allmählich aus einem Ungeheuer in Menschengestalt wieder in einen einfachen, ehrlichen, bodenständigen Mann verwandelt, einen Mann, der einen dummen, schwerwiegenden Fehler begangen hatte, als er es unterließ, die Entdeckung von Sidneys Leiche zu melden – aber ein dummer Fehler, implizierte Sir Fleckley, war beileibe nicht dasselbe wie kaltblütiger Mord. George Lecky war ein dummer Mann, ein irregeleiteter Mann, aber er war kein Mörder. Dann setzte er sich.

Wie schon gesagt, ist dies eine Übersetzung jener gräßlichen Art von »Prosa«, die Organe wie der *Daily Express* ihrem leichtgläubigen, primitiven Publikum aufdrängen. Jedenfalls wurde die Sorge, die ich vorhin bereits erwähnte (gleich welchen Ursprungs sie sein mochte), nämlich daß George ohne jeden Zweifel gehängt werden würde, bis zu einem gewissen Grad durch den Bericht über jenen ersten Verhandlungsvormittag zerstreut, den Cleo mir vorlas. Der Nachmittag jedoch zerschlug alle Hoffnungen. Denn der Vertreter der Anklage, ein temperamentvoller Mann namens Humphrey Stoker, nahm George so streng ins Kreuzverhör, daß die schwache Aureole der Unschuld, die gerade erst angefangen hatte, um ihn herum zu schimmern, wieder völlig zerstört wurde. Wieso, wollte Stoker wissen, hatte George es unterlassen, die Entdeckung der Leiche zu melden? Mit vernichtendem Hohn durchlöcherte er Georges eher unartikulierte Erklärung, gab sie der Lächerlichkeit preis, ließ durchscheinen, daß er George für einen Lügner hielt, und machte sich dann daran, den schweinespezifischen Aspekt der Geschichte auszuschlachten; und wenig später war der arme George aufs neue in ein gespenstisches, unheimliches Licht getaucht. Immer und immer wieder lief ein Schauder des Grauens durch den Gerichtssaal, als Stoker sich ausführlich über die Ereignisse jener Nacht ausließ – mehrere Frauen wurden blaß und mußten den Saal verlassen –, und obwohl Sir Fleckley wiederholt aufsprang und Einspruch gegen die Fragen seines gelehrten Freundes erhob, wurde dieser Einspruch von Richter Congreve konsequent abgelehnt. George wurde zunehmend nervös, und seine Wärter spürten dies. »Ganz ruhig, George«, murmelten sie, aber das hier war keine Situation, die George ruhig hinnehmen konnte. Ganz und gar nicht.

»Ich behaupte«, rief Stoker, der sich in eine wunderschöne Empörung hineingesteigert hatte, »daß Sie aus niederen Motiven heraus, die für zivilisierte Männer und Frauen nur schwer nachzuvollziehen sind, die Ermordung eines unschuldigen jungen Mannes planten, und dann setzten Sie Ihren unmenschlichen Plan in die Tat um, und dann entledigten Sie sich seiner Leiche auf die kaltblütige Art und Weise, die Sie eben selbst beschrieben haben!«

»Das ist nicht wahr, verdammt noch mal!« schrie George, der sich nicht länger beherrschen konnte, beugte sich über die Brüstung der Anklagebank und hämmerte mit den Fäusten auf das Holz. »Ich habe ihn nicht umgebracht, ich habe ihn nicht umgebracht! Wie oft soll ich das denn noch sagen?«

Richter Congreve ließ den Hammer heruntersausen. »Ruhe!« schrie der alte Mann, als im öffentlichen Teil des Saales aufgeregtes Geschnatter ausbrach und Georges Schreie übertönte. »Ruhe!« Und dann, auf ein Nicken des Richters hin, nahmen die beiden Wärter George so in ihre Mitte, daß seine Arme fest an seine Seiten gepreßt wurden, und schleppten ihn, der immer noch tobte, aus dem Gerichtssaal und in eine darunterliegende Zelle. Stoker, dem natürlich von vorneherein daran gelegen gewesen war, einen solchen Ausbruch zu provozieren, fuhr sich mit einem blütenweißen Taschentuch über die Stirn, setzte sich, sah zu Sir Fleckley hinüber und zog eine Augenbraue hoch; und Sir Fleckley schnitt seinem Kollegen eine kleine, schiefe, anerkennende Grimasse. Der Artikel erschien unter der Schlagzeile: MONSTER VON CECK AUS GERICHTSSAAL BUGSIERT: LECKY VERLIERT DIE BEHERRSCHUNG.

So schlimm das alles schon war, es sollte noch schlimmer kommen. Denn als Humphrey Stoker George am nächsten Morgen erneut in den Zeugenstand rief, entlockte er ihm die schockierende Information, daß er, nachdem er Sidney an die Schweine verfüttert hatte, eben diese Schweine geschlachtet und das Fleisch *nach Crook* geschickt hatte.
Cleo brach in ein hysterisches Lachen aus, Doris wurde sehr blaß; und mir war natürlich auf der Stelle klar, daß wir den *ganzen Herbst und Winter über* Fleisch aus Ceck's Bottom gegessen hatten. Und es waren nicht etwa nur wir Coals, die betroffen waren. Der ganze lokale Landadel hatte auf Harriets Weihnachtsparty Würstchen und Schinkensandwiches verschlungen. Patrick Pin und seine Katholiken waren am Weihnachtsmorgen in Crook gewesen, hatten meinen Sherry getrunken und Schinkensandwiches verzehrt. Die Horns hatten Silvester bei uns Schinken gegessen, genau wie Mrs. Giblet. Wir alle hatten, indirekt und ohne es zu wissen, Sidney aufgegessen.
Und dann fielen mir die Satyre von Ceck ein, die am Weihnachtsabend mit ihren Bierflaschen und ihrem Schweinebraten in Georges Küche gesessen hatten; und als ich mich an die Ausbrüche rauhen, herzhaften Gelächters erinnerte, stellte ich mir die Frage, ob sie – im Gegensatz zu uns – damals *wußten*, was sie taten. Es ist eine Frage, die mir immer noch Rätsel aufgibt; aber ich halte es für durchaus möglich.

In letzter Zeit habe ich in der Gegend meiner Pumpe manchmal schmerzhafte Stiche. Ich habe nämlich sklerotische Kranzgefäße, habe ich das schon erwähnt? Ein schwaches Herz, eine fehlerhafte Pumpe. Außerdem sind mehrere meiner Gesichtsmuskeln nach hinten gezogen und zu einer ziemlich gespenstischen Grimasse gefroren, einem breiten, unwillkürlichen Grinsen, das mein Gesicht nie verläßt, ganz gleich, was ich fühle. Oft sitze ich in der Nische unter der Treppe und weine und grinse gleichzeitig. Mein Atem geht die ganze Zeit über röchelnd, und so bin ich, alles in allem gesehen, ein ziemlich unerfreuliches Stück Mensch, und es verwundert mich nicht, daß Fledge meinen Rollstuhl an jenem Tag zur Wand drehte, obwohl natürlich bedeutend mehr dahintersteckte als nur das.
Aber die verregneten Tage im März und April lagen nun hinter uns, und es war so warm, daß man mich manchmal für Stunden auf den Hof schieben konnte. Dort saß ich dann, lauschte dem Gesang der Vögel (jener kleinen Dinosaurier!) und grinste das Tor in der alten Backsteinmauer auf der anderen Seite an. An anderen Tagen saß ich auf der Terrasse vor den Flügeltüren und goß meine lächelnde Großmut über den kleinen Dschungel aus, zu dem der Blumengarten geworden war. Einmal sah ich George dort unten, gleich neben dem Teich. An diesem Tag war der Garten ein einziges Meer von Farben, genau wie auch ich selbst. Ein Kranz aus Eichenblättern umwand meinen Kopf, und durch die Blätter lugten zwei kleine, weiße, stumpfe Hörner. Meine Stirn war

eingesunken, meine Augen standen schräg, und meine Brauen vereinigten sich über der Brücke meiner Nase wie eine haarige Lenkstange. Mein Mund war in einem breiten, lüsternen Grinsen gefroren. George kniete zwischen den Blumen, und als er mich sah, stand er auf und blieb so stehen, die Pflanzkelle in der einen Hand, die andere Hand über den Augen, zum Schutz gegen die Sonne, die aus einem wolkenlosen, blauen Himmel auf ihn hinabgleißte und mich an die Tage in Afrika erinnerte, als er zu mir auf dem Hügel aufgeblickt hatte, bevor er zum Marsch an die Küste aufbrach. Die Sonne war grell, und George schien zu wabern, so wie sein Spiegelbild im schwarzen Wasser des Teichs waberte, wenn ein Goldfisch an die Oberfläche stieg, um sich eine Dasselfliege zu holen. Er trug sein kragenloses, blaues Polizeihemd und seine alte, braune Cordhose, aber keine Stiefel, wie mir auffiel, denn seine Füße waren nun gespalten, er war ein pferdefüßiger Mann, und Fransen grober Haare wucherten in dichten, stacheligen Büscheln über seine ziegenartigen Knöchel. Ein Phantom natürlich, die Projektion eines bröckelnden Geistes; außerdem war ich barhäuptig der Sonne ausgesetzt, denn Doris hatte meinen Hut vergessen.

Ein anderes Mal sah ich Fledge im Garten, und ich sah ihn sterben. Er lag nackt im Gras. Ich habe Ihnen schon erzählt, wie Fledge aussieht, wenn er nackt ist: Er ist groß und schmal, und nur an Brust und Bauch zeigt sich ein erster, leiser Ansatz von Fett. Er ist sehr hellhäutig, und eine feine Linie rötlicher Haare verläuft von einem Punkt genau in der Mitte zwischen jenen etwas volleren Brüsten bis hinunter zu seinem Schamhaar. Cleo, ganz in Schwarz, kroch durch das Gras auf ihn zu. Sie hatte ein Messer zwischen den Zähnen. Die Sonne stand direkt über uns und strahlte so hell, daß die Klinge wie geschmolzenes Silber glänzte. Cleo richtete sich auf die Knie auf und stieß das schimmernde Messer mitten in Fledges Herz. Sein Körper bäumte sich auf, und Blut und andere Körperflüssigkeiten explodierten aus seinem Mund. Mehrere Augenblicke wand sich sein durchgebogener Körper krampfhaft zuckend im Gras, dann klappte sein Mund auf; seine Augen starrten in die Sonne, und er sank mit einem langgezogenen Seufzer auf die Erde. Ein anderes Mal richtete er sich, gerade als Cleo das Messer hob, plötzlich auf und packte ihre Handgelenke, und die beiden fingen an, auf den Knien miteinander zu kämpfen, stürzten dann um und wälzten sich im Gras. Vorfälle wie diese, wenn ich sie überhaupt Vorfälle nennen kann, beunruhigten mich sehr, denn obwohl ich genau wußte, daß sie phantastisch waren, wirkten sie real; sie fühlten sich real an. Aber es waren nur Halluzinationen, symptomatisch für die Art von Abgleiten oder Abrutschen, der mein Geist im späten Frühling dieses Jahres zunehmend anheimfiel.

Aber meistens war es George, den ich dort unten sah. Ich saß an der Glastür und sah in den feinen Frühlingsregen hinaus, der wie Gaze über den Blumengarten stäubte, in dem das Unkraut, das niemand mehr jätete, die Blumen erdrückte, die George im letzten Herbst gepflanzt hatte. Sträucher und Hecken wucherten, von niemandem gebändigt, auf Pfade und Blumenbeete über, und ihr Grün besaß in jenem diesigen Regen eine eigenartig lebendige Qualität, eine Art grünes Schimmern, das mir auf seltsame und wilde Weise wunderschön vorkam. Der Geruch des Gartens stieg mir in die Nase, der dumpfe, intensive Geruch einer Vegetation, die im Luxus ihrer eigenen, ungehemmten Üppigkeit schwelgte, und während ich auf diesen regenverhangenen Dschungel hinaussah, auf den Seerosenteich, der vom sanften, unaufhörlichen Regen getüpfelt und gesprenkelt wurde, grinste ich dem Phantom meines gefangenen Kameraden zu, der die Erde bearbeitete.

Seine Verhandlung dauerte nur fünf Tage, und Harriet blieb die ganze Zeit über in London, denn sie sollte als Zeugin der Verteidigung, als Zeugin für Georges Charakter, aufgerufen werden. So schwach waren die Füße, auf denen Georges Fall stand; es gab nur die Indizienargumentation und die Aussage von Lady Coal. Und selbst die ging nach hinten los, denn nachdem Sir Fleckley dafür gesorgt hatte, daß Harriet aussagte, George sei ein vertrauenswürdiger, durch und durch anständiger und zu keiner Gewalttat fähiger Mann, stand Humphrey Stoker auf, begutachtete angelegentlich seine Fingernägel und fragte Harriet ganz beiläufig, wie genau ihre Beziehung zu dem angeklagten Mann sich gestaltet habe.

»Er ist mein Gärtner«, sagte Harriet.

»Und was bedeutet dies konkret, Lady Coal?« fragte Stoker, nahm seine Brille ab und putzte sie geistesabwesend mit dem Saum seiner Robe.

»Nun, das Übliche eben«, sagte Harriet. »Ich sage ihm, was wir an Blumen und an Gemüse benötigen, und er läßt mich wissen, ob wir eine neue Schubkarre brauchen, oder was auch immer. Dinge eben, die mit dem Garten zu tun haben.«

»Ich verstehe«, sagte Stoker. Seine Stimme triefte nun vor Ironie. »Das also ist Ihre Beziehung zu dem Angeklagten, Lady Coal: Er läßt Sie wissen, ob Sie eine neue Schubkarre brauchen.«

»Einspruch«, sagte Sir Fleckley resigniert und erhob sich.

»Abgelehnt«, sagte Richter Congreve.

»Keine weiteren Fragen, Euer Ehren«, sagte Stoker und setzte sich.

Einen Augenblick lang sah Harriet so aus, als würde sie in Tränen ausbrechen, wußte sie doch, daß sie auf Georges Kosten lächerlich gemacht worden war.

Ich erinnere mich, daß Doris an diesem Abend nach dem Essen eine Flasche Bordeaux trank. Ich beobachtete, wie der Wein in ihr Glas gluckerte, ein großes, dickstieliges, weitrandiges Weinglas. Dann schlurfte sie, wie ich mich erinnere, zur Hintertür und öffnete sie weit. Und ich saß da und beobachtete Doris, wie sie in den dämmrigen Hof hinausstarrte, und die Vögel in den Bäumen neben der Scheune zwitscherten ihren Abendgesang. Sie lehnte mit dem Rücken am Türrahmen, so daß ich ihr Profil sehen konnte, ihre Silhouette: Sie war groß, groß und dünn, und hatte eine lange, spitze Nase und ein fliehendes Kinn, und ihr Haar war im Nacken zu einem straffen Knoten zusammengezurrt. Immer noch scharf vor dem letzten Licht des Tages abgezeichnet, hob sie das Glas an ihre Lippen und trank. Der lange, zuckende Hals, das leicht konkave Rückgrat, die Füße, die flach auf der Stufe standen, die schmale Hand, die schlaff an ihrer Seite herabhing – ihr ganzer Körper schien sich dem geneigten Weinglas völlig hinzugeben. Sie leerte das Glas, blieb ein paar Minuten so stehen, den Kopf noch an den Türrahmen gelehnt, während die Geräusche und Gerüche der Dämmerung zu uns hereintrieben; dann drehte sie den Kopf, sah mich an und stieß einen tiefen Seufzer aus. »Ach, Sir Hugo«, sagte sie leise, »wir haben ihn verloren.« Ich saß da, grinste sie an und dachte: Du hast recht, du hast recht.

Harriet wohnte natürlich bei den Horns, und am Abend des vierten Verhandlungstages waren die Gesichter in diesem Haus mehr als düster. Am nächsten Morgen würden die Anwälte ihre Schlußplädoyers halten, der Richter würde den Fall zusammenfassen, und die Geschworenen würden sich zur Beratung zurückziehen. Victor hatte den Fall in den Zeitungen verfolgt und war sehr verstört. Zumindest denke ich es mir so. Denn er hatte George Lecky gern, die beiden hatten sich im Garten von Crook oft über Fußball unterhalten und über Afrika und über Dinosaurier und über den Krieg, und ich wußte, daß die eifrigen Fragen und der wache Verstand des Jungen für George, wenn er, die Pfeife zwischen den Zähnen, seiner Arbeit nachging, immer eine ruhige, stille Freude waren. Schon als kleiner Junge war Victor mit George befreundet gewesen, und ich kann mich noch gut an einen Nachmittag im Herbst erinnern, an dem ich in meinem Schlafzimmer im Ostflügel stand und beobachtete, wie George eine Schubkarre voller Laub über den Hof schob, während Victor, der damals sechs Jahre alt war, oben auf der Fuhre thronte, vor Begeisterung quietschend auf und ab hüpfte und mit Georges dreizackiger Forke in der Hand aussah wie ein kleiner Gott des Meeres, ein kindlicher Poseidon, der im Triumph von den Wellen in seine Heimat zurückgetragen wird. Victor wußte genau, daß George nicht zu einem Mord fähig war; wieso sagten die Zeitungen dann, daß er es getan hatte?

»Weil«, sagte sein Vater, »manche Zeitungen immer versuchen, die Dinge schlimmer zu machen, als sie in Wirklichkeit sind. Dann verkaufen sie mehr Exemplare.«

»Wenn die Leute das wissen«, sagte Victor, »werden sie sich nicht darum kümmern, und Mr. Lecky wird freigesprochen.«

»Ich wäre froh, wenn es so wäre«, sagte Henry.

Und dann begann der letzte Tag. Als erstes faßte Humphrey Stoker die Beweise noch einmal zusammen und führte aus, wie schwer sie George belasteten. Nachdem er seine Argumente mit relativ vernünftiger Stimme vorgebracht hatte, wurde er theatralisch. Mit beträchtlicher Leidenschaft wies er die Geschworenen darauf hin, daß ein Ungeheuer, das einem jungen Mann gegenüber, der sein ganzes Leben noch vor sich hatte – einem jungen Mann gegenüber, betonte er, der am Anfang einer vielversprechenden literarischen Karriere stand –, zu derart unmenschlicher Brutalität fähig war, daß so ein Ungeheuer die höchste Strafe verdient hatte, die das Gesetz vorsah. Er selbst, so sagte er, würde erst wieder ruhig schlafen, wenn er wußte, daß George Lecky nie wieder über diesen Erdboden wandeln könne. Er flehte die Geschworenen an, im Angesicht ihrer Pflicht nicht zu wanken und zu weichen, und wie diese Pflicht aussah, diese schreckliche Pflicht, sagte er mit ernster Stimme, das hatte er, wie er in aller Bescheidenheit glaubte sagen zu können, deutlich aufgezeigt: Sie mußten George Lecky schuldig sprechen, schuldig des kaltblütigen, vorsätzlichen Mordes. Dann setzte er sich.

Und Sir Fleckley stand auf. Sein gelehrter Freund, sagte er, hatte völlig recht. »Wenn Sie zu der Überzeugung gelangen«, sagte er, »über jeden begründeten Zweifel hinaus, daß George Lecky Sidney Giblet ermordet hat, dann muß Ihr Spruch in der Tat schuldig lauten. Aber ich frage mich, meine Damen und Herren Geschworenen, ob wir nicht sagen müssen, daß es in diesem Fall durchaus begründete Zweifel gibt?« Dann sprach er lange, ausführlich und eindringlich über die reine Indizienqualität der Beweise, machte erneut das Zugeständnis, daß George einen Fehler begangen hatte, einen furchtbaren Fehler, als er die Behörden nicht darüber informierte, daß er die Leiche Sidney Giblets gefunden hatte; aber dieser Fehler, dieses Abweichen vom rechten Weg, wiederholte er, war nicht dasselbe wie kaltblütiger Mord. Und wenn sie einen Zweifel hatten, ganz gleich welcher Art, und er war sicher, daß sie diesen Zweifel haben mußten, dann mußte ihr Spruch auf *nicht schuldig* lauten. Richter Congreve drückte sich in seiner Zusammenfassung ähnlich aus. Die Instruktionen, die er den Geschworenen mitgab, drehten sich fast ausschließlich um diesen Punkt, denn keiner der Beweise war angefochten worden. Mit wäßrigen Augen und zittriger Stimme schickte der alte Mann sie dann zur Beratung davon, und das Gericht vertagte sich.

Sie brauchten dreiundvierzig Minuten, um zu ihrem Spruch zu gelangen, und es waren spannende dreiundvierzig Minuten. Denn so eindringlich war Sir Fleckleys Abschlußplädoyer gewesen und so emphatisch hatte der Richter seine Indizienargumentation unterstützt, daß neue Hoffnung in Harriets und Hilarys Herzen keimte. Mrs. Giblet war bei ihnen in dem kleinen Zimmer neben dem von Sir Fleckley, das dieser zur Verfügung gestellt hatte; und dreiundvierzig Minuten lang warteten die drei Frauen in qualvoller Spannung. Dann stürzte Sir Fleckley so hastig durch die Verbindungstür, daß die lange Robe um seine nadelgestreiften Beine wirbelte. »Sie sind zurück!« sagte er.

»Schuldig des Mordes«, sagte der Sprecher der Geschworenen, und George öffnete den Mund, zog die Lippen zurück, biß die großen Zähne zusammen und legte dann eine Hand über die Augen. Ja, beantwortete er die Frage Richter Congreves, er hatte etwas zu sagen, bevor das Urteil verkündet wurde: Er war unschuldig, er hatte die Wahrheit gesagt; und wenn er für dieses Verbrechen sterben mußte, dann starb er zu Unrecht. Das war alles. Harriet und Hilary waren nicht die einzigen im Saal, deren Wangen feucht waren vor Tränen. Sehr langsam streifte Richter Congreve sich die weißen Handschuhe über und setzte sich die schwarze Kappe auf. Sein schlaffer Hals, sein kleiner, wackelnder, runzliger Kopf: Sie schienen viel zu winzig, viel zu zerbrechlich für die gewichtige Majestät jener roten Robe, jener glorreichen Perücke, auf deren Scheitel die schwarze Kappe saß. Seine Stimme war die Stimme eines sehr alten, unaussprechlich müden Mannes, der sich nach dem Tode sehnt.
»George Kitchener Lecky, Sie wurden eines schrecklichen Verbrechens für schuldig befunden. Das Urteil dieses Gerichtshofs lautet wie folgt: Sie werden von diesem Saal in ein staatliches Gefängnis überführt und von dort zum Ort Ihrer Hinrichtung gebracht werden, wo Sie am Strick erhängt werden sollen, bis daß der Tod eintritt. Dann wird man Sie innerhalb der Mauern Ihrer Gefängnisstätte begraben. Und möge der Herr Ihrer Seele gnädig sein.«
»Amen«, sagte der Gerichtspfarrer, der links hinter dem Richter stand.

Der Galgen warf seinen langen, düsteren Schatten bis nach Crook, und in den Tagen, die auf das Urteil folgten, breitete sich eine unheilvolle Stille über das ganze Haus. Mrs. Giblet telefonierte oft mit Harriet, und den im Salon geführten Unterhaltungen entnahm ich, daß die einzige Hoffnung, die jetzt noch blieb, ein Gnadengesuch war, das dem Innenminister unterbreitet worden war. Das war alles, woran George sich klammern konnte, während er hohläugig und mit schwarzer Seele in seiner einsamen Zelle im Herzen eines der ältesten der großen englischen Gefängnisse schmachtete. Wie ich schon sagte, fühlten auch wir es, in Crook, fühlten die drückende Last des Todesurteils. Sogar Fledge verriet, zumindest diesmal, Gefühle, als er nach dem Abendessen in der Küche mit Doris stritt. Es war ein Anzeichen für die extreme Spannung, unter der er stand, denn wie ich bereits angedeutet habe, war das Ausdrücken von Gefühlen für den Mann Anathema. Nicht Leidenschaft, wie ich mich beeilen muß, hinzuzufügen, nicht das Ausdrücken von Leidenschaft. Leidenschaft konnte er ausdrücken, und tat es auch, Nacht für Nacht, und ich könnte mir denken, daß es dazu beitrug, Harriet davon abzulenken, unablässig über Georges Schicksal zu grübeln. Genaugenommen herrschte schon bald wieder die Routine, die sich in den Wochen nach meinem Unfall eingespielt hatte. Doris torkelte meistens lange vor Mitternacht ins Bett, nachdem sie mich manchmal, aber nicht immer, für die Nacht fertig gemacht hatte, bevor sie selbst das Bewußtsein verlor. Danach machte Fledge eine Runde um das Anwesen, schloß die Tür ab und stieg lautlos, eine Kerze in der Hand, die Hintertreppe hinauf. Harriet und Fledge waren inzwischen an einem Punkt ihrer Beziehung angelangt, an dem sie, ungeachtet der Anspannung, die in der Natur ihrer Situation lag, ein fast unkontrollierbares körperliches Verlangen nacheinander empfanden. Die flüchtige Berührung ihrer Hände, ein zufälliger Blick, ein ganz bestimmter Tonfall – und schon blieb ich allein im Salon zurück, während die beiden das Zimmer verließen und sich, wie ich keinen Zweifel habe, entweder in Fledges Anrichte oder Harriets Schlafzimmer davonmachten. Einmal hat er sie, glaube ich, sogar im Eßzimmer genommen, gleich nach dem Abendessen, auf dem Fußboden, ohne Rücksicht darauf, daß Doris jeden Augenblick hereinkommen konnte. Denn sehen Sie, als Harriet ihre moralischen und religiösen Skrupel endlich abgelegt hatte, begann sie sehr schnell, den Anblick von Fledges herrlichem Penis zu vergöttern, wie er steif und leise pulsierend aus dem weichen Vlies rötlichbrauner Schamhaare aufragte. Selbst feucht, die Oberschenkel verschmiert von den Sekreten sexueller Erregung, hob sie die kräftigen kleinen Hände, um die schwere Last der herrlichen, kupferroten Locken zu lösen, die auf ihrem Kopf aufgetürmt waren. Sie sah den Mann mit verzehrendem, fast unmenschlichem Hunger an, und dann, endlich – süße Erfüllung! – streckte sie die Arme nach ihm aus, zog ihn an sich und bedeckte seinen blassen Körper mit Küssen.

Anschließend dann die Phase der süßen Lethargie, und dann – oh, wie gut ich meine Harriet kannte! – verdunkelte sich ihre Stirn, als ihre Gedanken von dem Butler in ihrem Bett zu dem Gärtner in seiner fernen Zelle flogen. Und so kam es, daß sich mitten im Gemach der Liebe das Gespenst des Todes erhob.

Georges Hinrichtung war auf den 24. Mai festgesetzt worden, etwa drei Wochen nach der Urteilsverkündung. Nachdem er von der Polizei, den Anwälten, den Geschworenen und sogar von Vertretern des psychiatrischen Standes befragt, analysiert und abgestempelt worden war, wurde er nun zum exklusiven Eigentum der schlimmsten Sorte von Zeitungen und ihrer Leserschaft. Sie nannten ihn ein Tier, einen Wahnsinnigen, ein Monster. Wie eine Kinoleinwand bestrahlten sie ihn mit ihren schauerlichen Projektionen. Cleo las mir die Artikel vor, und mein Herz weinte für meinen alten afrikanischen Kameraden. Aber es war nicht nur die Presse, die den armen Mann unbarmherzig beobachtete und belauerte: In seiner Gefängniszelle war George das Objekt, auf das sich Dutzende von Wärteraugen richteten. Und auch ich sah ihn, sah ihn an einem Nachmittag Mitte Mai vor meinem inneren Auge. Er saß auf der Kante einer niedrigen Betonpritsche, die Ellbogen auf die Knie gestützt, das lange Gesicht in die Handflächen geschmiegt, die Fingerspitzen auf die Lider gedrückt.

»Lecky.«

George trägt eine schlechtsitzende Gefängnisuniform, auf der über der Tasche des Hemdes eine Nummer aufgedruckt ist. Er zieht langsam die Finger über die Wangen, so daß die Haut unter den Augen gedehnt wird. Sonnenlicht dringt durch das vergitterte Fenster, legt sich in breiten Balken auf den Zellenboden und zeichnet Streifen auf die zusammengesunkene Gestalt des Mannes auf der Pritsche. Zwei Fliegen ziehen dicht unter der Decke ihre endlosen Kreise. George richtet sich langsam auf, legt die Handflächen flach auf die Knie und dreht sich zur Tür um, und im Licht, das von hinten einfällt, ist sein Gesicht dunkel vor Schatten. Aus diesem dunklen Fleck kommt ein hohles Geräusch, kaum noch erkennbar als die einstmals rauhe Stimme von George Lecky.

»Was ist?«

Der Schlüssel dreht sich im Schloß, und die Tür geht auf.
»Besuch für Sie.«
»Wer?«
»König George der Sechste, oder was haben Sie gedacht? Aufstehen.«
George steht schwerfällig auf. Seine Haare sind kürzer, als ich sie in Erinnerung habe, und an seinem langen, ernsten Gesicht, besonders um die Augen herum und an der tiefen Kerbe zwischen den dichten Augenbrauen, erkennt man, daß die sonst so kompakte, energische Natur des Mannes bröckelt, sieht man die unverkennbaren Zeichen der Erschöpfung und der Verzweiflung. Er wirkt kraftlos, schwach, mutlos. Er schlurft zur Tür, zieht die weite, ausgebeulte Uniformhose über den schmalen Hüften hoch, bückt sich leicht und tritt in den Korridor hinaus.

Der Wärter schließt die Tür von außen zu und verstaut den dicken Schlüsselbund, der mit einer Kette an seinem Gürtel befestigt ist, in einer tiefen Seitentasche seiner Hose. »Dann mal los, Lecky«, sagt er, und die beiden gehen durch den Korridor zu einem Büro am Ende des Blocks, während ihre Schatten ihnen vorauseilen und über die grell gezeichneten Gitter aus Sonnenlicht fallen, die sich durch die Zellentüren und Oberlichter zwängen.

Am Ende des Zellenblocks stand ein Oberaufseher. »Besuch für Sie, George«, sagte er. Er war ein älterer Mann, freundlich und väterlich. »Sie haben doch Tabak, oder?«
George nickte.
»Gut. Dann mal runter mit Ihnen.« Er öffnete eine Gittertür, die auf eine steile, eiserne Wendeltreppe führte. Als George und sein Wärter hinuntergingen, schlug die Gittertür hinter ihnen zu, und das harte, metallische Klirren des Schlüssels, der sich im Schloß drehte, hallte laut durch das Treppenhaus. Unten blieb George wartend stehen, während die Prozedur wiederholt wurde; dann ging es durch einen kurzen Flur und hinein in einen kleinen, quadratischen Raum mit einem ein-

zelnen, vergitterten Fenster, das hoch oben in die Wand eingelassen war. Die Wände waren bis in Brusthöhe in einem trüben Grün und darüber in einem schmutzigen Beige gestrichen. In der Mitte des Raumes stand ein einfacher, von Brandlöchern übersäter Holztisch, und auf ihm ein schmutziger Aschenbecher aus Blech, und darüber hing, unter einem Lampenschirm aus grünem Blech, eine nackte Glühbirne. Das Zimmer war von Streifen und Rechtecken aus Sonnenlicht erfüllt, und rechts und links des Tisches stand je ein hölzerner Stuhl. Als George eintrat, wandte eine alte Frau, die auf einem dieser Stühle saß, sich zu ihm hin, krallte die Hände um den Griff ihres Spazierstocks und musterte ihn von Kopf bis Fuß. Es war Mrs. Giblet.

In dieser, der späten Periode Crooks, wie ich sie zu bezeichnen pflege, frage ich mich oft, was Fledge eigentlich von mir hält. Der Mann selbst gibt mir so gut wie keinen Hinweis, kein Wunder, hat es noch nie getan, nicht mehr seit dem Tag, an dem er meinen Rollstuhl zur Wand drehte. Nein, phlegmatisch wie eh und je läßt er sich durch nichts anmerken, daß beispielsweise die gelungene Verführung Harriets und die Macht, die er dadurch über sie gewonnen hat, ihm Stolz oder Freude bereiten. Ich frage mich, ob er, abgesehen davon, daß er ein von Natur aus vorsichtiger Mann ist, auch zum Aberglauben neigt? Denkt er vielleicht, daß Gefühlsbezeugungen Unglück bringen? Denkt er, daß es Gottheiten oder Schicksalsgötter gibt, die das Tun und Treiben aller Sterblichen beobachten, und daß diese übernatürlichen Wesen sich einen Spaß daraus machen, unsere Bauten zu Fall zu bringen?

(Ich jedenfalls habe begonnen, derartige Vermutungen in bezug auf mein eigenes Leben zu hegen.) Hat er aus diesem Grund, um ihr Eingreifen zu verhindern, den fest verschlossenen Mund, den leeren Blick angenommen – jenes Repertoire steifer und formaler Gesten, von dem er nie abzuweichen scheint? Ist das der Grund dafür, daß er sich so verhält, wie er es tut – versucht er, seine ehrgeizigen Ziele unbemerkt und ungestraft von den Göttern zu verfolgen? Wahrscheinlich ja.

Was also hält er von mir? Ich bin sichtlich keine Gefahr mehr für ihn, denn Crook ist, wie ich sagen muß, zu diesem Zeitpunkt im Prinzip schon *sein*. Ich glaube, daß ich für Fledge vielleicht eine Art Trophäe darstelle, ähnlich wie das Geweih, das auf der anderen Seite der Uhr in der Halle hängt. Ich denke, daß er mich vielleicht als etwas sieht, was er erobert hat, und damit als ein Symbol seiner Macht (und wenn man meinen derzeitigen Zustand betrachtet, könnte ich genausogut ausgestopft und präpariert sein). Aber da ist noch etwas anderes, was sich zwischen Fledge und mir abspielt, obwohl die einzige Grundlage, die ich für diese Aussage habe, die Intuition eines chronischen, passiven Beobachters ist. Vergessen Sie nicht, daß Fledge sich dieser Tage auf eine Weise kleidet, die der meinen sehr ähnlich ist; wenn er mich vom Kamin her ansieht und mich zurückgrinsen sieht, in einer Tweedjacke, die fast genau dieselbe Farbe und fast genau dasselbe Muster hat wie seine, in einer Hose aus Kavallerieköper in einem identischen Beige, mit ebenso scharfen Bügelfalten, und in lederbesohlten Halbschuhen mit Zierperforationen, die gleichfalls kaum von seinen eigenen Schuhen zu unterscheiden sind – was sieht er dann? Was nun meine Krawatte angeht, so könnte er ihre Schwester tragen – ich habe durchaus gemerkt, daß der Mann sich seit neuestem an meinen Krawatten vergreift, und was habe ich Harriet schon aus tiefstem Herzen dafür verflucht, daß sie mich auf eine so intime Weise verraten konnte.

Ja, dort steht er, groß und hoch aufgerichtet und glatt und elegant und gutaussehend, und wenn er zu mir herübersieht, sieht er – sich selbst. Aber es ist ein verändertes Selbst, was er sieht, ein verzerrtes, grinsendes Spiegelbild – als hätte er in einen Zerrspiegel geblickt und feststellen müssen, daß er in eine Groteske verwandelt wurde. Ich bin sein grotesker Doppelgänger; er sieht in mir ein äußeres Zeichen seiner eigenen Korruption, ich bin die Externalisation, die Manifestation, die fleischliche Repräsentation seiner wahren, inneren Natur – die ein deformiertes und verkrüppeltes Etwas ist. Er erkennt dies – und es fasziniert ihn, seine eigene Seele aus einer Ecke des Zimmers zurückgrinsen zu sehen. Zuerst war der Schock der Selbsterkenntnis groß – das war an dem Tag, an dem er meinen Rollstuhl zur Wand drehte, das ist der Grund dafür, daß er es tat, wie ich jetzt erkenne –, aber im Laufe der Zeit hat er angefangen, einen finsteren, narzistischen Gefallen an dem Bild seiner eigenen Groteske zu finden. Und deshalb sehe ich mich selbst als sein verkümmertes Gewissen, ich bin die schwindende Erinnerung an das Gute, die vor seinen eigenen Augen zusehends verblaßt und vergeht. Denn während ich falle, richtet er sich auf; sich dieser Tatsache bewußt, sieht er mich als eine Art Umkehrung seiner selbst, als das Negativ seines Positivs. Die Ironie ist jedoch, daß in Wahrheit er *mein* Negativ ist, denn in mir bleibt das Gute erhalten, und trotz all meiner Fehler – und ich behaupte nicht, vollkommen zu sein, habe es nie behauptet, ich war ein schlechter Ehemann und ein gleichgültiger Vater –, trotz all meiner Fehler habe ich den Glauben an moralische Werte niemals aufgegeben. Im krassen Gegensatz zu Fledges nacktem Zynismus, seiner Gewalttätigkeit und seiner Perversität, kann ich, eine Groteske, immer noch das Gute sehen. Und Fledge, diabolisch wie er ist, genießt das Spektakel meines Verfalls in seinem Salon; und so wie die Wasserspeier gotischer Kirchen besiegte Dämonen waren, die dazu gezwungen wurden, als Kloake zu dienen, so bin nun

umgekehrt ich dazu gezwungen, in dieser Anti-Kathedrale, in dieser Höllenhalle, die Fledge aus Crook gemacht hat, als Wasserspeier zu dienen. Fledge ist die Groteske – nicht ich! Kaum daß ich dies gedacht habe, beginne ich fürchterlich zu grunzen, und Harriet kommt herbeigelaufen, um mir auf mein krummes, spröde gewordenes Rückgrat zu klopfen. Eines Tages wird jemand so fest drauf klopfen, daß das verdammte Ding in der Mitte durchbrechen wird, und das wird das Ende von Sir Hugo sein, dem Himmel sei Dank.
Wissen Sie, sie tanzen neuerdings, Harriet und die Groteske, meistens als eine Art Vorspiel zum Sex. Er legt eine Schallplatte auf, nimmt Harriet in die Arme – und dann foxtrotten die beiden schamlos durch den Salon. Die Verandatüren stehen offen, und die süßen, schweren Gerüche meines wild wuchernden Blumengartens wehen zu uns herein, begleitet vom Gesang der Vögel, vieler Vögel. Es brennt noch kein Licht, und im Dämmer des Abends ist die Luft übersättigt vom Moschusduft der Blüten, und manchmal tanzen sie sogar auf die Terrasse hinaus, denn ich höre ihre Schuhe auf den steinernen Fliesen. Fledge ist selbstverständlich ein guter Tänzer, und er führt Harriet mit geschmeidiger, müheloser Grazie; es ist ein Vorspiel zum Sex, wie ich bereits sagte, denn nach ungefähr zehn Minuten verschwinden sie jedesmal in seine Anrichte, und ich stelle mir vor, daß Fledge sich auf den Stuhl an der Werkbank setzt, Hose und Unterhose um die Knöchel schlackernd, den Schwanz hoch aufgerichtet, wie ein Knochen. In ihrer Hast und Lust hat Harriet ihren Schlüpfer wahrscheinlich schon auf der Treppe fallen gelassen, und nun zieht sie den Rock über die Hüften und setzt sich auf den Mann. Sie wippen auf und nieder, sanft zuerst, dann mit zunehmender Schnelligkeit. Harriet klammert sich an den Mann, ihre Finger krallen sich in seine Schultern, seinen Hals, seine Haare, und dann, das kleine Kinn hochgereckt, die Augen geschlossen, während ihre Haare sich lösen und über ihre Schultern fallen, stößt sie kleine Schreie und Ächzer aus,

während sie schwankend dem ersten Höhepunkt des Abends entgegenruckt. Sie kommt, während ihr die Tränen über die Wangen laufen, und regnet nasse Küsse auf das Gesicht dieses wunderbaren Mannes, den sie – endlich – gefunden hat.

Währenddessen sitze ich im Wohnzimmer und höre gequält zu, wie die Foxtrott-Platte sich dreht und dreht und dreht und kaum, daß sie abgelaufen ist, wieder von vorne anfängt.

Währenddessen in London, im Gefängnis – George nimmt die Nachricht, daß der Innenminister es abgelehnt hat, ihn zu begnadigen, mit stoischer Ruhe auf. Er steht am Fuß seiner Pritsche, das Fenster im Rücken. Der Gefängnisdirektor steht in der Tür der Zelle und teilt es ihm mit feierlicher Stimme mit. »Es tut mir leid, George«, sagt er. Er mag George. Alle mögen ihn.
Die Veränderung, die mit George vor sich gegangen war, war zu diesem Zeitpunkt schon dramatisch. Er hatte viel Gewicht verloren – und er war bereits schlank gewesen, als er ins Gefängnis kam. Der lange, bläuliche Kiefer, die eingefallenen Wangen und der rasierte Schädel – sie alle ließen sein Gesicht extrem abgehärmt wirken. Der weit ausschreitende Gang des ländlichen Mannes war in den Monaten des Einge-sperrtseins zu einem gebeugten, unsicheren Schlurfen geworden, und die ständige Herausforderung seiner Willenskraft hatte ihn ganz gegen seine sonstige Art angespannt werden lassen. Er brauchte diese Willenskraft, um zu verhin-

dern, daß er die Herrschaft über sich selbst verlor; und das wäre für George schlimmer gewesen als der Verlust seines Lebens. Der Gefängnisdirektor und die Wärter erkannten dies, erkannten, daß er sich dagegen wehrte, dem Entsetzen nachzugeben, und sie respektierten ihn dafür. Er rauchte fast ununterbrochen seine Pfeife.

Wie gut ich diesen braven, grundsoliden Mann kannte – mehr als alles andere war es die Tatsache, daß man ihm die frische Luft genommen hatte, die Erde und die Bäume, die ihn zerbrach. Er hatte sein ganzes Leben im Freien verbracht; er war Farmer und davor Soldat, und zwar ein guter, und jetzt hatte er schon seit Monaten nichts anderes als ein winziges Stückchen Himmel, um sich daran zu erinnern, daß die Welt aus mehr gemacht war als aus Backsteinen und Stahl. Sie brachten ihn jeden Tag vierzig Minuten auf den Hof, allein, aber das war fast schlimmer als gar nichts. Er trottete über die staubigen Steine, die Pfeife fest zwischen die großen, kräftigen Zähne geklemmt, glücklicherweise ohne zu wissen, daß aus jedem Fenster, das auf den Hof hinausging, Augen starrten. Fügen Sie diesen Augen noch mein Auge hinzu – mein inneres Auge –, denn auch ich hielt George, im Geiste, unter ständiger Beobachtung, obwohl ich, anders als die anderen, nichts als Liebe für ihn empfand und Mitleid und Mitgefühl. Eine tiefe Bitterkeit nagte an Georges Eingeweiden, und diese Depression, diese fortschreitende Verdunkelung des Geistes, wurde immer häufiger durchbrochen von Wellen nackter, schwindelerregender Panik beim Gedanken daran, sterben zu müssen. In solchen Augenblicken zerbiß er fast den Stiel seiner Pfeife und ballte die Fäuste so fest, daß die Knöchel weiß wurden. Sein Geist fing an, sich irrational zu verhalten; er liebte den Tisch und den Stuhl in seiner Zelle, er liebte das Bett und den Nachttopf, das Fenster und das kleine, blaue Viereck des Himmels. Er klammerte sich an diese Dinge wie ein Ertrinkender. Und dann, im nächsten Augenblick, rasten seine Gedanken in die Zukunft und ver-

suchten, die Dunkelheit zu durchdringen und zu erfassen, was sein würde – hinterher. George hatte keine nennenswerte Religion, und er mied den Gefängnispfarrer, der jeden Tag kam und das eine oder andere Traktat zurückließ. Es war nicht der Verlust der Seele, der George in Angst und Schrekken versetzte, sondern der Verlust der Sinne, der Verlust der sinnlichen Welt: daher seine plötzlichen, leidenschaftlichen Liebesanfälle für den schlichten Stuhl, auf dem er saß, für den Geruch des schwarzen Tabaks und für die solide Wärme in der Stimme eines Wärters namens Bert. Dann ging die Welle vorüber, und er blieb erfüllt von einem dumpfen, sardonischen Schmerz zurück, der hinter all seinen Gedanken pochte, und das einzige, was ihm dabei half, nicht vollends den Verstand zu verlieren, war das Pfeiferauchen. Er spielte endlose Dominopartien mit Bert, und manchmal schienen die Stunden sich mit schmerzhafter Langsamkeit dahinzuschleppen, während sie ein anderes Mal mit angsterregender Geschwindigkeit vorbeirasten. Er dachte, fast gleichgültig, an seine Verhandlung zurück; er dachte viel an mich und erkundigte sich danach, wie es mir ging. Verstand er, weshalb ich ihn im Stich gelassen hatte? Ich hoffe bei Gott, daß er es tat. Der Gefängnisarzt kam, um ihn zu untersuchen, und erklärte ihn bei bester Gesundheit. Und plötzlich erkannte George, daß er das ihm zugestandene Maß erschöpft hatte, daß nichts mehr zu tun blieb, als seinen Körper aufzugeben und den Tod herbeizuführen. Er war neunundvierzig Jahre alt, und auf der anderen Seite des Gefängnisses hatten sie sein Grab bereits gegraben.
Während dieser Zeit, nach der Verhandlung, bearbeitete Mrs. Giblet George – und zwar gegen mich. Deshalb ging sie ins Gefängnis; warum sonst hätte sie den Mann besuchen sollen, der ihr Schinken serviert hatte, der mit dem Fleisch ihres eigenen Sohnes gemästet worden war? Sie schmiedete ein Komplott gegen mich, versuchte, George dazu zu bringen, mich zu verraten, redete ihm ein, entweder indirekt und

unterschwellig oder aber ganz offen, daß er sich retten könne, indem er mich belastete. Sie hatte keinen Erfolg, nicht in diesem Stadium, denn George war mir gegenüber zutiefst loyal, war es seit unserer gemeinsamen Zeit in Afrika. Aber es gab noch einen anderen Faktor, der eine Rolle spielte, und das war die abgrundtiefe Einsamkeit, die ein Mann in Georges Lage empfindet. Den eigenen, bevorstehenden Tod ins Auge fassen zu müssen – ich spreche nun aus eigener Erfahrung –, während der Rest der Menschheit frohen Mutes Jahren, Jahrzehnten, schier endlosen Zeitspannen entgegenblickt: Das ist es, was einen Mann von allem anderen absondert. Es gibt eine Art von Einsamkeit, die jeden Reisenden überfällt, wenn er sein Zuhause hinter sich läßt, eine Melancholie, die tief verborgen liegt im Gefühl der Vorfreude und Entschlossenheit, mit dem die Reise angetreten wird. Nehmen Sie diese Melancholie – ist es die Urangst des Jägers, die Höhle zu verlassen? Die Angst, nie wieder zurückzukehren? Oder in ein verlassenes Heim zurückzukehren, ein Heim, das in Trümmern liegt? –, nehmen Sie diese Melancholie und vergrößern Sie sie um ein Tausendfaches, dann haben Sie die Traurigkeit und die Isolation des zum Tode verurteilten Mannes. Ich weiß es. Und ich vermute, daß Mrs. Giblet schlau genug war, es auch zu wissen und zu erkennen, wie anfällig und verletzlich George war.

Denn George war geradezu rührend dankbar dafür, daß sie ihn besuchte, das sehe ich jetzt. In den Augen der Welt war er ein Monster, und die Besuche dieser alten Frau, der *Mutter* seines angeblichen Opfers, waren die einzige äußere Unterstützung, mit der er seine zunehmend brüchiger werdende Vorstellung davon, *wer er eigentlich war*, stabilisieren konnte. Mrs. Giblet war für George, was Cleo für mich war – sie stützten uns durch ihren Glauben an uns und gaben uns dadurch die Kraft, nicht aufzugeben. Sie gaben uns wieder ein Bild unserer selbst, das nicht grotesk oder monströs war. Sie ermöglichten uns zu glauben, daß wir trotz allem Menschen waren, trotz allem Männer. Bloß daß diese Unterstützung bei Mrs. Giblet einen Preis hatte.

Die Zeit verging, und die Anspannung wurde größer. Georges Gedanken drehten sich unablässig um das eine, alles beherrschende Thema: Ich werde für etwas hängen, was ich nicht getan habe. Er begann zu zweifeln. Bis zu diesem Zeitpunkt hatte er nur mit Mrs. Giblet geredet, weil sie offensichtlich mit ihm reden wollte – das tiefe Gefühl der Genugtuung, das er bei ihren Besuchen empfand, hatte weniger mit den eigentlichen Gesprächen zu tun, als vielmehr mit der schlichten Tatsache, daß sie gekommen war, um ihn zu besuchen. Er hätte sie nicht einmal zu sehen brauchen – zu wissen, daß sie gekommen war, war genug. Aber wenn sie unbedingt reden wollte, dann würde er eben mit ihr reden, auf jene abgehackte, rustikale Weise, die die einzige Art von Unterhaltung war, die George kannte. Also redete er über Crook, über das Wetter im letzten Winter, den Zustand des Gartens, den Zustand des Bodens. Und wenn die alte Frau nach mir fragte – oder besser, wenn sie sagte, was sie von mir vermutete –, nun, dann nuckelte George einfach am Stiel seiner Pfeife und starrte die Decke an.
Und immer noch rasten die Tage dahin, und der 24. Mai ragte immer drohender vor ihm auf, wie ein großes, wildes Tier, das sich auf ihn stürzen wollte, und er war machtlos, ihm auszuweichen. Er marschierte in seiner Zelle auf und ab, biß wütend auf dem vielzerkauten Stiel seiner Pfeife herum. Bert konnte ihn nicht mehr zum Domino überreden, und so saß er einfach freundlich schweigend da, während George in der engen Zelle auf und ab marschierte, auf und ab. Die graue Gefängnisuniform schlotterte um seine knochige Gestalt wie Wäsche im Wind.
Und schließlich kam George zu einem Entschluß. Er setzte sich Bert gegenüber an den Tisch und sah ihm fest in die

Augen. »Bert«, sagte er. »Wissen Sie, wer den jungen Giblet umgelegt hat?« Das Gesicht des anderen Mannes wurde dunkel vor Unbehagen. Er sagte nichts.
»Ich sage es Ihnen, Bert«, sagte George. In seiner Stimme lag ein rauher, rasselnder Unterton. Was er jetzt tat, ging gegen seine Natur, aber er mußte es tun. Jetzt. »Sir Hugo war es, der ihn umgebracht hat, Bert. Nicht ich, Sir Hugo.« Es war heraus. Auch er hatte mich verraten. Aus nackter Angst vor dem Tod hatte er seinen alten Kameraden verraten. Er saß da und wartete auf Berts Reaktion. Bert sah ihm ins Gesicht. Zwischen seinen sandfarbenen Augenbrauen hatte sich eine kleine Kerbe gebildet. Aus der Ferne drangen das Klappern einer Metalltür und das Rasseln eines Schlüsselbundes zu ihnen. Es war Nacht. Endlich sagte Bert etwas.
»Du darfst dich nicht aufregen, George«, sagte er leise. »Du darfst dich nicht in etwas hineinsteigern. Nicht jetzt.«
George starrte den Mann an. Mit einem elenden Gefühl, einem Gefühl schwindelnder Höhenangst, erkannte er, daß niemand auf ihn hören würde. Er protestierte, aber er wußte, wußte mit tödlicher Gewißheit, daß es nichts nutzen würde. Er hatte zu lange gewartet, viel, viel zu lange.
Armer, armer George. Auch nach dem, was er getan hatte, hatte ich nur Liebe und Mitgefühl für den Mann in meinem Herzen.

Am Nachmittag des 23. Mai brachte Cleo Herbert in die Küche. Ja, mein alter, krötiger Freund war immer noch wohlauf und munter, lebte immer noch in seinem Glasbehälter in meinem Arbeitszimmer und wurde sporadisch gefüttert. Cleo setzte ihn auf den Küchentisch und stellte eine Untertasse mit kleingeschnittenen Hühnereingeweiden vor ihn, während ich mit diesem ewigen, verdammten Grinsen auf dem Gesicht danebensaß und zusah. Doris war ziemlich unsicher auf den Beinen, denn sie hatte sich früher als gewöhnlich über den Gin hergemacht. Auch etwas ganz Neues bei Doris, der Gin, den sie offensichtlich wie ein Schwamm aufnahm. Sie stand schwankend auf der anderen Seite des Tisches, ein großes, scharfes Messer in der einen Hand, ein gerupftes Huhn auf dem Holzbrett vor sich.

Es war ein warmer Nachmittag, und die Hintertür stand offen, und bis auf Doris' betrunkenes Schwanken war alles ruhig und friedlich. Cleo schien nichts zu bemerken, so sehr war sie von Herbert fasziniert, und ich denke, ich muß wohl eingenickt sein, denn es war ein ziemlicher Schock, so als sei ich plötzlich aus einem Traum gerissen worden, als ich Doris vor Schmerz aufschreien hörte. Ich öffnete die Augen; und da stand sie, das Messer in der rechten Hand, und starrte verblüfft ihre linke Hand an, die sie vor ihr Gesicht gehoben hatte. Sie hatte sich den halben Zeigefinger fein säuberlich abgesäbelt. Er lag neben dem Holzbrett auf dem Tisch. Um ihn herum, und auf dem Huhn, war eine Menge Blut zu sehen. Cleo reagierte überhaupt nicht. Die Hände flach auf den Tisch gelegt, das Kinn auf den Händen, beobachtete sie Herbert, der seine Untertasse mit den Eingeweiden im Stich ließ, zu Doris' abgetrenntem Finger hüpfte und mit seiner langen, zuckenden, amphibischen Zunge die Blutpfütze aufleckte, die sich um den Finger gebildet hatte. Doris ließ sich auf einen Stuhl fallen und sah zu, wie das Blut dickflüssig aus dem Stumpf ihres Fingers tropfte. Und ich saß da und grinste, als sie mit ihrer guten Hand nach der Ginflasche griff, die auf dem Boden stand, und sich einen anständigen Schuß einschenkte.

Währenddessen marschierte George in der Todeszelle auf und ab. Auf und ab marschierte er, auf und ab. Bert war enttäuscht. Er hatte gedacht, George wäre aus härterem Holz geschnitzt. Der Pfarrer kam, denn dies war der 23. Mai, und George hatte nur noch einen Tag zu leben. George erzählte ihm, ich sei es gewesen, der Sidney Giblet umgebracht hatte – er konnte nicht anders, in seiner Panik vor dem Tod hätte er alles mögliche gesagt. Der Pfarrer versuchte, seine Gedanken auf den Zustand seiner unsterblichen Seele zu lenken, ohne Erfolg. Der Arzt kam, und auch er mußte sich eine leidenschaftliche Rede anhören. Im Gefängnis machte die Nachricht, daß George Lecky umgekippt war, in Windeseile die Runde, wie es bei solchen Dingen nun einmal der Fall ist. Es machte die Männer traurig. Denn in gewisser Weise starb er für sie alle.

Als Mrs. Giblet an jenem Nachmittag kam, um George zu besuchen, fand sie ihn in einer Stimmung vor, die sich sehr von der brüsken Wortkargheit unterschied, die sie erwartet hatte. Man hatte schon überlegt, ob man ihm überhaupt die Erlaubnis geben sollte, sie zu sehen; schließlich wurde der Besuch doch gestattet, aber die Wärter erhielten die Instruktion, George sofort in seine Zelle zurückzubringen, sollte er sich aufregen. George wurde diesbezüglich gewarnt, bevor er heruntergebracht wurde.

Kaum daß George in dem schäbigen, kleinen Besuchszimmer saß, griff er auch schon quer über den Tisch nach Mrs. Giblets Händen und fing an zu reden. Niemand, glaube ich – ich selbst eingeschlossen –, hatte George je soviel reden hören, wie er an diesem Nachmittag geredet haben muß. Als er fertig war, verließ Mrs. Giblet in höchster Eile das Zimmer, führte vom Büro im vorderen Teil des Gefängnisses mehrere Telefongespräche und nahm sich dann ein Taxi zur Waterloo Station. Sie kam nach Crook.

Schwer zu sagen, wie lange ich in der Küche saß und zusah, wie Doris ihren Gin trank, während der Stumpf ihres Fingers das ganze Huhn vollblutete. Zwanzig Minuten, vielleicht länger, vielleicht eine Stunde. Irgendwann kam Fledge. Er erfaßte die Szene sofort, seine Augen huschten von dem Blut auf dem Tisch zu Doris, zu Cleo, zu mir, dann zurück zu dem Blut; und es war nur zu leicht, das leise Flackern der Verachtung zu verstehen, das über seine Lippen huschte. Seine betrunkene Frau starrte dumpf vor sich hin, während ihr eigenes Blut unaufhörlich auf ein gerupftes Huhn tröpfelte, und daneben, in absoluter Passivität, grinsend und runzlig und in sich zusammengesunken wie ein Sack dreckiger Wäsche, in Kleidern, die viel zu groß geworden waren für seinen gebeugten, geschrumpften Körper, saß der Herr des Hauses und sah zu. Ich an seiner Stelle hätte auch vor Verachtung mit den Lippen gezuckt. Zu derart regloser Erschlaffung verdammt zu sein! Ich wußte, daß meine Augen tief in schattigen, dunklen Höhlen lagen; meine Wangenknochen sprangen spitz aus einem Gesicht vor, das die brüchige, gelbe Konsistenz von Pergament angenommen hatte; ich war unrasiert und essensbekleckert und sabberte und erinnerte alles in allem an eine dreckige kleine Raupe, wie ich mich in meiner Behausung aus Tweed grimmig an das Leben klammerte – und nichts tat. Cleo und ich, meine Elfe und ich, wir saßen daneben und taten nichts. Es war, als sei mein eigenes Auge, wie das des Heilbutts, gewandert, hätte sich in Fledges Schädel verlagert, um von dort aus zuzusehen, was aus uns geworden war.

Danach ging alles sehr schnell. Geschickt und kompetent desinfizierte und bandagierte Fledge Doris' Wunde und rief dann den Arzt an. Als er den Hörer auflegte, klopfte es an der Vordertür. Ich hörte Fledge durch die Halle gehen. Ich sah, wie er die Haustür öffnete, und dann stand Mrs. Giblet auf der Schwelle. Es folgte ein unverständliches Stimmengewirr, dann gingen sie in den Salon. Kaum eine Minute später tauchte Fledge erneut in der Küche auf, packte die Griffe meines Rollstuhls und schob mich durch die Halle. Ich wurde an die Wand gestellt, dem Kamin gegenüber. Mrs. Giblet und Harriet standen in der Mitte des Zimmers, Harriet aufgeregt, die alte Frau eher ungeduldig. Fledge zog sich zurück und schloß die Tür hinter sich.

»Die Zeit ist sehr knapp, Lady Coal«, sagte Mrs. Giblet. »Ich fürchte, wir müssen auf die Nettigkeiten verzichten – das Leben eines Mannes steht auf dem Spiel.«

»Aber was soll das alles bedeuten?« fragte Harriet. »Wollen Sie sich nicht wenigstens setzen, Mrs. Giblet? Eine Tasse Tee?«

»Ich komme direkt aus Wandsworth, Lady Coal. George Lecky hat mir gesagt, was in der Nacht geschehen ist, in der Sidney verschwand.«

Ich fühlte einen Schmerz in meiner Brust, einen heftigen, stechenden Schmerz, der sich über die obere Hälfte meines Körpers ausbreitete wie Fangarme, feurige Fangarme.

»Aber wir wissen doch –«, murmelte Harriet.

»George Lecky hat nicht die Wahrheit gesagt«, sagte Mrs. Giblet. »Er hat versucht, Ihren Mann zu schützen, Lady Coal.«

»Aber wovor denn schützen, Mrs. Giblet?« Harriet sah mich an, setzte sich in einen Sessel und legte die Hände in den Schoß. Eine kleine Falte erschien zwischen ihren Augenbrauen, als sie sich zu Mrs. Giblet umwandte.

»Vor den Folgen seiner Tat, Lady Coal. Sir Hugo kam in jener Nacht zu George Lecky ins Haus; er war in einer üblen Verfassung.«

»Einer üblen –?« sagte Harriet kaum hörbar.

»Erregt, aufgeregt. Er hatte getrunken. Er sagte, es hätte einen Unfall gegeben, und George müsse mit ihm nach Crook kommen. George willigte ein und folgte Sir Hugo in seinem Transporter. Sie parkten auf halber Höhe der Auffahrt. Sir Hugo führte ihn unter die Bäume. In einer flachen Mulde, teilweise von Blättern zugedeckt, lag die Leiche meines Sohnes, Lady Coal. Seine Kehle war durchgeschnitten.«

»Gütiger Himmel«, rief Harriet. Sie schlug die Hände vor den Mund und drehte sich mit weiten, entsetzten Augen zu mir um.

»Sie trugen Sidney zum Transporter und stopften ihn in einen Abfalleimer, Lady Coal. Das Fahrrad warfen sie hinterher. George sagt, der Schnitt an Sidneys Hals sei so tief gewesen, daß er fürchtete, der Kopf würde abfallen.« Die Stimme war fest wie ein Felsen – kein Beben, kein Zittern. »Dann fuhren sie nach Ceck's Bottom zurück und taten gemeinsam das, von dem George im Gerichtssaal behauptet hat, er hätte es allein getan.«

Der Schmerz in meiner Brust ließ plötzlich nach und machte einer prickelnden Taubheit Platz, die meinen ganzen Oberkörper einnahm. Armer George; nachdem er einmal umgekippt war, hätte er wahrscheinlich alles mögliche gesagt, nur um dem Galgen zu entgehen. Diese fadenscheinige Horrorgeschichte im Mondlicht – schade war nur, daß Harriet sie samt und sonders zu schlucken schien. Sie hörte nicht auf, mich anzustarren, als sähe sie mich in diesem Augenblick zum ersten Mal. Aber ich war inzwischen so erschöpft, so bereit, mir alles aus den Händen gleiten zu lassen, daß es mir kaum gelang, ein Flackern der Empörung darüber aufzubringen, daß sie es fertigbrachte, mich in diesem Licht zu sehen, vor allem, wo ich nicht die geringste Chance hatte, die Wahrheit zu sagen. »Aber wieso?« sagte Harriet. »Wieso hätte Hugo Sidney ermorden sollen?«

Der Schmerz in meiner Brust war nun verschwunden; nur die Taubheit blieb. »Wie George Lecky sagt«, sagte Mrs. Giblet langsam, wobei sie mich fest ansah, »wurde Sir Hugo von meinem Sohn erpreßt, Lady Coal.«

Ein kurzes Schweigen folgte, während wir alle drei über diesen bizarren Unsinn nachdachten. Oh, wie verzweifelt der arme Mann sein mußte, daß er die Wahrheit derart verdrehte. Hatte Fledge sich auch an ihn herangemacht? Mir war es inzwischen gleichgültig. Der Schmerz in meiner Brust war vergangen, aber ich spürte, wie die ersten Zuckungen eines krampfhaften Grunzens anfingen, meinen Körper zu schütteln. Innerhalb weniger Minuten befand ich mich in einem Zustand hilfloser Paroxysmen, und Harriet, in der die Fürsorge einer Ehefrau über das wie auch immer geartete Gefühl des Entsetzens, das die Worte der alten Frau in ihr hervorgerufen hatten, die Oberhand gewann, war neben mir und klopfte mir auf den Rücken. Mrs. Giblet sah mich immer noch gespannt an.

Als der Anfall vorüber war, schien Harriet ihren gesunden Menschenverstand wiedergefunden zu haben. Sie setzte sich in ihren Sessel und sagte: »Aber das ist doch unglaublich. Warum sollte Sidney Hugo erpressen? Weswegen denn bloß? Wieso sagen Sie diese Dinge, Mrs. Giblet? Was können sie denn jetzt noch ändern – diese wilden Anschuldigungen?«

Mrs. Giblet wandte sich sichtlich widerwillig von mir ab und setzte sich Harriet gegenüber. Sie krallte ihre Klauen um den Griff ihres Stocks und stieß einen tiefen Seufzer der Erschöpfung aus. Dann folgte eine lange Stille, und ich hatte den ganz bestimmten Eindruck, daß die alte Frau einen inneren Kampf darum führte, ob sie ihre grotesken Verdächtigungen weiter ausführen sollte oder nicht. »Vielleicht nichts«, murmelte sie schließlich. »Vielleicht gar nichts. Aber das Leben eines Mannes steht auf dem Spiel, Lady Coal«, wiederholte sie. »Ich hatte gehofft, wenn ich Sir Hugo mit dem konfrontieren würde, von dem George Lecky schwört, daß es die Wahrheit ist, würde es seine Blockierung vielleicht lösen.«

»Seine Blockierung lösen?« sagte Harriet langsam. »Seine Blockierung lösen? Aber das ist nicht möglich, Mrs. Giblet, wie mir von den namhaftesten Experten versichert wurde, und der Himmel weiß –«

»Sicher, Lady Coal, sicher«, sagte die alte Frau. »Aber ich konnte die Möglichkeit, daß Sir Hugos Lähmung hysterische Ursachen hat, nicht völlig ausschließen.«

»Hysterische Ursachen!«
Mrs. Giblet drehte sich wieder zu mir um und fing an, in ihrem Mantel nach Zigaretten zu wühlen. »Anscheinend nicht«, sagte sie leise.
In diesem Augenblick traf der Arzt ein.

Ich verbrachte eine sehr unangenehme Nacht, nicht zuletzt deshalb, weil ich unter neuerlichen Anfällen jenes brennenden Schmerzes in meiner Brust litt. Anzudeuten, ich sei von Sidney erpreßt worden – absurd! Ich, der Perverse? Ich, der Mörder? Völlig absurd. Sie wissen ja, wie ich über Fledge denke – ich verkörpere nur seine Monstrosität, lasse seine innere Deformation sichtbar werden und spiegele auf diese Weise seine wahre Natur wider.
George wurde am nächsten Morgen kurz nach acht Uhr gehängt. Ich kann nur hoffen, daß er Frieden gefunden hat; der Himmel weiß, daß er seit der Stunde, als er im Gefängnis umkippte, keinen Frieden mehr kannte. Die Atmosphäre in Crook war bedrückend; Cleo hatte sich in ihr Zimmer zurückgezogen, und Doris, deren Finger dick verbunden war und die den Arm in einer Schlinge trug, saß in der Küche und starrte in den Tag hinaus, der windig und frisch war. Der Arzt hatte nicht versucht, den Finger wieder anzunähen, er war offensichtlich zu lange ab gewesen. Zum Mittagessen gab es Rühreier, die Harriet zubereitet hatte. Nach dem Mittagessen wurde ich durch die Halle in den Salon und vor die Verandatüren geschoben. Der Schmerz in meiner Brust war plötzlich verschwunden, wie schon am Tag zuvor, um einer

sich ausbreitenden Taubheit Platz zu machen. Dann sah ich George im Garten.
Ich habe Ihnen schon von diesen Gesichtern erzählt, die ich habe. Es sind Phantome, Projektionen, das weiß ich, aber ich empfinde sie nichtsdestoweniger als real. George war dieses Mal nicht allein; er stand an der Spitze einer großen Menschenmenge, einer Menge, die den ganzen Garten füllte und sich zu beiden Seiten bis an die Mauern drängte. Sie wogten leise hin und her, und alle, ohne Ausnahme, sahen sie zu mir herauf, der ich vor der Verandatür auf der Terrasse saß. Die Luft war aus irgendeinem Grund voller Vögel, voller Drosseln und Spatzen, aber auch ein paar Krähen waren darunter. Ein leiser Windhauch zupfte an den Bäumen hinter der Gartenmauer, und ein paar dünne, weiße Wolken jagten sich gegenseitig über den Himmel. Wer waren diese Leute? George trug seine Arbeitskleidung, seine alte Nadelstreifenjacke und die braune Cordhose. Auch die Männer und Frauen, die sich so eng um ihn drängten, trugen Arbeitskleidung. Es waren Leute vom Land, Farmarbeiter, und ich verstand nicht, was ihre wogende, schweigende Anwesenheit in meinem Garten zu bedeuten hatte.
Ich erinnere mich, irgendwo gelesen zu haben, daß die Lebenden nichts weiter sind als eine seltene Abart der Toten. Ich glaube das nicht. Die Lebenden, denke ich, sind Larven der Toten – tote Körper in einem frühen Stadium der Entwicklung. Aber wieso mußte ich jetzt daran denken? Waren das denn Tote, die meinen Garten füllten? Harriet und Fledge hatten ihren Kaffee ins Wohnzimmer gebracht, saßen am Kamin und unterhielten sich leise, über George, denke ich. Etwas später hörte ich Fledge durch das Zimmer zum Getränkeschrank gehen. Sicher holte er den Brandy, er hatte ja auch allen Grund zum Feiern, jetzt, wo der Fall Sidney Giblet abgeschlossen war. Er hatte einen Mord begangen und war ungestraft davongekommen, und nun war er der unumstrittene Herr und Meister von Crook. Ich an seiner

Stelle hätte mir auch einen Brandy genehmigt. Man wird mich auf dem Friedhof von Ceck begraben, neben meiner Mutter, und meine Beerdigung wird, denke ich, kaum besser besucht sein als mein Vortrag. Paläontologen hassen es, Dinge zu begraben, vor allem Knochen; ich brauche Ihnen wohl nicht zu erklären, wieso. Dem armen George wird es noch schlechter ergangen sein: eine unmarkierte Kalkgrube innerhalb der Gefängnismauern, dort wird man ihn zur letzten Ruhe gebettet haben. Ich mache mir Sorgen um Cleo; ich habe Ihnen ja schon gesagt, daß wir Coals zur Verzweiflung neigen, und ich fürchte, wenn ich nicht mehr da bin, wird die Verzweiflung die Oberhand gewinnen. Ich fürchte, Cleo wird denselben Weg gehen wie Sir Digby.

Fledge hat das Grammophon angestellt und fragt Harriet, ob sie tanzen will. Diese Taubheit in meinem Oberkörper; inzwischen ist es ein Gefühl, als wäre ich von einem hellen Licht durchdrungen. Draußen im Garten fängt George an, sich vom Boden zu erheben. Sehr langsam steigt er in die Luft, in eine Höhe von drei oder vier Metern, und während er das tut, öffnet er ganz langsam die Arme. Sie starren mich immer noch an, diese ganzen Leute, aber aus Georges Augen und Ohren und aus seinem Mund und aus der Gegend seines Herzens breitet sich nun ein silbernes Licht aus, und blendet mich, und füllt mich mit einem Gefühl eines umfassenden, ozeanischen Friedens, einem ganz außergewöhnlichen Gefühl der Seligkeit. George ist umringt von flatternden Vögeln, die in diesem blendenden, herrlichen Licht kaum noch zu sehen sind. Was geschieht mit mir? *Nil desperandum*, höre ich mich selbst flüstern, während hinter mir Harriet und Fledge anfangen, Foxtrott zu tanzen, und immer weiter tanzen, den ganzen, unbegreiflichen Nachmittag hindurch, während der Wind auffrischt und von Süden kommend klagend über die Giebel von Crook streicht.